中国社会科学院老学者文库

探寻文学全史的脚印

杨 义 ◎ 著

中国社会科学出版社

图书在版编目(CIP)数据

探寻文学全史的脚印/杨义著. —北京：中国社会科学出版社，2024.5

(中国社会科学院老学者文库)

ISBN 978-7-5227-2942-8

Ⅰ.①探… Ⅱ.①杨… Ⅲ.①中国文学—文学史研究 Ⅳ.①I209

中国国家版本馆 CIP 数据核字(2023)第 255291 号

出 版 人	赵剑英
选题策划	郭晓鸿
责任编辑	王　越
责任校对	赵雪姣
责任印制	戴　宽

出　版	中国社会科学出版社
社　址	北京鼓楼西大街甲 158 号
邮　编	100720
网　址	http://www.csspw.cn
发 行 部	010-84083685
门 市 部	010-84029450
经　销	新华书店及其他书店
印　刷	北京君升印刷有限公司
装　订	廊坊市广阳区广增装订厂
版　次	2024 年 5 月第 1 版
印　次	2024 年 5 月第 1 次印刷
开　本	710×1000　1/16
印　张	12
插　页	2
字　数	166 千字
定　价	69.00 元

凡购买中国社会科学出版社图书，如有质量问题请与本社营销中心联系调换
电话：010-84083683
版权所有　侵权必究

出版说明

《探寻文学全史的脚印》一书系杨义教授生前主持的"二十世纪中国文学史通论"项目的长篇序言。该项目为2004年立项的国家社科基金一般项目（项目号：04BZW056），2012年结项，结项等级为优秀。最初计划从清末民初到20世纪90年代，大致以十年为一个时段，另附资料编年卷，共为9卷，由张中良、赵稀方、吴子林、黄科安、郝庆军、敬文东等学者负责各卷的撰写，试图探索中国现代文学通史新的写作范例。此后该丛书被纳入2013年度国家出版基金资助项目，去掉资料编年卷，又补充了台湾卷、港澳卷、少数民族卷、通俗文学卷、戏曲卷、旧体诗词卷等书稿，胡迎建、何玉人、尹虎彬、汤哲声等学者参与进来，丛书名也拟改为"20世纪中国文学全史"。此一时期，杨义教授正致力于中国文学地图的重绘工作，试图将民族学、地理学、图志学等诸多新的研究视角引入该课题的考察领域，以拓展文学史研究的深度和广度，该丛书的规划亦可视为他一直提倡的"大文学观""重绘中国文学地图"等思路在现代文学史编撰领域的落实。但因种种原因，书稿虽已齐备，但未能出版，殊为可惜。杨义教授特为此书撰写了十余万字的长篇序言，着力阐释该丛书编写所试图展现的"大中国""大文学""多民族"等核心理念，以及在地域上沟通大陆、台、港、澳，时段上沟通近代、现代、当代，格调品位上综合雅与俗、前卫与传统，知识类型上打通文学与文化的畛域等编写原则，视野宏阔，妙论迭出，这是作者以往治史经验的阐发，也是在新的历史发展时期对文学研究前景的思考与规划，对当下倡导的三大体系建设，对中国学派的建立和发展，均有重要的理论价值和实践意义。因此，本社按照杨义教授生前所做的最终修订稿，将此序言单独排印，且按照他生前所确定的题目，将此书命名为《探寻文学全史的脚印》，以飨读者，并以此纪念杨义教授的学术工作。

特此说明。

中国社会科学出版社

目 录

一 推出"全史意识" ……………………………（1）
二 打捞诗性智慧 ……………………………（9）
三 评述"现代性" ……………………………（20）
四 探究精神谱系学 ……………………………（32）
五 文学流派与文化层面 ………………………（57）
六 文学主流与政治学 …………………………（73）
七 地缘文化与海峡两岸暨港澳 ………………（93）
八 少数民族文学独立成卷的理由 ……………（118）
九 新旧体诗与戏的对峙互渗的立体空间 ……（137）
附录 学术上的中国梦
　　——杨义教授访谈录 ……………………（173）

一　推出"全史意识"

20世纪文学作为一个整体，已经成为中华民族一份值得珍藏的精神财富，成为这个民族共同体一份难得的意义深刻的精神档案。在这百年当中，中华民族深厚的文化积累与强烈的文化创新行为相互乘除而共谋推进，使得中国被世界推动，而反过来力图推动世界。为了深刻地解码这份精神财富和精神档案，在21世纪过去十余年的反思中，我们提出了"全史意识"，也就是说，尊重历史的全部真实存在和过程，超越僵硬的所谓"革命性"或生搬硬套的所谓"现代性"对文学史存在和过程的删除、割裂和遮蔽。首先回到真实存在过的文学史完整结构和曲折过程之中，考察其内在的错综复杂的对峙、博弈、渗透、裂变和融合。然后在此基础上，以中华文明的生存、承续、创新和繁荣发展为价值标准，检阅文学的观念、体制和付出的代价，描绘出一个民族在艰难前行和稳健崛起的百年沧桑中完整而生动的文学地图和精神谱系。

"全史意识"是大文学观的一种展开和落实。全史考察的是"大历史"中的文学的文化存在和精神脉络。全史之为全，口径如何定？这不是立足概念，而是立足现实之本然。在地壳运动中，板块碰撞形成高峰，撕裂地表而形成峡谷，只见高山不看峡谷，是无法认识地壳运动中各种应力的相互推移的。地球旋转造成大陆板块的漂移和海洋的出现，因而研究人类的家园，必须陆海合观。记得一位杰出的思想者说过:"历史就是我们的一切,我们比任何一个哲学学派,甚至比黑格尔,都更重视历史。"① 我们应该重视大历史中的文学存在的丰富性和复杂性,不应只是陶醉于以特定观念对历史存在的丰富性进行的提纯和阉割。文学史写作自然应该多样化,可以只写半部、多半部文学史,也可以只写你流连忘返的文学史之一角,但成千上万的学者为何不下决心写一部文学全史,而涉及各种线索、扇面、板块、体式,翻箱倒柜地弄清自己的文化家底?文化家底,是文化自觉的基础。

　　从纵向维度看,20 世纪文学全史是一种通史,打通百年,贯穿"三代",还大历史以应有的"大"。过去把百年文学史切割为近代、现代、当代三段的格局,如今要打破间隔而予以贯穿。这种贯穿,是深层意义的重新发现,不是简单地拼接牵合,而是恢复一条长时段的有生命的文学发展曲线,从中发现中国人精神谱系的内在丝缕。务必留意的是,对于三段连接处要如"鸾胶续弦"那样格外给力。旧传西汉东方朔夸说西海之中央有凤麟洲,"洲上多凤麟,数万各为群。又有山川池泽,及神药百种,亦多仙家。煮凤喙及麟角合煎作膏,名之为续弦胶,或名连金泥。此胶能续弓弩已断之弦,连刀剑断折之金。更以胶连续之处,使力士掣之,他处乃断,所续之际终无断也"②。若要寻找断口,可以发现 20 世纪百年文学的四个临界点:1898 年戊戌变法;1919 年五四运动;1949 年中华人民共和国成立;1978 年改革开放。从而形成了五四运动、四十年代、八十年代三个断口。应该意识到,断口处是筋骨外露,精神脉络最为纠结处,需花大力气深入其腠理,剔骨见髓地分析其间的痛苦、彷徨、迷惑和奋进,看取中国人文化选择的艰难和顽强。如此煎熬凤嘴麟角为胶,接续中国文学发展之

---

　　① [德]恩格斯:《英国状况评托马斯·卡莱尔的〈过去和现在〉》,《马克思恩格斯全集》第 1 卷,人民出版社 1956 年版,第 650 页。
　　② (西汉)东方朔:《海内十洲三岛记》,《道藏》本。

弦，将会获得"发现的惊异"。如杜甫所云："麟角凤嘴世莫识，煎胶续弦奇自见。"① 如此把握文学史的整体性与阶段性，遂可以将一百多年的文学历史分割成三截、三门独立的学科的琐屑和局促一扫而空，拓展人们的历史文化视野，高屋建瓴地总揽精神世界的历史沉浮，惊涛拍岸。

在百年贯穿中，历史的界碑不能堙没，反而应该更深刻地揭示其内在的根本性，"五四"这块文学界碑尤其不容忽视。五四界碑标示着新文学成为历史的根本性潮流，并以它命名这个历史时代，这在中华文明发展史上是相当罕见的。这是一个有开辟意义的时代，在短短几年间，中国文学的观念和创作方法，直至文体和语体，都被全方位刷新。白话文取代文言文在文学创作上占据主流，在新闻出版中波涛滚滚，并且进入基础教育领域，在各级教材中广被采用。这种以新鲜平易的语文方式，把酸腐气息换作青春气息，慷慨激昂地彰显着个性解放、人性觉醒、人道之爱、国民性批判以及民族国家救亡独立的意识，展示了千年一遇的中国文化全面转型的现代性局面。五四新文学的产生，给国人提供了一套新的文化思维方式和话语方式，以"矫枉过正"的激进精神，震撼了几千年的文化权威，重构了精神文明秩序。文学不再是低吟浅唱的文学，陈独秀1915年给谢无量的诗作"识语"说："文学者，国民最高精神之表现也。"② 不是谢氏的诗如何了不得，而是新潮流要给文学作出新的定位。鲁迅在十年后又回应说："文艺是国民精神所发的火光，同时也是引导国民精神的前途的灯火。"③ 他们践行着以文学嵌入民族精神谱系，改造国民

---

① （唐）杜甫：《病后遇王倚饮赠歌》，《杜诗详注》第3卷，中华书局1979年版，第198页。

② 谢无量：《寄会稽山人八十四韵》"记者识"，《青年杂志》第1卷第3号，1915年11月。

③ 鲁迅：《坟·论睁了眼看》，《鲁迅全集》第1卷，人民文学出版社2005年版，第254页。

精神的文化哲学。而且这种文化哲学通向并统率着关于人的哲学，因而五四运动发现了人，发现文学与人的精神契约关系。1918年6月出刊的《新青年》第4卷第6号为"易卜生号"，胡适发表《易卜生主义》，高扬个性的独立和自由，带动一股"易卜生热"，辐射到女性解放，关注儿童，以及吸引被压迫民族文学为同调。郁达夫概括这股潮流说："五四运动的最大的成功，是'个人'的发见。从前的人，是为君而存在，为道而存在，为父母而存在的，现在的人才晓得为自我而存在了。"①

  人既然作为自我而独立，就必然滋生出担当责任和反叛意识，五四人也就把明嘉靖年间杨继盛的"铁肩担道义，辣手著文章"联句，点化为"铁肩担道义，妙手著文章"。他们书写着铁肩妙手的血性文章，提出一系列切身的问题，供敏锐的青年思考，思考得热血沸腾。五四通过呼唤青春，发现青年，从而发现了中国的未来，启动了中国的未来。文学研究会1921年就宣告："将文艺当作高兴时的游戏和失意时的消遣的时候，现在已经过去了。我们相信文学是一种工作，而且是一种与人生很切要的一种工作；治文学的人也当以这事为他终身的事业，正同劳农一样。"② 娱乐和消遣，何尝不是文学的功能呢？但在民族危机深重的时际而一味娱乐和消遣，就未免令人感到"陈叔宝全无心肝"了。这就是郑振铎为何认为"娱乐派的文学观，是使文学堕落，使文学失其天真……传道派的文学观，则是使文学干枯失泽……文学是人生的自然的呼声，人类情绪流泻于文字中的，不是以传道为目的，更不是以娱乐为目的的，而是以真挚的感情来引起读者的同情的"③。郭沫若说"诗的主要成分总要算是自我表现了"，艺术创

---

  ① 郁达夫：《中国新文学大系·散文二集·导言》，上海良友图书印刷公司1935年版，第5页。
  ② 蔡元培：《文学研究会宣言》，《小说月报》第12卷第1号，1921年1月10日。
  ③ 西谛：《新文学观的建设》，《文学旬刊》1922年第37期。

造了自然,"艺术家不应该做自然的孙子,也不应该做自然的儿子,是应该做自然的老子"①。五四人把辛亥革命的铁血心肝引向借文学以启蒙,遂使得文学史内蕴着思想史的创造价值,思想史内蕴着社会史的动力价值。这种创造性的文学特质,使五四人一往无前而欲罢不能,如鲁迅所言:"最初,文学革命者的要求是人性的解放,他们以为只要扫荡了旧的成法,剩下来的便是原来的人,好的社会了,于是就遇到保守家们的迫压和陷害。大约十年以后,阶级意识觉醒了起来,前进的作家就都成了革命文学者。"②这种文学特质的嬗变,隐喻着现代中国的文化选择和历史命运。

从横向维度看,20世纪文学全史也是一种横通之史,通向文学的各种体式、各个层面、各个地域,这也是大历史中文学存在的应有之义。由此形成全史的一种好处,在于对许多文化史的流变,可以进行全方位地综合观察。文化曲线需要跨越短时段,在百年长时段中加以考察和体认。长时段的曲线,随意取下一个碎片,都可能变成微型直线,造成文学认知的遮蔽。因而全史的功能,是"反碎片化"的,是合观性的。20世纪三四十年代出现的"大众文艺论争"或"文艺大众化"运动,可以放在百年中不断涌动的大众文学潮流中进行观察。从中可以发现,大众潮流是对趋慕西方的先锋思潮的反拨和补充。百年中国文学具有规模效应的大众文学思潮,有三次值得注意的波段:第一次大潮涌动于清末民初。梁启超提倡"小说界革命",五四新文学运动主张"人的文学"。此时市民势力开始积蓄和飙升,出现了新的相当广大的阅读市场。民国初年至30年代,上海、天津的现代工商业带动了文化市场的繁荣。据统计,趁第一次世界大战之机,报纸由1912年的139种增至1926年的628种,杂志由1912年的200种增至

---

① 郭沫若:《自然与艺术》,《文艺论集》,人民文学出版社1979年版,第99页。
② 鲁迅:《且介亭杂文〈草鞋脚〉小引》,《鲁迅全集》第6卷,人民文学出版社2005年版,第21页。

1919年的579种。许多报刊以企业化和商品化的经营方式,刊载了大量通俗文学作品,这些作品普遍带有享乐主义、颓废主义的倾向和商品化、娱乐化的特征,填补了为先锋文学所忽略的市民大众阅读空间,从而不动声色地形成了大众文化波澜。

　　第二次大潮包括左翼文学界30年代关于"文艺大众化问题"的讨论,以及40年代关于抗战文学"民族形式"的讨论,二者无不涉及"谁是大众"和"如何大众"的命题,实际上可以看作对先锋文学的大众接受空间之缺陷的反思。胡风如此反思:"八九年来,文学运动每推进一段,大众化问题就必定被提出一次。这表现了什么呢?这表现了文学运动始终不能不在这问题上面努力,这更表现了文学运动始终是在这问题里面苦闷。"① 最是先锋的郁达夫1928年主编《大众文艺》,率先掀开"文艺大众化问题"讨论的帷幕,但在后来的讨论中,左翼人士则将之政治化、功利化。瞿秋白提出"大众是谁"的命题,认为新文学作家"大半还站在大众之外,企图站在大众之上去教训大众"②。艾思奇的《大众哲学》在1934—1935年连载于李公朴主编的《读书生活》半月刊,结集出版后,13年印行32版,则属于率先从哲学普及层面取得成功的文化典范。其后,毛泽东同志《在延安文艺座谈会上的讲话》从政治文化的高度对"大众化"问题作出阐述,其创作标志乃是工农兵文学的勃兴。因而出现赵树理这样的秦晋高原特色的新农民作家,产生李季的《王贵与李香香》这样的从陕北信天游民歌情调汲取浓郁民间色彩的诗章。由延安文学延伸出的中华人民共和国17年的文学主潮,属于革命政治激情与大众化形式结合而成的红色经典的天下,继《太阳照在桑干河上》《暴风骤雨》之后,

---

　　① 胡风:《大众化问题在今天》,原载《民族战争与文艺性格》,桂林南天出版社1943年版,收入《胡风全集》第2卷,湖北人民出版社1999年版,第504页。
　　② 瞿秋白:《"我们"是谁》,《瞿秋白文集》第2卷,人民文学出版社1954年版,第875页。

涌现了《保卫延安》《红日》《红旗谱》《红岩》《创业史》《青春之歌》《三家巷》《林海雪原》《苦菜花》等一批畅销的长篇，普及于大江南北、街巷田垄。

第三次大众化潮流兴起于改革开放的80—90年代。它对40年代以来涌现的大众文学潮流进行反拨，而与清末民初于上海等现代大都市兴起的大众文学潮流，却存在着某种隔代遗传的内在承续性。质言之，20世纪90年代的大众化潮流属于消费时代的现代型。在经济持续高速发展的工业化、商品化的驱动下，在各种大众传媒批量制造的趣味化、娱乐化、平面化、模式化的文化产品的冲击下，大众文学以现代城市民众为主要消费对象，娱乐消遣功能上升。精英文化纷纷由雅归俗，融入大众化的消费潮流，文人入商海，商海造文人，文学因此做大，也因此做滥。城乡大众的文化心理需求与审美心理取向，引导着速成的或快餐式的创造兼复制活动成为常态。各种大众文化的风景线纵横交错：电视连续剧、电视纪实片及电影以票房价值为基本导向；出版业、报纸业、杂志社极力开拓大众文化图书市场；花样繁多的广告裹挟着时装表演、选美活动；而卡拉OK歌舞厅、酒吧间、夜总会又丰富和吞噬着人们的夜生活。如此文化生态，难免"藏污纳垢"，却何尝不生机勃勃？

滔滔者天下皆是也，却也有从不同的角度和层面超越媚俗，而能俗中见雅者，这就要看作家的知识、智慧和能力了。在莫言的《红高粱》、韩少功的《马桥词典》、张炜的《九月寓言》、余华的《许三观卖血记》进行先锋性探索的同时，二月河于1985—1999年写出了他的"落霞三部曲"《康熙大帝》《雍正皇帝》《乾隆皇帝》，卷帙宏大达500余万字。二月河如此谈论清史："满军入关的时候，只有8.5万人兵力，吴三桂在山海关的驻军是3.5万人，合在一起就是12万人。汉族的兵力是多少呢？李自成的铁骑部队有100多万人，加起来汉族的武装力量在400万人以上。

可是12万人打400万人，却如入无人之境。为什么，因为你腐败了，400万人也就是一堆腐肉，12万人也能变成一把剁肉的刀。"①能够如此解读历史，比起某些歪歪扭扭的外来理论，更可以使自己对帝王的考察引起各界的共鸣。大众存在于广阔的社会底层，到底是大众化、化大众，还是与大众互动共化，天地很大，容纳得下多种选择。从本质层面观察，清末民初的大众文学潮流是传统过渡型，三四十年代以降的大众文学潮流是政治普及型，八九十年代的大众文学潮流已经是"天下滔滔昔已非"，属于现代消费型了。马克思说："所谓彻底，就是抓住事物的根本，但人的根本就是人自身。"②居于大众层面的人和知识者层面的人一样，也是我们应该尊重的人，他们也有应该受关注的对文学的生命和审美诉求，因此文艺大众化的潮流总会以各种各样的形态奔腾涌动，生生不息。

---

① 赵兵：《二月河谈反腐：不能照搬西方　权力制约靠人民群众》，《人民日报》2014年7月23日。

② ［德］马克思：《黑格尔法哲学批判导言》，《马克思恩格斯全集》第1卷，人民出版社2006年版，第9页。

二　打捞诗性智慧

　　诗性智慧，是文学史叙事的根本性智慧。应该认识到，不能使诗性智慧闪闪发光，乃是对文学史写作的亵渎。写些看不到文学的灵光的文学史，确实是"不如回乡种红薯"了。因而写如此一部全史，无论是纵贯还是横贯，无论是详写还是略写，都不能不高度注意，越是文化视角引入，综合研究外溢，越要把握住文学之为文学的特征，把握住文学得以成立的诗性核心。即便穿梭于人文地理或时代、个性之间，也需突出研究者的审美感觉。大历史中的文学存在的精髓，是文学作为文学的诗性或审美性。全史的"五四卷"如此评述丁玲：以《莎菲女士的日记》等连续占据《小说月报》头条而引人注目的丁玲，从翠绿的武陵山走来，带来了武陵"芳草鲜美、落英缤纷"的自然律动，而用女性生存的苦闷与挣扎以及彻底解放的憧憬，取代了五柳先生幻想中的世外桃源。丁玲从屈原曾经溯流而上的沅江走来，她带来了三闾大夫的痴情与执着，而平添几分刚烈与粗犷。这种扬弃与变异，固然由于丁玲是今人，但更由于她首先是女人。丁玲不愧为沅江、澧水养大的湘西辣妹子，缠绵多情颇有屈原笔下的"山鬼"遗风，且比经过屈原"纯化"了的"山鬼"更多山野的清新、真率。如此沟通古今、沟通地域文化基因和作家个性，给人以新颖独特的审美感受。由此进入丁玲的早期小说，就会发现：丁玲笔下的女主人公不甘被人像市场的货物一样挑来拣去，而是用至少是平等的甚至是居高临下的眼光挑剔异性，借此来维护女性的尊严。如实表现女人性欲的自然性，充分肯定其欲求满足的合理性，大胆张扬其生命体验的甜蜜性，这是丁玲带给新文坛乃至中国女性文学史的一股早春的晨风。

诗性感觉是文学史的第一感觉，是穿越不同时代、不同地域、不同文化层面的绝尘飞矢。"鸟须羽而飞，矢须羽而前"①，文学史没有诗性的穿越，就不能动人。唯有诗性穿越，才可能在文学史的芜杂材料中打捞出诗文的精华，用以点亮"个性化""特色性"文学史写作的魅力。全史的"台湾卷"如此评述台湾女性文学的重要燃灯者和"美文"的承传者张秀亚和琦君：张秀亚的散文锦心绣口，善于运用比喻、通感、象征等艺术手法，创造出抒情诗一般的意境，风格绮丽多姿。其散文的语言，不乏清词丽句，是诗化的语言。如写竹子："一片片的竹叶，像是一只只绿色的鸟，是宋人词句中的翠禽，小小尖尖的喙上，衔着的是永恒的春天"（《竹》）；写暮色："玻璃走廊外徐徐飞来了暮色，温柔、无声，如一只美丽的灰鸽"（《孩子与鸟儿》）。这些比喻新奇秀逸且诗意流转，文采斐然。琦君的散文名作《下雨天，真好》以"雨"为意象，将往昔无数乡愁的碎片，串连成无尽的深情恋歌："我爱雨不是为了可以撑把伞兜雨，听伞背滴答的雨声，就只是为了喜欢那下不完雨的雨天。……好像雨天总是把我带到另一个处所，离这纷纷扰扰的世界很远很远。在那儿，我又可以重享欢乐的童年，会到了亲人和朋友，游遍了魂牵梦萦的好地方。优游、自在。那些有趣的好时光啊，我要用雨珠的链子把它串起来，绕在手腕上。"

把握形势，张扬审美，是全史写作不敢懈怠的追求。这种追

---

① （汉）刘熙：《释名》卷七，中华书局1985年版，第110页。

求也是用"雨珠的链子"串起"有趣的时光",绕在手腕上。打捞诗性智慧的一个关键,是把握作家作品的气质,以及滋生这种气质的地气。全史"新时期卷"对寻根文学作如此描述:贾平凹的"商州"系列小说"带上了浓郁的秦汉文化色彩",李杭育的"葛川江"系列小说"则颇得吴越文化的气韵",乌热尔图的作品"连接了鄂温克族文化源流的过去和未来","他们都在寻'根',都开始找到了'根'"。1985年至1987年,阿城的《孩子王》,韩少功的《爸爸爸》和《归去来》,王安忆的《小鲍庄》和"三恋"①,莫言的《红高粱》,冯骥才的《三寸金莲》,张承志的《金牧场》等可以被视为寻根文学的重要作品。寻根文学一个显而易见的共同特点,是题材上的回归乡土和山林,走向僻远的民间,走进神秘诡异、蛮荒粗野乃至原始蒙昧的"历史生活",拔起根来带着泥。就像郑义小说的标题,他们寻根的主要对象是"远村"与"老井"一类。"新时期卷"又如此谈论莫言:莫言展开叙事的空间是一个充满活力而又矛盾的民间世界,在"批判的赞美与赞美的批判"之间产生了奇异的感觉和审美的张力。也有人指出在莫言的艺术世界中,"涌荡着一股生机勃勃的生命激流,蕴含着中国农民的生命观、历史观乃至时空观,潜藏着沉淀在生命直觉之中的农民文化的许多特点"。实际上就是说,莫言的《红高粱》系列叙事,带有拂之不去的"'水浒'气"。《红高粱》的贡献就是开创了一种全新的叙述模式,以民间传奇来重写现代历史,以西方现代技巧来改造中国传统的意象。莫言有意识地将西方魔幻现实主义的表现技巧与中国民间口头传统、志怪传统及现实主义艺术碰撞融合,开创了一条现代艺术中国化、民族化的新路。莫言擅长"把风马牛不相及的若干事物联系在一起,熔成一炉,烩成一锅,揉成一团"。其中既有西方人性自由的反叛,又仿佛是

---

① "三恋"指王安忆所写的三部中篇小说《小城之恋》《荒山之恋》《锦绣谷之恋》。

《窦娥冤》式的追问，又夹杂着'水浒'式的落草为寇，几乎完全打破了传统的时空顺序与情节逻辑，把整个故事讲述得非常自由散漫，构成一个富有震撼力的感官世界，在充满红高粱般炽热的生命张力之下，诠释了现代人生对生命意识的理解。

　　打捞诗性，自然是感觉的能事，但也需要运用知性，善于概括，善于对比，做到擒纵自如。纵是为了博览，擒是为了贯通。能擒不能纵，就只剩下光秃秃的一条穿珠的链子；能纵不能擒，就徒见乱糟糟的满地散珠。因此，文学史家应该成为"五月渡泸，深入不毛"，对对手实行"七擒七纵"的诸葛亮。唯有擒纵兼用，才能产生有深度的概括。全史"九十年代卷"概括王安忆的写实主义小说，融合了90年代人文知识领域最时尚的四大元素：民间、写实、诗性和都市，从而使她的小说写作掠尽了90年代文学的风华。而要在打捞诗性中做到擒纵自如，离不开对比思维的妙用。"新时期卷"就使用对比手法，揭示直面生存是刘震云小说的最大努力。如果说，莫言以咄咄逼人的姿态和炫丽的感觉书写人性的原始生命力，在炫丽的历史幻想中奏出生命的强音，而刘震云则是以经验回忆的方式和灰白的色调书写生存的艰难，在强大的社会权力网中感受人性的扭曲。刘震云从贫穷和权力两个角度切入乡村生活，深刻地解剖了乡村的整体人生。在这样的解剖下，乡村必然是黑暗和残酷的，它没有田园风光，没有情感眷恋，没有慈母深情，没有质朴纯真，所有的只是丑，只是恶，只是由贫穷引出的人性的畸变，只是权力争夺引出的恶的爆发。刘震云以近乎恶毒的真实，打破了传统乡恋情结下乡村生活其乐融融的神话，残酷地嘲弄了文人们的乡村田园梦想，揭示出乡村文化的某些黑色的本质。

　　在擒纵兼用中，需要对于百年批评界的精彩论断采取海纳百川的开放态度，将彼擒来，集腋成裘。全史发凡起例，就要求编纂者，善于汇集、辨析对百年文学的精到体验和精彩批评，从而

"采百年批评之精华而成一史",这是我们从一开始编纂就反复强调的一条原则。能够做到何种程度,不敢自夸,总之勉力而为就是。全史"诗词卷"采纳了程千帆评价聂绀弩诗,称之为"诗国里的教外别传",是"敢于将人参肉桂、牛溲马勃一锅煮,初读使人感到滑稽,再读使人感到辛酸,三读使人感到振奋"。"文革卷"引述李杨和胡志毅的观点:我们可以把样板戏视为一种政治仪式,同样,也可以将"文化大革命"看成一出中国历史上前所未有的现代戏剧。[1] 从某种意义上说,"文化大革命"成了一场戏剧,这一时期的中国则变成了名副其实的"剧场国家",这种剧场国家将戏剧变成了彻头彻尾的政治仪式。广场上的狂欢是一种节日的体现,它与样板戏构成了大剧场与小剧场的关系。[2]

要在文学史中打捞诗性智慧,关键在于研究者能够运用"心灵的眼睛"读书。心灵的眼睛,就是佛教之慧眼,《佛说无量寿经》云:"慧眼见真,能渡彼岸。"晚明袁中道说"学古诗者,以离而合为妙。李杜、元白,各有其神,非慧眼不"[3] 能见,非慧心不能写。其实,打捞诗性智慧不仅须以慧心阅读诗文小说戏剧,而且须以慧心阅读文坛掌故,有些掌故充满着机锋和趣味,甚至可以作为文学杰作的发生学的材料,看取旷代诗心是如何炼成的。文学史应该写点掌故,掌故可以敞开窥探诗心磨炼的后窗户。全史"十七年卷"称,老舍《茶馆》,是可以和曹禺《雷雨》在中国话剧史上双峰并峙的杰作。如何写?行文也以掌故汇聚了诸多行家里手的智慧。1954 年,中华人民共和国颁布第一部宪法,老

---

[1] 李杨:《抗争宿命之路——"社会主义现实主义"(1942—1976)研究》,时代文艺出版社 1993 年版,第 277 页。
[2] 胡志毅:《国家的仪式——中国革命戏剧的文化透视》,广西师范大学出版社 2008 年版,第 177 页。
[3] (明)袁中道:《四牡歌序》,《珂雪斋集》卷九,上海书店出版社 1986 年版,第 31 页。

舍就萌发了写一部歌颂普选、反映人民当家作主的剧本的想法，于是动手写《秦氏三兄弟》剧本，从"戊戌变法"一直写到中华人民共和国成立后的普选，其中第一幕的场景是清末民初的一家大茶馆。① 1956年8月，老舍给北京人民艺术剧院院长曹禺、总导演焦菊隐等人朗诵剧本，大家认为第一幕第二场最精彩。曹禺称誉第一幕为"古今中外剧作中罕见的第一幕"，并与焦菊隐等人建议老舍索性写一个茶馆的戏。"老舍听了以后最初是有惊无喜，只是习惯性地反应一下：'那就配合不上了。'这句话很快在北京文艺圈小范围内传开了，成了当时经典的内部名言。"② 以精彩绝伦的第一幕为原点，拓展为三幕剧，凭借着出入茶馆的三教九流、五行八作的小人物，映照和囊括老北京五十年沧桑中的民俗画卷，这就是《茶馆》的发生史。

如此发生的《茶馆》，"学问大的人看了不觉浅，学问小的人看了也不觉深"，完全突破了戏剧结构的老套数。戏剧界有所谓三大演剧体系，即斯坦尼斯拉夫斯基体系、布莱希特体系和梅兰芳体系的说法，大致概括和区分了人类戏剧的不同样式。政治上"配合不上"的《茶馆》，对于这些文艺体系，同样"配合不上"。即使按照黄佐临1962年提出的"写实"与"写意"二分的戏剧观来审视，《茶馆》还是虚实相生，脚踩两只船。这里有平淡无奇而又有滋有味的生活原生态，鲜活精到而又地道本色的京味口语，病态荒唐而又极富真实感的故事场景。它不需借助戏剧冲突来带动情节的发展，而是驱遣片段的人生在舞台上载沉载浮，漂流莫定，既有招摇过市，令人啼笑皆非，又有百无聊赖，难免混生烂死。但偏偏是这种散碎得自自然然的生活片段，饱含着丰富的生活全息图像的韵味和诗意，展示了一个无可奈何的不断恶化的社

---

① 《秦氏三兄弟》经舒乙发现整理后，以"《茶馆》前本"为副题发表于《十月》1986年第3期。
② 陈徒手：《老舍：花开花落有几回》，《读书》1999年第2期。

会的悲剧。对于不落格套的《茶馆》的结构方式,李健吾说:"这个戏有这个戏的特点。用中国话说,这是'图卷戏',是三组风俗画。每幕每场都是珍珠,不是波浪。本身都很好,但不能向前推动。"[1] 这种得其三昧的评论,胜过没有戏剧写作经验的人热心搬弄概念的千言万语。《茶馆》采取"人多事繁"、散点透视的戏剧结构,没有主角,没有核心情节,70多个人物"你方唱罢我登场",20多件事情此来彼往,并不考究人和事的转换变化之间的因果联系,只是以大跨度的历史横断面的剪接,显示时间流转和历史变迁。如果要为《茶馆》的戏剧结构寻找文化渊源,可以说它采纳了中国图卷画的布局,点化了《清明上河图》一类风俗长卷的散点透视的构图法;也可以说,它缀合中国戏曲的折子戏,以同一家裕泰大茶馆为舞台,串联起互有因缘的诸色人物的精彩片断,繁而不杂,疏密有致地展示了"葬送旧时代"的沉重主题。《茶馆》发生的掌故,敞开一扇后窗户,使我们窥见围绕着有"东方舞台上的奇迹"之誉的这出戏剧,它在老舍、曹禺、李健吾等戏剧名家的心中引起的回响,深化了人们对戏剧内蕴的诗性智慧的体悟和把握。

20世纪文学是一个文学、思想、社会展开大辩论的百年舞台,打捞诗性智慧,是在这个百年舞台上展开的,更何况全史意识的推出,使得这个百年舞台明显地扩容。舞台上的各种现实的思潮都借用外人或前人的服装,粉墨登场,宣示着自己渊源有自,或别有时尚的合理性。在一个学术个性激扬的历史时期,重启集体著史,章节分工、互有侧重之余难免产生某些唐突,因此必须严格限定分叙与互观的表述方式,包容各种研究对象和研究者个体的差异性张力。于此,详略互见之法,可以丰富和深化对同一作家作品的多侧面阐释和理解。这原本是中国自古著史的一种重要

---

[1] 焦菊隐等:《座谈老舍的〈茶馆〉》,《文艺报》1958年第1期。收入刘章春主编《〈茶馆〉的舞台艺术》,中国戏剧出版社2007年版,第196页。

方法，如清人皮锡瑞《经学通论》云："《尚书》与《春秋》，皆记事之书，所记之事必有义，在孔子之作《春秋》，非有关系足以明义者不载，事见于前者，不复见于后，所以省繁复也。古书详略互见，变化不拘，非同后世印板文字，有一定之例。《尧典》兼言二帝合为一篇，圣德则尧详于舜，政事则舜详于尧，是详略互见之法。"① 朱自清论及《史记》的互见法云："互见，其主要的目的在于避免重复……又常用来寄托作者对于历史人物的褒贬……不容不说的时候，便用互见的办法，都给放到另外的篇章里去。"② 这种"重复中的反重复"之法，也就是钱锺书所言"马迁行文，深得累叠之妙"③ 了。

在五四新文学发轫之初，已经拥有自己地盘的章士钊与林纾横身与新文学的对阵，表面上是带有个人意气的话语权威之争，实质上是民族文化传统的顽强韧性的一种不合时宜的表现。由于全史贯穿近、现、当三代，源流回溯，就可以发现不仅章士钊、林纾，而且新辟地盘的学衡派也代表了一个古老文明的传统文化生命力的强韧性，折射了第一次世界大战悲剧引发的重新认知东方文化价值的全球性思潮，自然又不同程度地表现为谁来支配文化话语权的攻防之战。对于这些反对派材料的描写，述林纾、章士钊详于"清末民初"之卷，述《学衡》则详于"五四"之卷。《学衡》杂志（英译：The Critical Review）从1922年1月创刊于南京，一直坚持到1933年7月，共出79期。代表人物为国立东南大学（今更名为南京大学）的教授梅光迪、吴宓、胡先骕。1925年初，其最坚定的核心人物吴宓赴清华学校任国学研究院主任，因而王国维、陈寅恪、梁启超、张荫麟等清华师生，也成了

---

① （清）皮锡瑞：《经学通论·书经》，中华书局1954年版。
② 朱自清：《史记菁华录指导大概》，收入姚祖恩《史记菁华录》，台北联经出版事业公司1977年版，第11页。
③ 钱锺书：《管锥编》，中华书局1986年版，第272页。

杂志的主要撰稿人。《学衡》常设6个栏目：辩言、通论、述学、文苑、杂缀、书评。办刊宗旨为："论究学术，阐求真理，昌明国粹，融化新知，以中正之眼光，行批评之职事，无偏无党，不激不随。"①

据《吴宓自编年谱》称，1918年8月间，吴宓、梅光迪二人"屡次作竟日谈"，"梅君慷慨流涕，极言我中国文化之可宝贵，历代圣贤、儒者思想之高深，中国旧礼俗、旧制度之优点，今彼胡适等所言所行之可痛恨。昔伍员自诩'我能覆楚'，申包胥曰：'我必复之'。我辈今者但当勉为中国文化之申包胥而已，云云。宓十分感动，即表示：宓当勉力追随，愿效驰驱，如诸葛武侯之对刘先主'鞠躬尽瘁，死而后已'云云。"② 基于这种传统文化拯救意识，《学衡》反对新文学运动，极力为文言优于白话作辩护，极言采用白话"以叙说高深之理想，最难剀切简明"③，因而顽强地主张言文不必合一。如吴宓所说："今欲造成中国之新文化，自当兼取中西文明之精华，而熔铸之，贯通之。"④ 实际上，学衡派决非一般意义上的复古派，其主要成员学贯中西，是坚守传统精华基础上的渐进改革派，其诗性智慧带有新古典主义的特征。其文化思想则受欧文·白璧德（Irving Babbitt）新人文主义的影响，倡导"现代性源于传统"的发展观，徘徊于欧化与国粹之间，属于广义新文化内部的"博雅的反对派"。梅光迪受白璧德人文主义思想影响，立志于儒家学说的复兴，曾在致胡适的信中坦言，他守持"保守之进取"的历史观，主张汲取"先哲旧思想中之最好者为一标准，用之以辨别今人之'新思想'"，才可以避免"当众说杂之时，应接不暇，辨择无力，乃至顺风而倒，

---

① 吴宓：《学衡杂志简章》，《学衡》1922年第1期。
② 吴宓：《吴宓自编年谱》，生活·读书·新知三联书店1998年版，第177页。
③ 胡先骕：《中国文学改良论》，《东方杂志》1919年第3期。
④ 吴宓：《论新文化运动》，《学衡》1922年第4期。

朝秦暮楚"。① 学衡派在维系中国文化传统的同时，积极译介外国文化，《学衡》创刊号插有两幅浅绿色图，正面为孔子像，背面为苏格拉底像，便是绝妙的象征。学衡派具有经典学派的博雅特征，认为古希腊哲学是西方文化的精髓，欲以古希腊之苏格拉底、柏拉图、亚里士多德与中国的孔子实现中西文化之交汇与融合，力图对复杂的文化史原本进行复原、考究和辨析。因此，对于五四新文化运动，学衡派是当日的阻力；对于中华文明的长久发展，他们却是超越极端思潮的有益参照。中国文化的现代性，是在参照和较量中变得精深而浑厚的。

　　全史涉及的文学事例，在纵横贯通中往往不拘限于精英知识层面，一事牵系着数个文化层面，一个文化层面汇聚了数事，错综繁复，只能分别在不同的年代、区域、文化层面变化角度，详略互异地加以叙述、评议和演绎。这就使得详略互见法大有用武之地。比如全史之"四十年代卷"，从新文学的思想内容、人物系列、语言形式上，分析了赵树理的通俗故事《小二黑结婚》跨越时代的创造。行文涉及晋东南地区襄垣秧歌演出《换脑筋》《送夫上前线》等新戏，唱红了《小二黑结婚》，唱说"三仙姑肯定是当年的大美人，不然生不出小芹那么漂亮的女儿"。以戏曲和小说艺术互相借鉴的方式，展示了边区青年农民小二黑和小芹不顾有封建落后思想的双方父母的反对，大胆执着地争取婚姻自主，终于在新政权的支持下获得幸福婚姻的传奇喜剧。全史之"戏曲卷"则澄清了多年来学界认为秧歌剧《小二黑结婚》是根据赵树理的小说改编的迷误。揭示《小二黑结婚》是从襄垣、武乡秧歌唱起，也由襄垣、武乡秧歌在边区唱红的。据山西省文化局原副局长曾任太行文工团团长的寒声等多位老人的回忆，赵树理尚未写出《小二黑结婚》之前，已把腹稿讲给了襄垣农村剧团的两位

---

① 胡适著，耿云志主编：《胡适遗稿及秘藏书信》第33册，黄山书社1994年版，第157页。

编导，该团最早上演《小二黑结婚》，当然也早于小说出版。在小说出版后，武乡光明剧团又于1943年秋，将之改编为秧歌剧本。由于太行山根据地农民文化水平普遍较低，大多看不懂小说，依赖戏曲在老百姓中的广泛传播，扩大了小说的影响。全史之"戏曲卷"与"四十年代卷"详略互见，在不同的文艺样式和文化层面上打捞同题小说、戏剧的诗性智慧，展示各自的文学风采。这样就可以使文学史打捞诗性的行为，潜入深水区，即所谓"羡君直入文沧海，探尽骊珠始肯回"[①] 是也。

[①] （宋）陆佃：《闲居示王君仪》，《陶山集》卷一，武英殿聚珍版。

三　评述"现代性"

　　20世纪文学沧海横流，在很大程度上属于由古典向现代的转型过程中的文学。转型既有新理念、新形式、新语体的发生，又有旧理念、旧形式、旧语体的沉没，但由于传统文学层面和艺术形态极其丰厚，转型的巨大工程往往存在于文学结构主次易位的调整，新旧文体的创设消亡和增减升降之中。新文学在拒斥传统的过程中，不能全然摆脱与传统的对话、互借，甚至共谋。反戈一击，你手持的戈，虽然经过汪洋之水的淬炼，但材质岂非本土矿藏经过淘洗锻炼而成？许多文学形式都存在着过渡状态、夹生状态、合金状态，往往你中有我、我中有你，打断骨头连着筋。传统在连续中断裂，在断裂中连续，断断续续，难辨彼此。在相当程度上，20世纪文学的文化价值比经典价值更突出、更重要、更根本，这是转型过程中的文学的宿命。一个如此庞大的古老文明，在不太长的时间内实现了旧貌换新颜，其在人类文明史上意义之重大，自不待言。但谁又能设想如此源远流长的文明，一说转型，就"好似食尽鸟投林，落得个白茫茫大地真干净"，一切都需另起炉灶？因此唯有从全史意识的整体性上进行多层面的观察，才有可能看出文学中国转型的真面目。

　　这里就涉及当今纷纷言说的"现代性"问题。何为现代性，为何现代性，这关系到如何解释和评价现代中国文学的诗性存在和文学转型的价值标准，不可不说个清楚。真实的文学中国的存在，大于现代性，异于西方的现代性。现代性是一个历史概念，真实大于概念，真实修改着、丰富着概念。我们又何必削足就履，一味用外来的裹脚布来裹中国的天足呢？要使文学中国跑步前进，就要尊重中国的天足，解放中国的天足。

检阅相关材料，约略发现，西方之所谓"现代性"具有两重性：一是"社会现代性"，或"世俗现代性""资产阶级现代性"，表现为与社会的工业化、现代化进程相关的主流价值观念和社会规范，如启蒙主义、工具理性与科技万能观念等；二是"审美现代性"或"美学现代性"，以主体性、个体性为内核，对工业主义和资产阶级市侩主义进行批判，文学上的现代主义是其集中体现。① 现代性在这里是分裂的，分裂为主流型、批判型两个系列，倒影投射在文学历史这条"不停地运动着的、有生命有色彩的江河"之中。美国文学理论家马泰·卡林内斯库在《现代性的五副面孔》一书中对"现代""现代性"做了梳理，"现代"（modernus）最早出现于公元6世纪，是中世纪用来表示与古代相对应的时间性概念。据《拉丁语言宝库》，"现代"是指"在我们时代的，新的，当前的……"，反义词是"古的，老的，旧的……"② 在马泰·卡利内斯库看来，19世纪以后，西方对现代性的探讨进入崭新的历史阶段，现代性呈现两个层面的分野，二者间激烈的冲突在很大程度上奠定了今天对于现代性的理论评判。其一，作为西方文明史一个阶段的现代性，是西方科学进步、工业革命和资本主义带来的全面经济社会变化的产物；其二，作为一种先锋性

---

① 有关"现代性的两重性"参见卡利内斯库《现代性的几张面孔》（1977）、哈贝马斯《论现代性》（1980），后者收入王岳川等编《后现代主义文化与美学》，北京大学出版社1992年版；另可参阅李陀等《漫谈文化研究中的现代性问题》，《钟山》1996年第5期。

② ［美］马泰·卡林内斯库：《现代性的五副面孔》，顾爱彬、李瑞华译，商务印书馆2002年版，第19页。

美学概念的现代性，是伴随着西方经济社会现代化过程产生的，文学艺术对西方资本主义社会的美学回应和批判，出现了形形色色的现代主义文艺。在这里，现代性既有历时性的变异，又有共时性的分裂，并非一个圆满自足的概念，更不能以一语而囊括世界无遗。

应该看到，现代性不只是抽象的思想转型，而且是整个生活方式或生活世界的转型，渗透于家常日用、价值规范、心理模式和审美表达。中国人在现代全球性境遇中如何体认和接受本是破裂而流动的西方现代性，根本上取决于现代中国人如何把握全球化的挑战和机遇，如何体认全球化中自身的生存价值或文化身份。没有文化身份的现代性，是不存在的，现代性必须中国化，化入文学中国的血脉、气质、生活和梦想之中，也化入文学中国的诗性智慧之中。敏锐的学人已经感觉到，当前中国大陆现代性研究存在着一种根本性缺失，仅仅关注精英言论而忽略民众生活，更重要的是，为着思想而遗忘体验。说到底，是遗忘了人的生存体验层面。[①]

毫无疑问，如此庞大复杂的文学现代性转型，不可能一蹴而就，因而现代文学的起源，不讲晚清是讲不清楚的。甲午战争惨败于一向被视为"蕞尔小国"、实际已是维新强邦的东邻之手，引起了朝野的极大震动，由此中西文化碰撞融汇空前提速。其时思想启蒙经由器物制造到制度设计，再到思想文化的逐步深入，西方的声光电气、政制法律，以及哲学、美学、文学纷纷被译介涌入。讲晚清文学不讲翻译，也是讲不清楚的。对于中国文化和文学的现代性乃至世界性的进程而言，翻译文学在打开眼界、拓展心志、更新思维上发挥了无可替代的功能。在某种意义上说，翻译文学成了20世纪中国文学一个不可分割的组成部分，深刻地影响了民族心理、意识形态和学术传统，嵌入了中国知识界的精神谱系。西方文学通过翻译，获得了中国的"国籍"。柳亚子1902

---

① 王一川：《中国现代性体验的发生》"导论"，北京师范大学出版社2001年版，第1—2页。

年作诗云:"嫁夫嫁得英吉利,娶妇娶得意大里。人生有情当如此,岂独温柔乡里死。一点烟土披里纯,愿为同胞流血矣。"① 一个提倡唐音的诗人,却满口叽里咕噜打起洋腔。鲁迅主张"翻译与创作并重",认为:"注重翻译,以作借镜,其实也就是催进和鼓励着创作。"② 一个以创作驰名的作家,却深感缺少了译品借鉴,会导致创作的委靡不振。西方文艺观念以"洋的就是新的,新的就是好的"渐成成见,参与了对中国文学现实、文学方式和文学历史的改写。成见的生成,从晚清开始。王德威批评"五四"文学时甚至说:"以五四为主轴的现代性视野,是怎样错过了晚清一代更为混沌喧哗的求新声音","五四其实是晚清以来对中国现代性追求的收煞——极匆促而窄化的收煞,而非开端。"③ 这些对现代性的生成和压抑的论说,都值得重新论衡。

晚清眼界乍开,未免视野迷离,手忙脚乱,进取中夹杂着隔膜,确实比五四来得芜杂。旧营垒中有桐城文派、同光体宋诗派、常州词派等文学流派,锋头正劲。维新派指认文学是维新的利器,推许"小说为文学之最上乘",揭示其"熏""浸""刺""提"的功能。革命派以章太炎、柳亚子及南社为重镇,张扬文学是"唤醒国民精神之绝妙机器"④。因而文学可以"鼓动一世风潮","张吾民族之气而助民国之成,……获共和之幸福"⑤。文学领域弥漫着粗犷狂肆、豪侠愤激、慷慨苍凉的空气。谴责小说抨击时弊,鸳鸯蝴蝶派倾泻哀情,都是硬性的或软性的偏锋文章。小说分出种种类型,翻译饥不择食,极尽五花八门之能事。

---

① 柳亚子:《读〈史界兔尘录〉感赋》,《南社诗集》,开明书店1936年版,第2页。
② 鲁迅:《南腔北调集·关于翻译》,《鲁迅全集》第4卷,人民文学出版社2005年版,第568页。
③ 王德威:《被压抑的现代性——没有晚清,何来"五四"》,收入郭长海、郭君兮编《陈去病诗文集(补编)》,社会科学文献出版社2009年版,第1313页。《想象中国的方法》,生活·读书·新知三联书店1998年版,第16—17页。
④ 陈去病:《大汉报发刊词》,《大汉报》1911年11月21日。
⑤ 高旭:《南社启》,《民吁日报》1909年10月17日。

《周易·系辞下》说："物相杂，故曰文。"① 在晚清更早出现的杂色文化，就夹杂着接受某种现代性的裂缝。创刊于1892年，依赖申报馆发行销售的《海上奇书》，一向被指认为开了小说杂志的先河。晚清小说家韩邦庆主办的这份杂志，在短短十个月里刊发了文言小说《太仙漫稿》，章回小说《海上花列传》，还编选有《卧游集》。韩邦庆以《海上奇书》编辑者的身份在《申报》上刊登告白称："其中最奇之一种，名曰《海上花列传》，乃是演义书体，专用苏州土白，演说上海青楼情事，其形容尽致处，俱从十余年体会出来。盖作者将生平所见所闻，现身说法，搬演成书，以为冶游者戒，故绝无半个淫亵秽污字样。"② 随之，《花也怜侬海上花列传》六十四回于1894年出版石印单行本，胡适称之为"吴语文学的第一部杰作"，"韩君认定《石头记》用京语是一大成功，故他也决计用苏州话作小说。这是有意的主张，有计划的文学革命"③。该书以赵朴斋兄妹作为乡下人进城后的故事为主线，以上海妓院穿插官商各界，描写了一批遭际互殊、性格互异的妓女、老鸨、嫖客、仆役和官商人士，成为现代都市小说的滥觞。对其穿插藏闪的艺术结构、平淡自然的白描写法，胡适认为是"自觉地作文学技术上的试验，是应该十分表敬意的"，"《海上花》的长处在于语言的传神，描写的细致，同每一故事的自然地发展；读时耐人仔细玩味，读过之后，令人感觉深刻的印象与悠然不尽的余韵。鲁迅先生称赞《海上花》'平淡而近自然'。这是文学上很不易做到的境界"④。《海上花列传》的出现，表明洋风极盛之地，边缘文学更具有试验性和较易感染现代性。

　　然而在谈论晚清杂色文化催生现代性的论题上，必然聚焦戊

---

① 《周易·系辞下》，《十三经注疏》，中华书局1980年版，第90页。
② 韩邦庆：《〈海上奇书〉告白》，《申报》1892年2月4日。
③ 胡适：《胡适文存三集》卷六，第737页。
④ 胡适：《海上花列传·序》，《胡适文存三集》卷六，上海亚东图书馆1930年版，第731页。

戌。戊戌是中国政治文化的一个异数，它使一批知识精英从政治转向文化，向东洋西洋汲取现代性。没有戊戌，难以搅动老大帝国思想文化冰冻三尺的深潭。戊戌之前，康有为主张托古改制，著有《孔子改制考》《新学伪经考》，借阐释圣经贤传来宣传变法思想。他在万木草堂讲学，曾提到"美国人所著《百年一觉》书，是大同影子"①。1897 年撰成的《日本书目志》十五卷，以目录学做洋学问，专门设有"小说"一目，在"识语"中痛感仅识字之人，有不读经，但无有不读小说者。② 戊戌政变后，康有为借用曾经考察上海书肆的话头，以为小说发展之盛，足以与六经争衡："我游上海考书肆，群书何者销流多？经史不如八股盛，八股无如小说何……方今大地此学盛，欲争六艺为七岑。"③ 那是 1882 年康有为到北京参加会试，回程中经上海，购阅各种西书译本和报刊。诗中"销流"成词，甚是罕见，"销"就是销金、销路，"流"就是流通、流布，现代意识可以借助推销流通，通向社会人群。梁启超则借此突出地鼓吹政治小说，1898 年梁启超在流亡日本的船上，读了日本政治小说《佳人奇遇》。是年冬在日本创办《清议报》，揭载《译印政治小说序》，大段抄录康有为《日本书目志·识语》之言："仅识字之人，有不读经，无有不读小说者。故六经不能教，当以小说教之；正史不能入，当以小说入之；语录不能谕，当以小说谕之；律例不能治，当以小说治之。"用以推崇小说的切要性，而且断言"小说学之在中国，殆'可增七略而为八，蔚四部而为五'"④。这就继承康有为"六艺为七"的思

---

① 康有为：《长兴学记、桂学答问、万木草堂口说》，中华书局 1988 年版，第 133 页。

② 康有为：《日本书目志》十四卷识语，上海大同译书局 1898 年版，收入《康有为全集》第 3 集，上海古籍出版社 1992 年版，第 1212 页。

③ 康有为：《闻菽园居士欲为政变小说部诗以速之》，《康有为诗文选》，人民文学出版社 1958 年版，第 232 页。

④ 梁启超：《译印政治小说序》，《清议报》1898 年第 1 册。

路，有意于从提倡小说入手，在学问系统上改造从汉代刘歆的《七略》到清代的《四库全书》的传统知识结构了。

梁启超1902年创办《新小说》杂志，又以《论小说与群治之关系》一文揭示办刊的纲领："欲新一国之民，不可不先新一国之小说。故欲新道德，必新小说；欲新宗教，必新小说；欲新政治，必新小说；欲新风俗，必新小说；乃至欲新人心，欲新人格，必新小说。何以故？小说有不可思议之力支配人道故。"① 他推举"小说为文学之最上乘也"，把原处于文学结构边缘的小说抬举到中心地位，以小说功能推升小说的本质，从而导致中国文学的传统价值结构的解体和重新编码。延续千余年的科举制度，延续了五百年的八股文章体制，随后在风雨飘摇中坍塌。中国文学的格局由此重建。梁启超写政治小说《新中国未来记》，用来"专表区区之政见"，把小说变成政治辩论的通俗舞台，有时反复驳诘达44个回合。在时间结构上，间杂着演说、口号、章程、条例，预叙了六十年后维新成功的理想中国，时序发生了折叠和弹跳。这可能是受到传教士李提摩太1891年由翻译成中文的美国作家贝拉米（Edward Bellamy）小说《回头看》的影响，这部小说"后于1894年用《百年一觉》的书名出版了小册子。1898年出了一个白话版本。译文在中日甲午战争之后广泛传播，同时在改良主义思想的激荡下，一些世俗的传教士出版物开始变得非常流行，以致被盗印。贝拉米小说对2000年的预测影响了梁启超的第一部小说《新中国未来记》，这种影响也帮助建立了一个文学子类——理想小说"②。可以补充说一句，康有为在万木草堂讲学，曾讨论美国人所著《百年一觉》，梁启超可能由此受到影响。

---

① 梁启超：《论小说与群治之关系》，《梁启超文选》下，中国广播电视出版社1992年版，第4页。

② ［美］韩南：《中国近代小说的兴起》，徐侠译，上海教育出版社2004年版，第96页。

清末是一个好谈小说类型的时代。以小说类型学展示了20世纪初文学中国与世界文学关系的多向性、集结性,以及中国人在文学转型初期审美嗜好的极端复杂性。柯南·道尔1887年开始写侦探小说,1896年《时务报》就刊发了张坤德翻译的这位伟大的福尔摩斯之父的《歇洛克唔斯笔记》(即福尔摩斯侦探小说系列)四篇,标志着中国人发觉了出版才9年的西方侦探小说,于是就急起直追,神往于柯南·道尔眼科医生式的敏锐。侦探小说传达了西方之智,林纾则发现了西方小说的情。1899年林纾翻译了法国小仲马50年前写的《巴黎茶花女遗事》,以法国巴黎的浪漫,开启了中国人的情窦。以译述《天演论》声名鹊起的严复,也不能不感慨:"可怜一卷《茶花女》,荡尽支那荡子肠。"[①] 钱锺书认为,林纾的翻译具有援欧入中的文体学的价值:"林纾认为原文美中不足,这里补充一下,那里润饰一下,因而语言更具体、情景更活泼,整个描述笔酣墨饱。不由使我们联想起他崇拜的司马迁在《史记》里对过去记传的润色或增饰。……(林纾)在翻译时,碰见他心目中认为是原文的弱笔或败笔,不免手痒难熬,抢过作者的笔代他去写。从翻译的角度判断,这当然也是'讹'。尽管添改得很好,终变换了本来面目。"[②] 外国文学在改造着林纾,林纾又反过来改造了外国文学,因"讹"而"化",以翻译把外国文学化为中国文学特殊的一部分。

这种"化"不仅是由外化入,而且是由中化出。外化入,激发了自身的想象;中化出,倾吐了内心的牢骚。这就是林纾翻译小说的心理学。林纾是一个关心国家命运的爱国者,常在译著的序跋按语中,为拯救民族的积弱积贫而慷慨陈词。其《爱国二童子传·达旨》激励青年学生依恃学业、实业强国,从基础处做起,

---

[①] 严复:《甲辰出都呈同里诸公》,《严复集》第2册,中华书局1986年版,第365页。

[②] 钱锺书等:《林纾的翻译》,商务印书馆1981年版,第26页。

反对"高言革命,专事暗杀"的暴烈行为,为此而泣血锥心,一咏三叹,兹节录如下:

呜呼!卫国者恃兵乎?然佳兵者非祥;恃语言能外交乎?然国力苶弱,虽子产、端木赐之口无济也!而存名失实之衣冠礼乐、节义文章,其道均不足以强国!强国者何恃?曰恃学,恃学生,恃学生之有志于国;尤恃学生人人之精实业。……畏庐尝为悲梗之言曰:"宁丧大兵十万于外,不可逐岁漏其度支令无纪极。"……国不患受人践蔑,受人剥蚀,但使青年人人有志于学,人人务其实业,虽不能博取敌人之财,亦得域其国内之金钱不令外溢。

今日学堂几遍十八省。试问商业学堂有几也?农业学堂有几也?工业学堂有几也?医学堂有几也?朝廷之取士,非学法政者不能第上上,则已视实业为贱品。中国结习,人非得官不贵。不能不随风气而趋。后此又人人储为宰相之材,以待揆席。国家枚卜,不几劳耶?呜呼!彼人一剪一线一针之微,尚悉力图之,以求售于吾国。吾将谓此小道也,不足较!将听其涓涓不息为江河耶?此畏庐所泣血椎心不可解者也!

畏庐者,狂人也。生平倔强,不屈人下,尤不甘屈诸虎视眈眈诸强邻之下。即强支此不死期内,多译有益之书以代弹词,为劝喻之助。虽然,吾挚爱青年之学生,尚须曲谅畏庐,……然此时非吾青年有用之学生,人人先自任其实业,则万万无济。何者?学生,基也;国家,墉也。学生先为之基,基已重固,墉何由颠?所愿人人各有"国家"二字戴之脑中,则中兴尚或有冀。若高言革命,专事暗杀,但为强敌驱除而已!吾属其一一为卤,哀哉!哀哉!书至此,不忍更书矣![①]

[①] 林纾:《爱国二童子传·达旨》,郑振铎编《晚清文选》卷下,中国社会科学出版社2002年版,第239—241页。

林氏是以外国故事为例,超出原来的文本意义,来激励中国人的拯救危机的意识和意志的。

在此中外互参的翻译事业中,人们不难感受到,中国传统知识结构的转型开始具有不可遏止之势了:"林氏译小说的时候,恰当中国人贱视小说习性还未铲除的时期,一班士大夫们方且以帖括和时文为经世的文章,至于小说这一物,不过视为茶余酒后一种排遣的谈助品。加以那时咬文嚼字的风气很盛,白话体的旧小说虽尽有描写风俗人情的妙文,流利忠实的文笔,无奈他们总认为下级社会的流品,而贱视为土腔白话的下流读物。林氏以古文名家而倾动公卿的资格,运用他的史、汉妙笔来做翻译文章,所以才大受欢迎,所以才引起上中级社会读外洋小说的兴趣,并且因此而抬高了小说的价值和小说家的身价。"[①] 事情就是如此吊诡,林纾不懂外文而以翻译最有成就,他把外国小说比拟史、汉,又用史、汉妙笔翻译外国五花八门的小说,竟然在令人大饱眼福、大开眼界中,不动声息地把外国的文学观念包括文体价值的认知输入华土,并非有意、却极其有效地推进中国文学的早期转型。

对于文学现代性的本质,不讲五四,是讲不清楚的。五四使文学的现代性一路摇摇晃晃走来,终于找到了自觉创新的活力、方向和深度。因此我们要讲两句话,一句是"没有晚清,何来五四",另一句是"虽有晚清,必需五四"。清末民初开发的现代性,曾经慷慨激昂过,但到了五四前夕在人的发现和吸收青春民气等基本命题上,已经消磨掉了锐气,成了强弩之末。五四另开新局,以新的知识群体的世界眼光和青春意气,推动了文学创新的自觉性和文体转型的深刻性,迅速显示了文学革命的声势和实绩。其以语体革命催生思想革命,以思想革命引领语体革命,锐

[①] 寒光:《林琴南》,《林纾研究资料》,福建人民出版社1983年版,第207页。

气淋漓,所向无前,以致有人为此惊呼"文化的断裂"。"五四"的文学流派是自觉的文学流派,以流派的方式展开日新月异的文体实验,出现了诗歌上的早期白话诗、浪漫主义自由体诗、人生派小诗、新月派现代格律诗;小说上有问题小说、为人生小说、乡土小说、浪漫抒情小说;散文上有随感录式杂文、诗性美文、语丝随笔、散文诗;戏剧上有社会问题剧、独幕喜剧、历史诗剧、新浪漫主义悲剧、爱美剧等。许多新兴文体蒸腾着青春血气和自由创作的精神,以满园芳草,拥抱未来。这表明五四文学革命的语言变革和文体创新,已经使文学的现代性转型深入到语言感觉、形式试验、气质宣发的深层结构之中了。这些是在清末民初作品中很难感受到的文学现代性的新质。

说到五四文学最重要的创作收获,人们自然会想到鲁迅的《阿Q正传》和散文诗集《野草》。鲁迅最是关注国民性的解剖和改造,《阿Q正传》是展示国民性的兼杂着喜剧、悲剧、闹剧的一个坑坑洼洼、令演员跌跌撞撞的戏台。对于"阿Q式"的革命的感受,令人说不清楚是"开心",还是心酸。阿Q所梦想的革命武器,不是民主共和,他连自由党都讹称为"柿油党",反而在《三国演义》《水浒传》《封神演义》等小说书及地方戏《龙虎斗》中,搬出各种兵器,板刀、钢鞭、三尖两刃刀、钩镰枪,夹杂着炸弹、洋炮,都成了他想象中合伙打劫式的"阿Q式的革命"中用的家伙。这种民俗狂欢式的描绘,隐藏着令人越想越揪心的针对"为私欲而革命"的讽喻。鲁迅眼光看透了群体潜意识的种种欲念骚动的奥妙,用小说戏文对民间心理的熏染,为思想启蒙提出了切实的命题。鲁迅有一个透入人们灵魂的发现:"专制者的反面就是奴才,有权时无所不为,失势时即奴性十足。"[①] 鲁迅对那种阿Q式的革命把戏是感慨不已的:"我们国

[①] 鲁迅:《南腔北调集·谚语》,《鲁迅全集》第4卷,人民文学出版社2005年版,第557页。

民的学问,大多数却实在靠着小说,甚至于还靠着从小说编出来的戏文。虽是崇奉关(羽)岳(飞)的大人先生们,倘问他心目中的这两位'武圣'的仪表,怕总不免是细着眼睛的红脸大汉和五绺长须的白面书生,或者还穿着绣金的锻甲,脊梁上还插着四张尖角旗。"[①] 这是鲁迅透入中国人心灵的眼光,那种认为鲁迅解剖国民性是受西方传教士影响的"殖民思想",是离开事物的本质,或把事物本质虚无化的不实之论。从五四最重要的经典的思想蕴含和发生的土壤中,可以知道,谈论文学中国的现代性而忽略文学的中国根源、中国血脉,只看到外来思潮撞击而飞溅的浪花水沫,是很难触碰到现代性的根本的。越是流急浪大之处,越是要考察各种层面、各种流向的力量,是如何在撞击和融汇当中爆发出如此惊天动地的能量的。

考究文学中国百年间的现代性的发生和形成,在使用"断裂说"时,不能不顾及"中国面孔"和"中国血脉"。然而在相当长的时间内,文学的启蒙性和革命性总是被塑造成与历史传统的绝对决裂,决裂得越彻底,就越是淋漓痛快,甚至以一种绝对的本质力量作为自我命名的标签。因此如何把当日冲锋陷阵时的口号鼓动的思维方式,转换为百年综览的全史思维,是文学史研究必须解决的重大命题。如果没有这种思维方式的转换,浪浪叠进的革命文化和文学的历史选择性、道义合理性、内在复杂性和趋于极端的自我消解性,就可能被遮蔽了。绝对物应该转述为中间物,不然就可能在神圣化、神秘化中化作空无。只有回到历史的真实过程,清理那些复杂的文化构成、冲突、制约关系,才能更真实地把握文学中国现代性的历史建构的本质特征。

[①] 鲁迅:《华盖集续编·马上支日记》,《鲁迅全集》第3卷,人民文学出版社2005年版,第352页。

四　探究精神谱系学

　　由于文学中国的现代性的动态、多维的复杂性，有必要对20世纪中国文学受中国人的精神气质的影响，及施影响于中国人的精神气质的双向过程，进行精神谱系学的研究。谱系乃是记述文化血脉的延续、断裂和叠加，对文化基因的形态和变异进行跟踪考察。《唐六典》云："谱系，以纪氏族继序。"[①] 顾炎武云："北人重同姓，多通谱系，南人则有比邻而各自为族者。"[②] 龚自珍则认为谱系牵连着中华民族的血脉："古之有姓氏，有谱系者，必公卿大夫之族，尽黄炎之裔，姬、姜、子、姒、嬴、芈之人也。"[③] "国有史，地有志，家有谱"，是中国传统文化的关切所在。梁启超《中国近三百年学术史》在列述"清代学者整理旧学之总成绩"时，设立专门章节论述谱牒学，认为"族姓之谱，六朝、唐极盛，宋后浸微，然此实重要史料之一"。又说："我国乡乡家家皆有谱，实可谓史界瑰宝。"理由是："欲考族制组织法，欲考各时代各地方婚姻平均年龄、平均寿数，欲考父母两系遗传，欲考男女产生比例，欲考出生率与死亡率比较等等无数问题，恐除族谱家谱外，更无他途可以得资料。"[④] 全球化趋势中现代性阐释应该树起中国旗帜，

[①]（唐）李林甫等：《唐六典》卷十"秘书省"，中华书局1992年版，第295页。
[②]（明）顾炎武：《日知录》卷二十三，岳麓书社2011年版，第914页。
[③]（清）龚自珍：《京师悦生堂刻石》，《龚自珍集》卷三，四部丛刊本。
[④] 梁启超：《中国近三百年学术史》第15章，中华书局1943年版，第336页。

以建立自身的主体意识，从而超越外来的现代性不加消化的脱色与染色处理。这就不能不从知识谱系学上，追踪各种文化因素的发生发展轨迹，对文化事象和元素的"出身"和"出现"究其原委，通其脉络。也可以说，这里要求实施的是文化存在的解剖术，群体精神的光谱分析。

晚清和五四以后，流行对国民性的解剖，折射着中国知识界对自身精神谱系的反省开始觉醒。鲁迅《阿Q正传》最初以"巴人"笔名连载于1921年底至1922年初《晨报副刊》，一个多月后，周作人就站出来说话："阿Q这人是中国一切的'谱'——新名词称作'传统'——的结晶，没有自己的意志而以社会的因袭的惯例为其意志的人，所以在现社会里是不存在而又到处存在的。……阿Q却是一个民族的类型。他像神话里的'众赐'（Pandora）一样，承受了噩梦似的四千年来的经验所造成的一切'谱'上的规则，包含对于生命幸福名誉道德各种意见，提炼精粹，凝为个体，所以实在是一幅中国人品性的'混合照相'，其中写中国人的缺乏求生意志，不知尊重生命，尤为痛切，因为我相信这是中国人的最大病根。"[1]深入考察国民性，以及引入外国思想文化改造国民性，说到底都是从精神谱系学上思考民族生存问题的。

考察中国人的精神谱系，应该基于传统中国的文化遗传和现代中国的文化生态。遗传是难以逃脱的宿命，生态是必须开发的契机。讲精神谱系，既然要审其优劣、促其改造和新生，那就必须确立一个价值标准。文学转型期各种思想潮流都纷纷申述自身的合理性，这就难免令人价值迷乱。不过还是鲁迅有点定力，他如此谈论艺术标准："我并非将欧化文来比拟陶元庆君的绘画。意思只在说：他并非'之乎者也'，因为用的是新的形和新的色；而又不是'Yes''No'，因为他究竟是中国人。所以，用密达尺来

---

[1] 仲密（周作人）：《评〈阿Q正传〉》，《晨报副刊》1922年3月19日。

量,是不对的,但也不能用什么汉朝的虑傂尺或清朝的营造尺,因为他又已经是现今的人。我想,必须用存在于现今想要参与世界上的事业的中国人的心里的尺来量,这才懂得他的艺术。"① 考察精神谱系,必须细读历史,全景观澜,追踪血脉,还原生命。不以五四人物自设的标准为唯一标准,而以全球化的开放环境中,中国民族的生存、发展、振兴为价值尺度。这就是鲁迅超越自己,而主张"必须用存在于现今想要参与世界上的事业的中国人的心里的尺来量"的原因,尺度是中国的,又是现代的,有世界视野的。

　　西方后现代的福柯设计的标准何尝不好,他说:"谱系学是灰色的,注意细节……谱系学要求耐心和对话细节的知识与广泛的原材料的积累。"② 福柯的系谱学被称为是一种"用来把握异的方法",考察对象的"发生"就是要追溯新元素的出身,考察已结合为新元素的各个组成部分,也就要"发现所有缠结在对象内的子个体"。福柯的谱系学是一种把握"异"的方法,他是反历史的,使历史碎片化的,而归入他的"话语"、"知识"和"权力"分析框架,因而是和我们的"全史意识"分道扬镳,背道而驰的。必须看到,中国人血管里流淌着的,正是中华文化的血液。我们的一切取舍判断、言行效果,都离不开中华文化的土壤,也无不在验证着传统文化的强弱得失,及其接纳新潮的能力。当然福柯的谱系学方法,是书写"问题化的历史"的方法。从历史中发现问题,也是研究者必备的能力。但是研究者的责任不是一味把问题挂在别人的理论之树上,用以印证别人的理论分析,而是要自立地步,自启理性,自给说法,发现已有解释中被忽视、被遮蔽、被曲解的东西,在破蔽解惑中,建立自己伸向历史潜流和

---

　　① 鲁迅:《而已集·当陶元庆君的绘画展览时》,《鲁迅全集》第3卷,人民文学出版社2005年版,第574页。
　　② [美]保罗·拉经诺编:《福柯读本》,纽约兰德书局众神丛书1984年英文版;江怡:《走向新世纪的西方哲学》,中国社会科学出版社1998年版,第76—77页。

文化意蕴更深层的理论解释，这样才能挺直自己的文化脊梁。

波澜壮阔、大起大落的百年文化转型，是一个当量庞大、维度复杂、充满波折的思想文化过程，存在着繁多芜杂的因素，构成极其复杂的体系纽结。这里有许多偶然的、非连续性的、异质的因素和事象，但这些因素和事象交织成网络时，在网状结构深处有必然的经纬。唯有探究经纬，才可能洞察20世纪中国文学思潮对撞竞存，又互动互补、共振互渗等特征。在考察20世纪文学的源头时，人们忘不了1872年出现的两个标志性事件，一是中兴桐城派分支湘乡派的曾国藩去世，二是作为中国现代报纸开端和标志的《申报》创刊。对此前的文学过程，当事人热衷于作出谱系学的勾勒。1922年，《申报》创刊五十年特设"最近之五十年"纪念专刊，胡适应申报馆之约，撰写了著名的《五十年来中国之文学》，对严复、林纾的翻译的文学，谭嗣同、梁启超一派的议论的文学，章炳麟的述学的文学和章士钊一派的政论的文学进行评述，梳理了1872年以来五十年间中国文学发展的脉络，以白话文学提倡者的价值标准，说明文学不可避免地走上由"死文学"到"活文学"再到文学革命的路。① 胡适在日译本序中言："这部书是为上海《申报》五十周年纪念册作的。我的目的只是要记载这五十年新旧文学过渡时期的短历史，以备一个时代的掌故。"实际上，他截取尘埃尚未完全落定的半个世纪文学时段，以白话文优越的标准，梳理了晚清到五四的文学谱系的多维脉络。

谱系的勾勒，不可能定于一元。角度和尺度的变换，都会使文学谱系露出另一种面目。胡适论文学谱系，重在语言形式；周作人论文学谱系，重在思想形态。这就是为什么十年后，周作人于1932年作《中国新文学的源流》，把中国数千年的文学发展，拆解为两股文学潮流的交替循环演变：一是注重抒发个人情志的

---

① 胡适、刘师培：《五十年来中国之文学·论文杂记》，上海科学技术文献出版社2014年版。

"言志派"，一代圣贤立言的"载道派"。既然他界定"文学是用美妙的形式，将作者特殊的思想和情感传达出来，使看的人能因而得到一种愉快的东西"，就必然扬言志而贬载道，尤其对清代的八股文和桐城派古文贬抑有加。他勾勒古代文学的轨迹，不是简单地发怀古之幽思，而是旨在为五四文学革命运动寻找渊源，力主五四新文学恰是独抒性灵的言志派占了上风，其根源在晚明的公安派和竟陵派。"胡适之的'八不主义'，也即是复活了明末公安派的'独抒性灵，不拘格套'和'信腕信口，皆成律度'的主张。"① 对于这种古今贯通的思潮谱系，钱锺书即在1932年11月《新月》第4卷第4期上刊文评议周作人的《中国新文学的源流》，则进行共时性的文体功能之辨，认为"文以载道"与"诗言志"只是分工不同，原本是并行不悖的，无所谓两派。"周先生把文学分为'载道'和'言志'。这个分法本来不错，相当于德昆西所谓 literature of knowledge 和 literature of power。至于周先生之主'言志'而绌'载道'，那是周先生'文学自主论'的结果。"② 风华正茂的钱氏确实从语源学和文体功能分析上，发现了体悟独得的周作人的软肋，但钱氏所说文学谱系是学理型的谱系，周氏则化学理为思潮，为重写文学革命的品格而探寻历史根据，属于思潮型的谱系。他不用写实、浪漫一类外来术语，而转化言志、载道一类本土本色术语，来形容长时段的思潮在群体性和个体性之间的交替起伏，折射着他讲文学史更为重视审美滋味的体验，对左翼文学的功利性不无腹议的弦外之音。由此可知，对精神谱系的认知，总是或显或隐地贯穿着各种因缘、各种价值标准的。

　　对于百年文学的精神谱系的把握，简明的方法是叩其两端，潜入其中。叩其两端，可知百年的转型给文学中国带来的洗心革

---

① 周作人：《中国新文学的源流》，河北教育出版社2002年版，第52页。
② 中书君（钱锺书）：《评周作人〈中国新文学的源流〉》，《新月》1932年第4卷第4期。

面的巨大变化；潜入其中，可以深入窥见流派纷纭、层面纠结的痛苦中的锐意选择。百年前夕，中国人的精神状态和精神方式由"风乍起，吹皱一池春水"而变得越来越骚动不安。"洋务运动"使经济出现新的增长点，包括同光体诗和桐城派古文的旧文学出现了"夕阳无限好"的回光返照。此时中国人的精神谱系中已开始出现异数。西学东渐从晚明起步，但自1840年鸦片战争直至1894年甲午战争的半个世纪，文学中的新因素还相当有限，不足以倾动举国视听。不过，许多涓涓细流却清晰可辨。《圣经》的最早白话译本，出自西方传教士之手。18世纪下半叶，耶稣会传教士鲁士波柔在清廷当译官，业余用白话译了《旧约》大部分及《新约》全部。[①] 广学会1934年出版的《汉文圣经译本小史》就说："那些圣书的翻译者，特别是那些翻译国语《圣经》的人，助长了中国近代文艺的振兴。这些人具有先见之明，相信在外国所经历过文学的改革，在中国也必会有相同的情形，就是人民所日用的语言可为通用的文字，并且这也是最能清楚表达一个人的思想与意见。那早日将《圣经》翻译国语的人遭受许多的嘲笑与揶揄，但是他们却做了一个伟大运动的先驱，而这运动在我们今日已结了美好的果实。"[②] 西方人的翻译，往往是宗教先于文学，为便于布道而选择白话。他们的先驱价值，属于"无心插柳柳成荫"。文学翻译最初出自来华外国人者，早在1840年《广东报》就刊登了罗伯特·汤姆翻译的《意拾喻言》（即《伊索寓言》）。其后如《天路历程》（1853年）与圣经赞美诗（1870年）等，也是宗教与文学相间杂。自1871年始有国人独立完成的文学翻译，该年王韬与张芝轩合译《普法战纪》中的法国国歌《马赛曲》与德国的《祖国歌》。次年5月《申报》登载《谈瀛小录》（英国斯威夫特《格列佛游记》中的小人国部分）与《一睡七十年》（美

[①] 袁进：《中国文学的近代变革》，广西师范大学出版社2006年版，第90页。
[②] 贾立言、冯雪冰：《汉文圣经译本小史》，广学会1934年版，第96页。

国华盛顿·欧文的短篇小说《瑞普·凡·温克尔》），二者均为节译。刊发《谈瀛小录》时，开头有一段说明："昨有友人送一稿至本馆，所传之事，最为新异。但其书为何人之笔，其事为何时之事，则友人均未周知，盖从一旧族书籍中检出。观其纸墨霉败，几三百余年物也。今节改录之，以广异闻云尔。"① 这为翻译中的偷梁换柱，开了方便之门，例如将格列佛变成了"某家籍隶甬东"，出海也只不过是抵达"澎湖厦门等埠"。《一睡七十年》刊载时，也运用了相似的处理方法："兹有友人谈及一事，似与此二事（陈抟善睡和王质入山）相类，不知其真伪，也不知为何时事也。"② 可见此类翻译把外国小说当成海外奇谈，甚至与中国的神仙故事相提并论，用以刺激读者的好奇心，并无多少自觉的文学抱负。1873 年 1 月至 1875 年 3 月，《瀛寰琐记》第 3 卷至 28 卷刊出蠡勺居士翻译的《昕夕闲谈》，仿章回体小说，不久就由申报馆出版单行本。美国韩南教授在《论第一部汉译小说》中，考证出该书是对英国利顿长篇小说《夜与晨》的翻译。

到 19 世纪、20 世纪之交，文学翻译明显升温，除林纾的翻译之外，还有 1903 年周桂笙译《毒蛇圈》，1905 年觉我（徐念慈）译《黑行星》，1907 年君朔（伍光建）译《续侠隐记》，白话翻译水平都有较大提高。《点石斋画报》所载奇书有王韬的《淞隐漫录》，"追忆三十年所见所闻可惊可愕之事"，"为蒲留仙后仅见之作"，"此书每说绘一图"附画报发行，汇印本改称《后聊斋志异》。王韬此作被鲁迅列入"拟晋唐小说之支流"，称其特征"其笔致又纯为《聊斋》者流，一时传布颇广远，然所记载，则已狐鬼渐稀，而烟花粉黛之事盛矣"③。1902 年梁启超创办《新小说》，

---

① 《谈瀛小录》，《申报》1872 年 5 月 21 日。
② 《一睡七十年》，《申报》1872 年 6 月 1 日。
③ 鲁迅：《中国小说史略》第二十二篇，《鲁迅全集》第 9 卷，人民文学出版社 2005 年版，第 223 页。

在小说翻译史、创作史上都具有界碑意义,自此小说成为文学中最活跃的文体。据日本樽本照雄所编的《新编清末民初小说目录》显示,清末这十年间,小说总数是 3632 种,翻译是 1101 种,创作小说为 1531 种。樽本氏著录时限断自 1902 年至 1918 年的十七年,囊括翻译小说和创作小说、通俗小说和文言小说、单行本或报纸所载单篇,共得小说 16046 目,其中翻译小说 4972 目,创作小说 11074 目。[①] 可见民初七年,小说出现了更猛的发展势头,著作量是清末十年的五倍。报刊成为近代中国输入外来文化最显眼的渠道,传播文学作品(特别是小说)的主要载体。据统计,文学期刊从 1915 年 9 月至 1927 年 4 月,创刊 350 种,1927 年 5 月至 1937 年 7 月,创刊 1186 种。[②] 由此可知,在此百年文学的前端,外国小说的大量译入,创作小说的大量涌现,都在改造着中国文学的文体价值认知和文体结构的层面升降,开始注入现代性的理念,重新模塑了文学中国的精神谱系。

这股潮流还蔓延到教育体系之中。1864 年美国传教士狄考文到山东蓬莱开办登州文会馆,制作学堂乐歌,今存 10 首。如《赏花》歌:"雪消冻,解东风,报到花开。园丁扫径,等那赏花人来。排闷人,逍遥迈,换来美酒乐举杯,锦绣场中共徘徊。牡丹开富贵,芍药红一色,蜂蝶纷纷过墙去,而又复回、又复回。依五柳,傍三槐,几声丝竹管弦谐。对春光,诉出衷怀。"[③] 其后有沈心工编著《学校唱歌集》(1904),曾志忞编《教育唱歌集》(1904),丹徒、叶中冷编《小学唱歌集》(1906),侯鉴编著《单音第二唱歌》(1907)等早期学堂唱歌集。李叔同也创作了《送别》(1908)、《春游》(1913)等脍炙人口的篇章,雅致清新,韵味悠长。据《中国音乐

[①] [日] 樽本照雄:《新编增补清末民初小说目录》,日本清末小说研究会 1997 年版;贺伟译本,齐鲁书社 2002 年版。

[②] 刘增人等:《中国现代文学期刊史论》,新华出版社 2005 年版,第 4 页。

[③] 刘再生:《我国近代早期的"学堂"与"乐歌"——登州〈文惠馆志〉和"文惠馆唱歌选抄"之史料初探》,《音乐研究》2006 年第 3 期。

志》记载，1949年前出版的创作歌曲集有千余册，发表歌词的音乐期刊120种，报纸音乐副刊40余个。这与当前歌曲繁盛相映成趣，有学者认为，"有资料表明，全国每年发表歌词的总数量约在5000首，仅以改革开放的20年计算就有10万首左右"①。中国人在精神谱系发生世纪巨变的过程中，可谓一路歌声矣。

端量过百年文学最初的十七年，甚至更早时段之后，再来考察百年文学的最后二十年，对于文学中国精神谱系在百年间发生的实质性变化，当会感慨良多。这令人想起《儒林外史》第一回的卷首词："百代兴亡朝复暮，江风吹倒前朝树。"② 在宣布不再提"文艺为政治服务""文艺从属于政治"两个口号之后，文学重新处理了自身与政治的关系，开始了返回自身的历程，把"人""人性""人道主义"的问题纳入文学与思想文化思考的基本问题之中。眼迷五色，饥不择食，手忙脚乱的情形，颇有点类乎百年前的那个世纪初。斯时文学观念出现了人文主义与科学主义两大分支。各种哲学观念和文化思潮，如弗洛伊德主义、结构主义、形式主义、阐释学、接受美学、现代主义、后现代主义、新历史主义、后殖民主义、女权主义竞相涌现。作家们竞相借鉴西方各种文学与文化形式，诸如荒诞派戏剧、象征派诗歌、意识流小说、超现实主义、未来主义、法国新小说、"垮掉的一代"、黑色幽默、魔幻现实主义，都被急匆匆地试验着。评论界宣称"新的美学原则"在崛起，搬弄着话语、结构、语义、意象、象征、隐喻、戏拟、系统论、控制论、信息论一类术语和体系，追逐着文化热和新方法热。现代主义以前所未有的势头，滚滚滔滔，冲击和震荡着文学中国的精神谱系。人们从尼采、弗洛伊德、卡夫卡和萨特出发，以"片面的深刻"，去理解西方文化和文学。尼采蔑视任何

---

① 苏自勤：《古代诗歌向现代诗歌的嬗变》，《甘肃高师学报》2005年第10卷第6期。
② （清）吴敬梓著，李汉秋校注：《儒林外史汇校汇评本》第一回，上海古籍出版社2010年版，第1页。

规范对自己的束缚，弗洛伊德的深度精神分析学宣布"上帝死了！"，卡夫卡构筑的孤独城堡的巨大隐喻，以及萨特的存在主义哲学宣布"他人即地狱"，均促使作家思考人的生存，转向对人的潜意识的探秘，掀动了波荡不安的心海潮汐，从而引导文学走向了人性的广阔而陌生的领域，走向了人的灵魂若明若暗的深处。一时间"文学是生命的体验""批评说的就是我自己"，以及叙事策略和文艺心理学，在文论界、美学界都成了热门，打开了文学领域八面来风、风起云涌的生动而奇诡的局面。

改革开放以后的80年代文化和文学思潮，深刻建构着一代人的精神生活和文学研究格局。这代人学无常师，匆匆忙忙地把19世纪末以降，尤其是第二次世界大战以后西方现代主义文化思潮，以令人惊诧的速度成规模地加以接纳，极大地冲击着和改变着人们对世界和文学的认识。其时的风气崇尚"理想""激情""人文精神"，文学负荷着并不轻松的思想启蒙和社会变动之责任，实在令人有"士隔三日，刮目相待"之感。在现代社会的快节奏运行中，研究者往往喜欢截下十年或五年的文学，剖析它的年轮信息。精神谱系学与文学年轮学错综交织，结下了不解之缘。关于"八十年代文学"的论述，通常的说法是"伤痕文学""反思文学""改革文学""寻根文学""现代派"试验，直到"新写实文学"，先后递嬗、依次推进。在"朦胧诗"的论争中，评论家激赏"追求生活溶解在心灵中的秘密"[①]的美学原则。王蒙是一个典型，他原本是倾心于尼·奥斯特洛夫斯基、法捷耶夫、爱伦堡、屠格涅夫、契诃夫等俄苏文学作家，又喜欢艾特玛托夫的优美，迷恋美国作家约翰·契佛干净、清爽的文体，此时却将对革命的反思与"意识流"手法别具一格地融汇组合，令人眼花缭乱地写出了《布礼》《夜的眼》《春之声》《蝴蝶》等一批所谓"东方意识流"

[①] 孙绍振：《新的美学原则在崛起》，《诗刊》1981年第3期。

的作品，占据了当时文学创新的前沿。

从王蒙曾被划为右派而进行刻骨铭心的反思中，人们恍然大悟，作家身份变异影响了他们认知世界的角度、方式和深度，影响了他们把握历史、现实的眼光与情感态度，以及写作的姿态与方式。因而作家身份也成了他们在建构文学中国精神谱系中贡献何种成分的检查途径。于是评论界以"归来者""知青""新生代"等名词，划分作家类型，作为把握作家群体和文学格局的重要概念。"归来者"作家指因50年代"胡风"案、"反右"运动等政治原因而被剥夺写作权利的作家，如牛汉、绿原、艾青、汪曾祺、王蒙、刘宾雁、流沙河、陆文夫、刘绍棠、张贤亮、高晓声、邵燕祥等人。新崛起的文学中坚有莫言、余华、刘震云、刘恒、苏童、马原、格非、王朔、叶兆言、方方、池莉等。"知青"作家指"文化大革命"中"上山下乡"而到农村"插队落户"的中学生城市青年。小说家有贾平凹、王安忆、韩少功、张承志、梁晓声、张抗抗、史铁生、李锐、阿城、郑义、叶辛；写作"朦胧诗"的有舒婷、北岛、杨炼、江河，以及后来被发掘出来的"白洋淀诗群"的芒克、多多、林莽、根子等。被称作"新生代"（"第三代"）的诗人则有西川、海子等人。其时的作家写作空间相当开阔，现实主义、意识流之外，无论"现代派""先锋小说"或"新写实""新历史"，以及"新生代"诗歌尝试，都出现了风格鲜明新异，甚至特立独行且自我意识和文学个性极强的探索，当然也不乏为潮流所裹挟的"一窝蜂"现象。

在谱系学视野中，任何新的探索和创新，都可能接纳或改造了更古老的书面的或口传的文化元素，"过去"往往生存于现在的创造之中，尽管它以不同的方式和价值生存。文化上回归乡土、寻找本根，就与走向世界的现代趋势，形成发人深思的审美张力。1985年，即有"寻根"作家吐露内心的焦虑，认为"五四"以后，中国文学向外国学习，学西洋的、东洋的、俄国和苏联的；

也曾向外国关门，夜郎自大地把一切洋货都封禁焚烧。结果带来民族文化的毁灭，还有民族自信心的低落，唯有"释放现代观念的热能""来重铸和镀亮"文化的"自我"①，方可扎下文学生存的根基。有趣的是，呼吁"寻根"的多是知青作家，而对传统也许有更多认知的"归来者"作家，却更热衷于在过往年华与日常生活描写中体验人性的扭曲，体验自己刻骨铭心的坎坷经历。寻根发掘着古老的记忆，发展到极致，难免走向神秘主义。寻根作家对西方学者兴致勃勃地在原始文化中发现未被人类现代理性污染的精神原生态，心向往之。这里包括泰勒《原始文化》中探究"万有皆灵"的原始观念，列维-布留尔《原始思维》中发现原始人"互渗律"的原逻辑的神秘思维，以及列维-斯特劳斯将原始人思维方式称为"野性的思维"。寻根者想在古老的蛮荒中，发现人类生存的哲学本体论价值。比如，莫言醉心于《聊斋》，钟情于山东高密东北乡"红高粱文化"和民间曲艺故事。莫言说："中国文学经历了向西方学习的阶段，应该到了写出中国特色小说的时候了，中国作家要在世界文坛上确定自己的地位也需要这样的尝试。一味地学习西方是不行的，应该从民间文化、民间艺术中得到借鉴，把民间千百年的艺术精华移植过来。因此，我马上就想到了茂腔。《檀香刑》就是小说化的戏曲，也可以说是戏曲化的小说。人物脸谱化，在语言上大都押韵。小说里的茂腔唱词，跟民间文化联系密切。"② 茂腔是山东东部滨海地区的地方戏曲，又称"猫腔"，莫言说，一听到"猫腔"就感觉热泪盈眶，这是乡音，是和他的童年紧紧联系在一起的。韩少功则自幼浸淫于南楚巫风，小说写作往往饱蘸着民间的"俚语、野史、传说、笑料、民歌、神圣故事、习惯风俗、性爱方式等"墨汁。贾平凹把坚守传统文化看作写作的"秘笈"，受关中大地风俗民情、巫鬼文化的

---

① 韩少功：《文学的"根"》，《作家》1985年第4期。
② 解永敏、吴永强：《莫言与高密四宝》，《齐鲁周刊》2012年2月12日。

濡染，喜欢施耐庵、蒲松龄、曹雪芹，研读《易经》《道德经》《达摩经》，"读奇书，游名川，见大人，以养浩气"①。寻根文学不依不饶地接通地气，玩味地气，从地气中释放出来的神秘，也就成了文学的味之素。应该承认，没有这点神秘，寻根文学会逊色不少。瑞典文学院诺贝尔奖评审委员把2012年诺贝尔文学奖授予中国作家莫言，评委会给出的获奖理由是"莫言的魔幻现实主义作品融合了民间故事、历史与当代"。这种既开放又顾及本土血脉的概括，折射了文学中国精神谱系丰富复杂且怪异张狂的一面。

　　程光炜认为："借'八十年代'，既能够发现'十七年文学'的特殊性，也能够充分地把'九十年代文学'的问题打开。把它当作漫长的当代文学史的一个'制高点'或'瞭望塔'，重新理解、认识和处理当代文学史的问题，并做一些方法论的探讨。"②被程光炜作为"方法"来对待的80年代文学，已经积淀在一代人的精神谱系之中。相对而言，进入20世纪90年代后，由于市场经济的勃兴，社会进一步开放，使文学的形式价值选择趋向更加多元，于是批评家形容：文学时代由共名走向无名，由独白走向杂语。80年代的启蒙理想和人文激情盛极而衰，只能作为无法重复的纯真的"过去"，反衬着90年代的商业社会带来的文学转型。

　　90年代文学在越来越深刻的程度上打上了商业化的烙印，这推动了文学做大，也诱惑着文学做肥。商品大潮将80年代的潮流挤到边缘，明晰了快捷化、竞争化、技术化、实利化的时代文化表征，使诗意变得似乎不那么合时宜了。商品标价和视听时尚的诱惑和冲击，使相当多的作家，包括一些先锋作家脱雅归俗，把

---

　　① 职茵、孙悦萍：《贾平凹：读奇书，游名川，见大人，养浩气》，《西安晚报》2013年10月29日。
　　② 程光炜：《文学讲稿："八十年代"作为方法》，北京大学出版社2009年版，第78页。

掺杂通俗文化因素当成文学争取市场畅销的重要手段。评论者将这种文学蜕变，称为"后新时期"的来临。还在1988年初，敏感的王蒙就化名阳雨，在《文艺报》发表《文学：失却轰动效应以后》，说不清这是文学神经的乍为惊警，还是未雨绸缪，总之90年代就这样在一隅寥落，遍地狂欢中降临了。小说还是主要的文学形式，但格调已经大变。难道是小说卸下了历史期待和自我想象的过高重负之后，浑身轻松地回到故我，成为真正的"小说"，而不再是"大说"吗？不少文学史叙事谈论这种转型时，启用了"新时期"—"后新时期"、"大叙事"—"小叙事"和"纯文学"—"非文学"的两元对立模式。文学史作出如此总结："他们把'新时期文学'看作是一种社会政治形态的文学，而90年代文学则是'商业社会'的写作形态。"① 道德价值和审美价值在物质、利益、欲望、狂欢的"消费主义意识形态"的挤压中，逐渐趋于灰色、瓦解和沉沦。小说淡化了对公共事务的兴趣，理想观念逐渐被解构，而退守于个人经验和世俗生存，带上日益个人化写作的特征，甚至热衷于制造出软香甜腻的快餐读物。若要选择一个关键词描述90年代文学的位置，异口同声都说是"边缘化"。退居边缘的"小女人小男人"散文，迷失了跨世纪大眼光的文化观察，徒然成了世纪末文化风景中的满地黄叶，徘徊于描写我的童年、我的宠物、我的眼泪鼻涕的顾影自怜之中，"一地鸡毛"，尽显日常生活的琐屑。当然，市场经济在消解旧的意识形态，导致文化结构变得多元无序的同时，又有可能拓展思想解放、精神独立的空间。然而欲望的追逐难以替代意义的匮乏，过度的欲望有时反而杀死诗性，加剧着精神的骚动、紧张与焦虑，造成主体性在精神焦虑中弥散无痕。文学在无名中，也难以排除无奈。

文学中国的精神谱系是动态的，它被层层染色，接着80年

---

① 洪子诚：《中国当代文学史》，北京大学出版社1999年版，第387页。

代，又染上一层"九十年代性"。长篇小说在80年代的年产量不及100部，但到了1993年就超过300部，1994年接近400部，1995年为440部，1996年已达640部，逐渐逼近千部大关。吊诡的是，在文学书林林总总的岁月，人们却惊呼"人文精神的失落"。知识考古学认为，与传统的"思想史相比，考古学更多地谈论断裂、缺陷、缺口、实证性的崭新形式乃至突然的再分配"[①]。正是在文学转轨的断裂、缺陷、缺口处，出现了"人文精神大讨论"。1993年6月，《上海文学》发表了王晓明等人的对话《旷野上的废墟——文学和人文精神的危机》。对话者批评了当时的流行文化，包括王朔的"痞子文学"，张艺谋电影的商业化倾向，痛陈"公众文化素养的下降，人文精神素质的持续恶化，暴露了当代中国人文精神的危机"。其后《读书》刊发了系列讨论稿，《光明日报》《文汇报》还开辟了讨论专栏。作家张承志在《十月》杂志发表《以笔为旗》，张炜在《文汇报》发表《抵抗的习惯》，再掀波澜。王蒙却以"躲避崇高"为盾牌，发出质疑的声音，"不要搞精神价值的定于一与排他性"[②]。其实，商业性和人文性有排斥性的一面，但并非截然对立，关键在于如何处理，能否形成制度化的引领、调节和疏导。

在某种意义上，站出来打捞失落了的人文精神的，是一班女作家。中国的女性作家群体在90年代走向成熟，不同的作家以不同的创作倾向和艺术色调、风格类型交相辉映，点缀出一道"乱花渐欲迷人眼"的奇丽的文学风景线。王安忆没有张扬过某种新潮旗帜，却在坚持不懈的文体探索中超越自己，以实际成绩占据许多文学潮头。她一副笔墨写"三恋"（中篇小说《小城之恋》《荒山之恋》《锦绣谷之恋》），以殉情故事守护真诚的爱情；另一

---

① ［法］福柯：《知识考古学》，谢强等译，生活·读书·新知三联书店1998年版，第179页。
② 王蒙：《人文精神偶感》，《东方》1994年第5期。

副笔墨写《小鲍庄》，对小小村落几个家庭生存、命运与世代沿袭"仁义"的做人规矩，进行忧郁的剖析。其集大成之作是《长恨歌》，以怀旧的情怀和细腻平淡、哀婉动人的笔致，叙写了上海弄堂里漂亮女人王琦瑶在社会剧变的四十年间命运多舛的情与爱，理想的幻灭和怨望的躁动，审视了上海大都市被尘封多年的带点神秘感的沧海桑田的变迁，成功创作了一部"现代上海史诗"。王安忆说："在那里边我写了一个女人的命运，事实上这个女人只不过是城市的代言人，我要写的是一个城市的故事。"[①] 人与城，都蒙上了一层怀旧的情调。

　　出生于中国最北端的黑龙江省漠河县北极村的迟子建，以其沉静婉约、细腻生动的语言，透射出一种淡淡的伤怀之美，在90年代一经出现，就展现了直逼王安忆的苗头和气势。由于身为小学校长的父亲喜好曹植的《洛神赋》，遂以曹植之字"子建"为女儿取名，寄希望于她能像曹子建才高八斗。但她的笔墨不像曹子建的惊才绝艳，而是充满着"真是漫天飞雪，更要用温暖迎它"的悲悯。《白雪乌鸦》的书名就以"雪白鸦黑"为全书建立冷色的基调。1910年哈尔滨鼠疫大暴发，使傅家甸的两万人，毙命五千。小说宛若《清明上河图》，叙写了有名有姓的乡野细民几近百人，在鼠疫灾难的车轮轰隆隆碾过时，小日子还得天天过，母子之欢、男女之情还在继续。承受灾难之轮碾压的卑贱生命或自私，或高尚，既有麻木不仁的心神，又有肝胆相照的灵魂。扉页题辞云："每一个灵魂，都有自己的天堂。"面对"天地不仁，以万物为刍狗"，残酷的灾难激发出许多令人肝肠寸断的细节，完成了一部独特的"地方志"。《伪满洲国》对伪满洲国时期黑土地上疮痍满目，人生苦痛，做了细致入微的真实度极强的刻画。它写了一个个活生生的人和活生生的日子，呈现了"命运就像一只很沉重

---

① 王安忆、刘金冬：《我是女性主义者吗?》，《钟山》2001年第5期。

的脚,我是一只可怜的蚂蚁。它踩了我一下"的生存体验。作家对小人物的生存境遇和日常悲欢的兴趣,超过了对大历史的还原,使已逝时光从人间底层发生精神的震撼力。全书散发着乡土民俗气息,扭秧歌、放河灯等地方风俗景象,浸染了小说的灵魂。迟子建说:"对这一切我从小烂熟于胸,可以说,我的写作是沾了地气的光。"[①] 由清纯进入浑厚的界碑,是她的长篇《额尔古纳河右岸》,展示的是东北鄂温克族一个部落的百年沧桑。年届九旬的最后一个女酋长回忆:在中俄边界的额尔古纳河右岸,居住着一支数百年前自贝加尔湖畔迁徙而至的鄂温克人,他们与驯鹿相依为命,逐驯鹿而搬迁,在严寒、猛兽、瘟疫的侵害下求繁衍,在日寇的铁蹄、"文化大革命"的阴云,乃至种种现代文明的挤压下求生存,却对整个部落日渐衰落的命运万般无奈。作品以深深的依恋去拾取那片土地上流逝的诗意生活,把两个萨满塑造成沟通天和地的通灵人,他们以宗教使者的镇定从容,面对瘟疫、疾病、死亡、尊重生命、敬畏自然,成为部落百年历史的见证人。作家心仪于年近九旬的女酋长和女萨满,称"她们对苍茫大地和人类充满了悲悯之情,她们苍凉的生命观,从容镇定的目光,不畏死亡的气节深深感动着我"。"这部小说浸润着我对那片土地挥之不去的深深依恋和对流逝的诗意生活的拾取,在气象上极为苍茫。把历史作为'现实'来看待,作品才会有力量。"[②] 这种"用小人物说大历史"的叙事策略,体现了真正的历史在民间,编织历史的大都是小人物的理念,成就了一部意蕴深远的民族口传史诗。这位女作家由此接续着80年代寻根的潮流,并使之带上女性的纤敏、出格、悲悯和北国之风的凄厉。

这种神秘的寻根,以开放的视境搭上了拉美魔幻现实主义的

---

① 《"双面"迟子建:"写作是生命的一种存在"》,《人民日报》(海外版)2008年4月18日。

② 曹雪萍:《迟子建为鄂温克唱挽歌》,《新京报》2006年3月14日。

神秘的线头，以拉美的魔幻体验牵出东方的神秘体验。魔幻现实主义巨擘加西亚·马尔克斯以美国作家威廉·福克纳为导师，其《百年孤独》虚构了马孔多镇，描述了布恩蒂亚家族百年七代的兴衰，显然受到福克纳小说的"约克纳帕塔法世系"的启发。1984年福克纳的《喧哗与骚动》在中国市场热销，出现了"福克纳热"。他大量运用意识流、多角度叙述和陈述中时间推移等叙事手法，描写他梦魂萦绕的美国南方"约克纳帕塔法县"，启发作家寻找自己难以忘怀的故土精魂。余华宣称："影响过我的作家其实很多，比如川端康成和卡夫卡……可是成为我师父的，我想只有威廉·福克纳……福克纳就传给我一招绝活，让我知道了如何去对付心理描写……我发现了师父是如何对付心理描写的，他的叙述很简单，就是让人物的心脏停止跳动，让他的眼睛睁开。一系列麻木的视觉描写，将一个杀人者在杀人后的复杂心理烘托得淋漓尽致。从此以后我再也不害怕心理描写了，我知道真正的心理描写其实就是没有心理。"[①]

余华向被视为先锋派的代表性作家，但他1995年创作的长篇小说《许三观卖血记》，开始淡化了早期暴力、血腥、死亡的书写，从先锋探索回归到苦难的民间叙事。时间跨度从"大跃进"全民大炼钢铁，到三年自然灾害、"文化大革命"的苦难叙事，却亦庄亦谐，浑无火气，颇有"真正的心理描写其实就是没有心理"的风范。小说描述了许三观12次卖血的经历，生命的精华溶于血，卖血岂不等同于卖命？但许三观反而觉得"我身上的血就是一棵摇钱树"，卖血可以救命。他本是丝厂工人，出于好奇心去卖血，初次卖血的钱竟然娶了"豆腐西施"许玉兰，开始了家庭人生，陆续有了三个儿子后，生活的困窘和苦难便接踵而至，遂靠卖血闯荡生存。他发现长子一乐并非自己的血脉，便去寻找外遇

[①] 余华：《奥克斯福的威廉·福克纳》，《我们生活在巨大的差距里》，北京十月文艺出版社2015年版，第87—88页。

以报复妻子，却又认命随俗，为了一乐打伤铁匠的儿子，卖血赔偿住院费；其后为了给一乐治肺病，一路频繁卖血到上海。他甚至拿刀子在脸上划出口子，放狠"你们中间再有谁说一乐不是我的亲生儿子，我就和谁动刀子"。他虽然受过一乐的生父何小勇的辱骂，但在得知何小勇车祸不起，医院束手无策时，还责令一乐爬上屋顶为何小勇喊魂。理由是"做人要有良心"，"我答应人家了，就要做到，君子一言，驷马难追"。"文化大革命"中，许玉兰被当成破鞋批斗，剃光左边头发，许三观便为她把右边头发也剃了。许玉兰深有感慨："回到家里只有你对我好，我脚站肿了，你倒热水给烫脚；我回来晚了，你怕饭菜凉了，就焐在被窝里；我站在街上，送饭送水的也是你。"许三观为她送饭到牛棚，饭锅底藏着红烧肉。他以超乎凡人的从容和麻木，忍耐和乐天的生存哲学，面对着异乎常态的伦理紧张，展现了超越血缘计较的更深沉、更温厚的无私的情感，成就了一个"反英雄"的英雄。在自然灾害年头，全家吃了57天的玉米稀粥，他为了让全家饱餐一顿面条去卖血。为了次子二乐能早日回城，用卖血的钱设酒款待了二乐的队长。连妻子都对儿子发感慨："你们是他用血喂大的。"许三观以宽厚的温情面对磨难重重的人生，展现了在厄运中寻找出路的顽强的求生意志和韧性的生存方式。他凭借卖血渡过重重难关，终至花甲之年，三个儿子已在城里成家立业，自己却突然想吃猪肝，决定为自己卖一次血，但经营人血的血头却嫌弃地讥讽，他的血只能卖给油漆匠漆家具。他蓦然感到自己无用，如今血卖不出去，家里再有灾祸怎么办？唯有以沫相濡的妻子许玉兰理解他，为许三观点了三盘炒猪肝，一瓶黄酒，让他大快朵颐而开怀一笑。

如此人生终归于一笑，确是余味无穷。余华解释："随着时间的推移，我内心的愤怒渐渐平息，我开始意识到一个真正的作家所寻找的是真理，是一种排斥判断的真理，作家的使命不是发泄，不是控诉或者揭露，他应该向人们展示高尚，这里所说的高尚不是那种单纯的美好，而是对一切事物理解之后的超然。对善和恶一视同仁，用同情的眼光看待世界。"[①] 许三观靠职业不能维持正常的生活，须以卖血来渡过磨难，这已是人生失常的残忍，但他以从容的态度从残忍中寻找温情，从无可奈何中表现坚韧顽强，从伦理悖谬中领略乐观、幽默、硬朗的笑影，从没有尊重和关怀中获取对人的生命的尊重和关怀。叙事散淡平实，情节进展缓慢冷峻，在冷静的娓娓道来中展现人物生活的原貌，及人道主义的悲悯。王德威认为余华这十年来的创作"以怪诞的人事情境、冷洌的近乎黑色幽默的笔法，吸引（或得罪）众多读者。……父系家庭关系的变调，宿命人生的牵引，死亡与历史黑洞的诱惑，已成他作品的注册商标……见证了一代中国人的苦难"[②]。无论是余华由先锋返回苦难人生中寻找残忍的温情，还是迟子建在寻根上抒写对苍茫大地和古朴人类的悲悯之情，他们在不同的维度上都以独特的手法为文学中国的精神谱系增添了沉重的文化内涵。

　　文学谱系的"九十年代性"，还经历了一股商业裹挟着科技的大潮。90年代市场经济和高端科学技术对文学的介入，使"网络文学"和二渠道图书销售市场迅猛发展。文学遭遇了新的生存环境和生存方式。"书商"以利润为鹄的，将作家的写作直接纳入商业运作，改变了图书市场单一的发行渠道，在文学经营方式上应是一种突破。商业收益的诱惑，乘着文学开始被边缘化、免疫系统紊乱之机，消解了作家们珍惜羽毛的自主追求，使之越来越深地陷入各种商业的算计之中。边缘化所带来的自由，被抛掷在媚俗性的商业操作的浪潮中载沉载浮。受商业利润的挤压，文学期刊倚重策划来介入、干预、引导文学生产的过程，使得90年代中

---

① 余华：《我能否相信自己》，人民日报出版社1989年版，第145页。
② 王德威：《伤痕即景，暴力奇观——余华的小说》，收入余华《许三观卖血记》为序论，台北麦田出版社1997年版，第25—26页。

后期文学期刊在"反抗危机"的行为中标榜的各种"新"字号的小说，旗幡林立。文学编辑联络了一批作家和批评家，推出了一系列的文学口号与文学命名，到处都在高标旗号，制造吸引眼球的热点和卖点。诸如《北京文学》的"新体验小说"，《钟山》杂志的"新状态"文学，《春风》杂志的"新闻小说"，《上海文学》的"文化关怀小说"，《当代小说》的"新都市小说"，《时代文学》《作家》《青年文学》联袂举办的"后先锋小说联展"，都是其中较有影响者。以年龄划分作家也是一种招数，陆续推出"新生代""60年代作家""70年代作家""80年代作家"等文学代群，甚至把美色与文学拼盘为"美女文学"，再加上"新乡土""新移民""新宗教"一类口号，文学招牌林立，彩旗飘扬，令人感受到文学生存无奈的悲壮，悲壮的无奈。

  其实，20世纪末的这种文学商业炒作方式，是在新的包装中呼应着20世纪初。从本书的"通俗文学卷"可知，中国现代通俗文学伴随着上海都市的崛起而形成。上海市民意识决定了20世纪初的通俗文学的文化趣味和叙事方式。当时就有一种奇幻小说，以穿越时空的方式，亦庄亦谐地"消费"着经典文学，使人产生"形式的惊奇"。晚清小说形式探索的能手吴趼人1905年以"老少年"的笔名，在上海《南方报》连载长篇小说《新石头记》，贴出来的标签就式样翻新，始称"社会小说"，后改为"理想小说"，作者最后说，"兼理想、科学、政治而有之者，则为《新石头记》"。小说开头借用女娲补天遗落的那块顽石，谈论"爱国爱种""保全国粹"。随之展开的是迷幻的时空框架：贾宝玉在1901年复活，"与二十世纪相见"。由焙茗、薛蟠陪伴游历清末的"野蛮社会"。先到上海，听说风月场中"四大金刚"头一个是"林黛玉"。贾宝玉如天雷击顶一般，出了一身汗，呆呆地出神。继而游历南京、北京、武汉等地，目击晚清社会的种种弊端，这些无非是借《红楼梦》中人，作晚清谴责小说。这还不过瘾，于是借用科幻想象，让老少年陪同贾宝玉乘飞车追大鹏，狩猎非洲，又乘坐鲸鱼型潜水艇潜游太平洋数万里，探险南极。由南极到北极绕地球一周，为高度发达的西方科技文明所震撼。小说借老少年的口说："世界上行的三个政体，是专制、立宪、共和。此刻纷纷争论，有主张立宪的，有主张共和的，那专制是没有人赞成的了。敝境却偏是用了个专制政体，现在我们的意思，倒看共和是最野蛮的方法。"他对西方的政治体制持批评态度，主张"立宪的专制"。贾宝玉最终发现"自由村"，是一种没有娼妓、乞丐、庙宇、戏馆，境内居民，无论男女都能自食其力，平等相处，其衣食住行和文化、娱乐、教育等日常生活，全都尽善尽美的"文明境界"。而创建这种东方文明的，竟是《石头记》里的甄宝玉。这样，小说千回百折，又折回政治小说的路数了。这种千回百折，体现了作家穿越时空、穿越文体，以探索小说形式，以刺激读者胃口的策略和能力。处理得好，就是文体的综合创新；处理得不好，就是街头的杂货摊。贾宝玉发现"文明境界"的缔造者是甄宝玉，遂感补天之愿已被他占了先机，怅然归隐，留下通灵宝玉，化作巨石，镌刻着这部《新石头记》。如此作结，已是偷得《红楼梦》结构上的某种天机了。

20世纪初的文学中，在时空穿越上与吴趼人的《新石头记》并为双璧的，是1906年《时报》连载的陈冷（陈景韩）的滑稽小说《新西游记》。其滑稽之处，就是撷取神魔小说《西游记》这部经典的一些元素，作为时尚商品来消费，获取读者的世俗狂欢。唐僧师徒四众到上海考察新教，洋场光怪陆离的风景线，为他们西天取经十万八千里的漫漫长途未尝见闻，闹得眼花缭乱，笑话不断。他们走在马路上，把高耸的洋楼当作如来佛的手指；把满街的洋车当作粪箕；而脚踏车和汽车又被误认为哪吒驾驶的风火轮。进入报社，热气腾腾的印刷机被当作炉灶和蒸笼；对开折叠的报纸被误认为菜单。孙悟空想耸身冲天，被电线弹了回来，八戒想拱开地皮，却被水门汀撞得鼻青脸肿。大都会的风尚,也感染了他们:唐僧学会了在大庭广众演讲;悟空学会了敲诈勒索;八戒到新学堂里鬼混,迷上了漂亮的女学生;沙僧忙着联络会党。① 上海诸多新事物,使"遭八十一难之艰辛,受百千万之魔孽"的西游取经四众变得瘟头瘟脑,法力失效,出尽洋相。上海开放而淫靡之风,又刺激了他们的欲望,摧毁了他们的定力。《石头记》写情,但政治小说遗风犹存的《新石头记》却讽刺世道,追求政治乌托邦;《西游记》证道,但《新西游记》却以洋场风气,刺激情欲。这种解构性的思维,使滑稽的、奇幻的小说,投合市民趣味,娱乐世俗,消费经典。而且从吴趼人的《新石头记》到陈景韩的《新西游记》,隐隐然可以感觉到从晚清的政治小说趋向民初的言情小说,已是"风乍起,吹皱一池春水"了。

文学商业操作的技巧,从前半个世纪的上海不绝如缕地向香港输血,这种现象在1949年政治格局发生巨变后转为香港文学的特产。20世纪50年代的香港除了"绿背文学"之外,"四毫子小说"颇出风头。"四毫子小说"原是上海环球图书杂志出版社的流行小说系列"环球小说丛",1950年迁港后,出版社老板罗斌采用薄利多销的商业策略,将其规模越做越大。高峰时,日出一书,多是每本约20页5万字的中篇小说,主打言情故事,封面为手绘好莱坞女明星面孔的画像,摩登之至。据全史"香港澳门文学卷"的介绍,"四毫子小说",曾是香港最流行的小说丛书,体现了五六十年代不少香港作家的集体经验。小说反映鲜活的香港都市风情,描写城市景观和民生百态,南腔北调共冶一炉,尤其是展示夜香港百相,夜总会舞厅,贯穿着哀怨缠绵的舞女故事,宛若二三十年代的海派风味。这些小说不离家庭婚姻主题,迎合了市民的心理需求,港人在经历战争沧桑、国家分裂、人际离合

---

① 陈冷:《新西游记》,清宣统元年(1909年)小说林社刊本。

之后，对男婚女嫁、伦理道德、邻里关系颇有兴趣。而且小说常常改编为电影剧本，搬上银幕。"四毫子小说"与电影、广播媒介结合，互相映衬，使得流行文化日益发达，成为香港都市文化的一大特色。通俗文学的种种商业营销策略，在中国大陆中断 30 年，而在港澳台得到延续和发展，并在改革开放后来了一个鹞子翻身，反注大陆，成为中国文学的一个特殊景观，构成文学中国精神谱系上犬牙交错的形态。

"网络文学"在 20 世纪 90 年代的大陆，也开始了星火燎原式的快速增长和广泛传播。网络时代的降临，成就了公众发言、表达梦想的虚拟空间。网上阅读群体愈见庞大，写手因非职业化、年轻化、匿名化，"没有人知道你是一条狗"，而易于摆脱传统限制，游戏笔墨，信手涂鸦，作品高产而博杂，新颖而轻飘，追求个人情感的宣泄和娱乐消遣，把文学进一步拉向了平民化兼平面化、通俗化兼媚俗化，尤以网恋的故事最为走俏。网络文学研究者统计，自 1995 年中国大陆开始有了本土的文学网站加入国际互联网，至 2001 年 8 月底，中国大陆的综合性文学网站约 300 个，设有文学栏目的网站 3000 多个，其中以"网络文学"命名的文学网站 241 个。[1] 网络文本体量偏于短小精悍，形式新颖、多样、怪异、芜杂，注重文本的超链接和多媒体的技术性，具有文本开放性和网络复制的互文性，表现为商业消费的狂欢化。网络文学采取了新的刊发和传播载体——互联网，有评论形容图书市场将由"读图时代"进入"读网时代"。海德格尔说："技术不仅仅是手段，技术是一种展现的方式。"[2] 新技术把创作依附于快速的复制，消解了艺术杰作必不可缺的"独一无二"的灵感。网络把文学独

---

[1] 李自芬：《网络文学与文学本质》，引欧阳友权语，《四川大学学报》（哲学社会科学版）2004 年第 6 期。

[2] ［德］冈特·绍伊博尔德：《海德格尔分析新时代的技术》，中国社会科学出版社 1993 年版，第 24 页。

创变成了文化产业，一点精华被无限放大，大量生产、运作不息，乃是非文学独创性的集体共谋。产业化以相同的味道，烘出了一批按规格生产的大饼，令成千上万的读者大快朵颐，对于民众阅读兴趣的提高不无好处。

  处在现代快节奏生活中的读者越来越不耐烦文字阅读，而情愿以影视画面、网络逗闷来消磨时光，愉悦神经，轻轻松松地消费被媒体炒作出来的时尚。五四新文学曾经宣布"将文艺当作高兴时的游戏和失意时的消遣的时候，现在已经过去了"①，"娱乐派的文学观，是使文学堕落，使文学失其天真"②，这些都成了明日黄花。在90年代高科技的参与下，游戏、消遣、娱乐，成了网络、影视的当家好戏。网络文学作品如蔡智恒（"痞子蔡"）的《第一次的亲密接触》、周洁茹的《小妖的网》、安妮宝贝的《告别薇安》、张建等人的《旧同居时代》、龙吟的《智圣东方朔》、顾湘的《点击1999》，以及花城出版社的"网络之星"丛书3卷、湖北教育出版社的"网络文学"丛书10本，都风靡一时，引来许多追捧者。这就需要在文学中国的精神谱系中，对审美判断问题提出新的理解，审美经验不可能一成不变，或孤芳自赏，而应该在发展了的文化框架中根据审美实践作出修正和变通。面对当代青年投入大量热情的网络、影视文学，面对随意涂鸦中的精神消耗，面对复制性文学生产导致的精神亢奋和倦怠，应该以新的审美原则分析那些扰动着大众审美愉悦的规则和条件的复杂性，作出回应、疏导和评议，挽乱流而赴东海。这就需要把处于20世纪两端的文学进行折叠对比，思辨批判，激活沉积在文学中国精神谱系中的各种因素和流脉，形成博大的创新胸怀以拥抱新世纪。

---

  ① 周作人：《文学研究会宣言》，《小说日报》第12卷第1号，1921年1月10日。
  ② 西谛（郑振铎）：《新文学观的建设》，《文学旬刊》第37期，1922年5月11日。

五　文学流派与文化层面

在中与外、新与旧、人文与科技的交织中，20世纪中国文学获得一种新的活法。忧患情结、批判理念、寻根意识、浪漫风气、悲剧情调、娱乐心绪，文学主体精神和基本品格呈现出错综复杂的结构。这种复杂性又离析为文学的主流与支流，衍化出各种社团流派群体，组合成雅俗不一的文化层面。考察20世纪文学中国的精神谱系，是不可不深入这些流派和层面，察个周详，看个究竟。

流派使百年文学波澜壮阔，骚动不安，充满创新求变的活力，有所谓"源深则流派斯远，本固则枝叶必繁"。范泉主编的《中国现代文学社团流派辞典》收录总条目1082项，较为详细的正目为667项，参考条目415项。这些条目囊括的社团，有从清末民初的南社到五四以后文学研究会、创造社、新月社，30年代的左翼作家联盟，再到中华人民共和国归于一统的中国作家协会；展示的流派，有从晚清的鸳鸯蝴蝶派到五四后的语丝派，30年代的京派、海派、七月派，以及80年代以后的朦胧诗派、先锋小说派；胪列的作家群体，有从"九一八"事变后流亡关内的东北作家群，到改革开放后的归来作家群、知青作家群、留学生作家群，生生不息，林林总总。[①] 这些社团、流派、作家群各有发生的机

---

① 范泉主编：《中国现代文学社团流派辞典》，上海书店出版社1993年版。

缘，各有文学旗帜、艺术倾向、审美追求，在酿造种种文学思潮中相互竞争、论战、携手、结盟，参差交替，竞存共进，为文学中国的精神谱系增添了不少色彩。

至于文学流派与精神谱系的关系，可以说，谱系牵连着流派的根脉，流派为谱系增加了色彩光谱。前赴后继的社团、流派、作家群，构成了百年作家的梯队阵列。流派在文学史视境上，属于中观序列，或结社或不结社，都拥有或大或小的作家群，既联系着宏观上的特定历史时期的文学运动、思潮和理论批评的总体格局，又联系着微观上的作家个性、作品面貌及其分分合合的运行轨迹。20世纪中国文学流派都是受外国文化思潮的刺激和启迪而发生的，诚如鲁迅所言："新主义宣传者是放火人么，也须别人有精神的燃料，才会着火；是弹琴人么，别人的心上也须有弦索，才会出声；是发声器么，别人也必须是发声器，才会共鸣。"[①] 研究文学流派形成的外因，研究它们与外国各种文化思潮和文学作品的联系，必然要研究中国作家所根据的内因，包括社会现实的需求，政治经济状态的制约，地域文化的偏向，作家阅历、情趣的个性选择，这都是接受可能性的燃料、弦索和产生共鸣的发声器。流派由于内因而得以发生和落地生根，有的流派能够做大做强做长久，莫不因缘于此。众多文学流派生成后，又形成了纵向的序列，通过对流派纵向序列的考察，又可以看到新文学对中国传统文化或松或紧的承传批判、革新创造的关系，以及流派演进中政治思想动态。开放与寻根，趋时与守旧，追潮与自主，躁进与持重，规约与自由，严肃与娱乐，淡雅与媚俗，跟风与创造，文学中国在走向世界的转型过程中，彰显着自己的立足基点、生命意义、生存个性和创造能力。因此透视流派的生灭，实际上是从动态的旋流中洞察文学中国的精神谱系的原本性、变异性、适

[①] 鲁迅：《热风·随感录五十九"圣武"》，《鲁迅全集》第1卷，人民文学出版社2005年版，第371页。

应能力和有容乃大的文化哲学。

  流派学以流动的方式，牵连着精神谱系学。在现代中国意识形态的分合升降、价值选择中，如何辨析文学思潮中"常"与"变"、"思"与"潮"的关系，是一个需要用心探究的命题。比如，在确认七月派的成员构成时，由于政治潮流的阴晴莫测，诗人自己和社会鉴识往往删除了艾青、田间，尤其是贺敬之。考虑到早期贺敬之与胡风等人交往密切，诗歌风格也脱胎于《七月》，七月派中的杜谷、鲁煤、罗飞等都主张，"把贺敬之作为'七月诗派'看待，他也是比较优秀的一个"。诗论家周良沛也指出，贺氏"诗的形式，是接近'七月诗派'那种在三十年代由艾青等开拓成为朴素、自然、明朗，接近人民的苦难和斗争的磨练的歌声"[①]。但是贺敬之本人对这层人事关系和写作因缘讳莫如深，从20世纪50年代到70年代，他都自觉地进行派别剥离，如此表达对写诗的认识："除技巧的重要之外，更重要的是要在诗（其他艺术作品也在内）中表现出'我'来"；"表现出'我'"的正确方式和途径，首先在于实现"诗人的'自我'跟阶级、跟人民的'大我'相结合"[②]。在这一点上，他把以陕北民歌"信天游"形式写成《王贵和李香香》而震动延安的李季引为同调，进行延安系列的排队，指认李季也是"通过属于人民的这个'我'，去表现'我'所属于的人民和时代"[③]。由此贺敬之的《雷锋之歌》《放声歌唱》，就成了他自觉地将"自我"融入"大我"，正确处理诗与政治、与时代主旋律之关系的成功典型。这里蕴含着贺敬之豪迈地"放声歌唱"的政治真诚，自然不须置疑。但是被人点点戳戳早年曾经近乎七月派的贺氏，是如何脱胎换骨为高亢的"歌德派"？这个问题成了文学史的悬案。《春秋谷梁传·庄公三十二年》说：

[①] 韦泱：《"七月诗派"不该漏了贺敬之》，《中华读书报》2010年3月31日。
[②] 贺敬之：《战士的心永远跳动》，《光明日报》1979年6月17日。
[③] 贺敬之：《李季文集》，上海文艺出版社1982年版，"序"第3页。

"讳莫如深，深则隐"，何也？李希凡的辩解却透露了一些深隐的消息："贺敬之是深受当时的'左'害的。在那样两次大的政治运动中，'反胡风'，他是受审查的嫌疑分子；'反右'他又受了处分，一顶结结实实的帽子是'一贯右倾'。"[1]"深隐"不失为政治进步的捷径，政治生存的甲胄。可见一旦进入流派论衡的深处，是可以发现精神谱系上某种不便言说的隐微的。

谱系学又关联着文学发生学，这种联系的深刻性在于文学发生学深入到精神谱系的根系。发生学讲究对不同社会文化层面的穿越，因而牵连着文学的本性如何呈露、展开和实现的生命过程。许多文学杰作的产生，不能简单地看作某个理念的苍白演绎，实际上它们往往带着开放的视野，扎根于民间传统、风俗技艺、家常伦理，具有丰富的文化基因的来源。现代文学史不仅应该讲得清楚鲁迅和胡适，也应该讲得清楚赵树理和张爱玲；不仅应该讲得清楚话剧，也应该讲得清楚梅兰芳和延安的秧歌剧，其目的就是要在复杂的文学存在中揭示其文化基因的来源方式和组合形态。因而谈延安文艺，不应四平八稳地按照文学概论，罗列诗歌、小说、散文、戏剧文体，而必须从秧歌剧和新歌剧《白毛女》谈起，才能调动地方志材料，思考民俗与文学的因缘，使文学史走进历史现场，连通地气。应该认识到，中国古老而质朴的地方戏曲，密切关联着岁时节庆和民间祭祀，具有独特的"形式的意识形态"功能，具有汇集四村八堡的民众群体，自编自演，参与狂欢的特点。因此，每当意识形态迫切需要群体的本质认同，就会刺激和改造民间曲艺歌舞形式的喜闻乐见的功能，构建"想象的文化共同体"，使戏曲歌舞的繁荣建立在客观需求的基础上。于是在延安，可以看到鲁艺大门外的空地上搭起土台子，竖上几根木杆，挂出一块天幕和两块大幕演起戏来。观众就坐在地上或站在小土

---

[1] 李希凡：《青史终能定是非——在〈诗人贺敬之〉研讨会上的发言》，《文艺理论与批评》2000年第3期。

坡上看。节目有《兄妹开荒》《二流子变英雄》《周子山》等，连演三天，乐队伴奏，演员扭秧歌，说唱结合，说的是陕北方言，都是陕北的农民、干部和民兵的打扮。戏里面演的人和事既熟悉，又新鲜别致，逗人开怀大笑，完全是一种崭新的戏剧。①

秧歌，本是一种民间群体的歌舞艺术，起源于模仿稻作劳动的原始舞蹈，用以祭祀农神祈求丰收，属于广义的乡人傩。乡人傩或为社日祭祀社神，沿门驱邪逐疫。《延安府志》云："春闹社，俗名秧歌。"秧歌吸收农歌、菱歌、武术、杂技以及戏曲技艺，由十多人至百人组成舞队，扮成神话传说、历史故事和现实生活中的人物，边行边舞，锣鼓唢呐的伴奏，尽情扭跳于大街小巷或广场旷野。既有漂亮姑娘摆旱船，小伙子扮老汉推车，小孩扮大头娃，老汉扮唐僧、猪八戒，还有倒骑毛驴的、挑花篮的神仙人物。陕北地区在灯节闹秧歌，各村的秧歌队由持伞的"伞头"带领，领唱传统的歌词及即兴编唱的新词，应和着锣鼓声的节拍起舞，跑"大场"（群舞）、演"小场"（双人、三人舞），沿门表演，庆贺新春。还有"九曲黄河灯"的灯阵，群众不时插入秧歌阵中，自娱自乐，消灾驱邪。又有"浪子""娼妓"，且歌且舞，互相调笑，演出情节简单的小戏。这是秧歌舞剧的原始形态。

一位经历秧歌舞改造、提升过程的作家如此形容，这种民众艺术形式的特点是"单纯，朴素，舞蹈歌唱重于故事内容"，"在原始的秧歌里，甚至是没有故事内容的，更缺乏戏剧因素，只是在封建制度的压迫和剥削下，农忙之余，一种感情的发泄，一种感情的歌颂，即使有些微内容，也无非是男女调情，这就是陕北农民所谓的'骚情秧歌'"②。延安鲁艺成立宣传队时，请来农村

---

① 舒强：《培养革命文艺工作者的学校》，《延安鲁艺回忆录》，光明日报出版社1992年版，第158页。
② 周而复：《谈〈白毛女〉的剧本及演出》，《新的起点》，群众出版社1949年版，第106页。

里的秧歌把式传授技艺，又把学到的技艺加以净化和提高。由王大化编剧、安波作曲的鲁艺秧歌剧《兄妹开荒》，脱胎于民间小秧歌剧一男一女对唱对扭的形式，而删除其男女唱扭调情的噱头，成就了一种源于民间技艺的点石成金的叙事模式。剧目中的曲调，源自民间，为农民所熟悉。王大化、李波表演《拥军花鼓》，当唱到"猪呀，羊呀，送到哪里去？"老乡们立即接唱道："送给那英勇的八路军。"这种红红火火的群众互动情景，令周扬兴奋不已，认为："大秧歌应当是人民的集体舞，人民的大合唱。它必须热闹，红火，如老百姓所喜欢的那样。它要表现集体的力量，它要在各式各样的形象和色彩当中显出它的美妙的和谐。"[①] 新型秧歌剧在改造全民性原始狂欢的仪式中，植入新的意识形态的叙事因素，发挥了无可代替的鼓动民众的功能。1945年春节，延安秧歌队到杨家岭向毛泽东拜年，毛泽东兴致勃勃地说："我们这里是一个大秧歌，边区一百五十万人民也是闹着这个大秧歌，敌后解放区的九千万人民，都在闹着打日本的大秧歌，我们要闹的将日本鬼子打出去，要叫全中国四万万五千万人民都来闹。"[②] 新秧歌感动了领袖，便随着解放战争的推进，风靡全国，成为田野、街头、广场狂欢的一道风景。

  从发生学的角度考察，新歌剧《白毛女》在更加深刻的程度上，反映了民间传统如何通过改造重塑，植入新的意识形态肌理，使之成为"延安经典"。1945年元旦后，鲁艺在总结以往秧歌剧创作经验基础上，创作了新歌剧《白毛女》，四五月间在延安连续上演三十多场。贺敬之如此回忆鲁艺创作班子搜集和改造"白毛仙姑"的民间故事：

[①] 周扬：《表现新的群众的时代——看了春节秧歌以后》，《解放日报》1944年3月21日。

[②] 苏一平、艾克恩：《陕甘宁文艺工作的回顾》，《陕甘宁边区抗日民主根据地·回忆录卷》，中共党史资料出版社1990年版，第374页。

当我们听到了这个故事以后,我们被它深深感动,这是一个优秀的民间新传奇,它借一个佃农的女儿的悲惨身世,一方面集中地表现了封建黑暗的旧中国和它统治下的农民的痛苦生活。另一方面又表现了在共产党领导下的新民主主义的新中国(解放区)的光明,在这里的农民得到翻身。即所谓"旧社会把人逼成'鬼',新社会把'鬼'变成人"。而在解放区里,所以能有这样的新型的民间故事产生,其基本条件便是由于受了几千年痛苦的中国农民,在共产党领导下得到了解放,生活起了基本变化,心里照进了光明,启发了他们的想象与智慧的缘故。这故事表现了现实的积极意义及人民自己的战斗的浪漫主义的色彩。①

其实,民间资源的改造和升华,并非如此简单明快,而是存在着复杂的多种可能性途径。最初接触民间的"白毛仙姑"故事时,有人因其"神怪"而觉得没有意义,有人认为只能当作"破除迷信"的题材来处理。后来又有研究者发现这是由"诱奸故事"变化成的民间传奇。剧本由写《地雷阵》驰名的延安鲁艺教员邵子南执笔写出初稿,但他不熟悉歌剧,采用秦腔音乐,写成朗诵诗剧。第一幕联排时,请了周扬等人来看,印象是"旧瓶装新酒",否定的意见较多。于是周扬定下了创作革命的民族新歌剧的调子。据回忆:"新歌剧《白毛女》突出体现了'旧社会把人变成鬼,新社会把鬼变成人'这一周扬同志提出、由贺敬之等同志创作完成的命题。"因而"这是中国新歌剧史上第一次提出有别于中国传统戏曲和走西洋歌剧路子的中国新歌剧观念,为新歌剧《白毛女》创作指明了方向"②。进行脱胎换骨的重写后,歌剧《白毛女》于1945年4月28日,在延安中央党校礼堂首次公演,

---

① 贺敬之:《〈白毛女〉的创作与演出》,《白毛女》,张家口新华书店1946年版。
② 贾克:《也谈歌剧〈白毛女〉的创作》,《新文化史料》1996年第6期。

获得成功。尔后，这出歌剧跟随部队传播到各个解放区。每次演出，都出现成群结队的农民扶老携幼前来观看的盛况，屋顶上是人，墙头上是人，树杈上是人，草垛上也是人。士兵们观看后，激起阶级义愤，燃起复仇火焰，高喊着"为喜儿报仇"的口号，冲锋陷阵。实在令人感慨：世事纷纷似弈棋。那么多的人都挤到城里看西洋景，为何不回头看看郊外已是满园关不住的春色？当时延安的政治话语和意识形态建构，相当有效地借助民间资源建立为民众喜闻乐见的艺术形式。应该进一步思考的是，此类民间资源在广袤的中国大地上，是取之不尽用之不竭的，如何以现代性的话语形态使之实现文化层面的跨越，将之点化为辉煌的文学结构？文学中国的精神谱系，期待着精彩回答的出现。

精神谱系既然在它的发生学上，指向民间资源，那么谱系的延续与更新的存在形态，也会以某种途径对接近民间的通俗文学难以割弃。抗战需要动员民众，因而以各种形式维护通俗文学的合理性，发挥通俗文学鼓动民众的功能。抗战胜利不久，朴实持重的朱自清发表《论严肃》一文，回顾现代文学的进程，探讨通俗文学在文学生态中存在的合理性："新文学运动的开始，斗争的对象主要的是古文，其次是礼拜六派或鸳鸯蝴蝶派的小说，又其次是旧戏，还有文明戏。他们说古文是死了，旧戏陈腐、简单、幼稚、嘈杂，不真切，武场更只是杂耍，不是戏。而鸳鸯蝴蝶派的小说意在供人们茶余酒后消遣，不严肃，文明戏更是不顾一切的专迎合人们的低级趣味。白话文总算打倒了古文，虽然还有些肃清的工作；话剧打倒了文明戏，可是旧戏还直挺挺的站着，新歌剧还在难产之中。鸳鸯蝴蝶派似乎也打倒了，但是又有所谓'新鸳鸯蝴蝶派'。这严肃与消遣的问题够复杂的，这里想特别提出来讨论。……正经作品若是一味讲究正经，只顾人民性，不管艺术性，死板板的长面孔教人亲近不得，读者恐怕更会躲向那些刊物里去。这是运用'严肃'的尺度的时候值得平心静气算计算计的。"① 朱自清曾经是文学研究会的成员，他所在的五四社团，是曾经毅然决然宣布以文学为"游戏"和"消遣"的时代已经过去，而主张严肃文学当家的文学团体，因而他的这番反省，就更值得人们深思。

这里涉及20世纪文学研究的边界问题。边界的拓宽，需要重审雅俗关系，超越文学"单打一"的价值尺度，避免一味以文化眼光打量文学世界，才能使通俗文学获得一个可靠的立足安身的地方。应该看到，通俗文学与新文学之间是既对峙，又互补的，并非都是那么"冰炭不可以一器，枭鸾不可以共栖"。在新文学占据现代文学主流位置的同时，源远流长的通俗文学并未销声匿迹，而是转换文化层面，随着新闻、出版与市民社会的发育，占据可观的市场份额，拥有遍及贩夫走卒的广大读者群。民国旧派文学杂志总量在110种以上，小报至少有45种②，这类报刊主张消闲、提倡快活，投合现代都市的中下层市民读者的趣味。它们兜售的通俗文学，在情趣格调上固然存在缺陷，但仍有较好的作品展示现代城市文明景观，娱乐性浓郁而时有能发出强烈的国家话语，文体形式上也有新的尝试。包天笑曾经表白："大约我所持的宗旨，是提倡新政制，保守旧道德，老实说，在那个时代，也不许我不作此思想。"③ 相当一部分通俗作家坚守这条底线，参与了并模塑了近代娱乐文化产业。新文学营垒对通俗文学的态度始而激烈抨击，继而在大众化潮流中有所反省，抗日烽火使二者同舟共济，共赴国难。文化层面的存在，使通俗文学在明潮和暗流之间，遭遇了不同的生存环境。连新文学的主将鲁迅的家庭都留下值得深思的掌故。据荆有麟、许钦文回忆，鲁迅的母亲鲁瑞喜欢读李

---

① 朱自清：《论严肃》，《中国作家》1947年创刊号。
② 杨义：《中国现代小说史（下）》，《杨义文存》第2卷，人民出版社1998年版，第717页。
③ 包天笑：《钏影楼回忆录》，香港大华出版社1971年版，第391页。

涵秋、张恨水的小说。老太太听到许钦文等人谈论鲁迅的小说《故乡》写得如何好，就不服气地打岔："有这么好的小说吗？你们拿来给我看看！"她当时还不知道"鲁迅"就是自己儿子的笔名，戴起老花眼镜把《故乡》读了一遍，然后摇着头用绍兴话说："呒啥稀奇！呒啥好看！这种事情在我们乡下多得很！"逗得在座的几个年轻人听了哈哈大笑，鲁迅本人不插嘴，只在一旁静听微笑。[①] 其实这个掌故是不可一笑了之的。它从一个角度映照出新文学在普通读者接受上存在的缺陷，又告示了市民读者的还没有与时俱进的老趣味尚存在着发蒙引导的必要。退而思之，这二者又何尝不可以在一个家庭共处，而代表着不同的文化层面？

处在市民文化层面的通俗文学，既然联系着传统的和民间的思维方式、表述方式，也就会以多种渠道向新文学渗透，向对此有兴趣的各类作家输送着属于本土的文化资源。抗战确实对文学中国的精神谱系造成很大的冲击，1943年，北方农村的赵树理和南方大都会的张爱玲，几乎同时登上文坛，绽放异彩，都以通俗文学的因缘备受广大民众或知识界的关注。赵树理在三晋农村土生土长，浸润了民间说唱艺术，"他不想当文坛家，决心做'文摊家'，也就是要做一个真正为广大农民所热爱的通俗文学家"[②]。八路军彭德怀副司令员对这位"文摊家"的《小二黑结婚》，专门批示："像这样从群众调查研究中写出来的通俗故事还不多见。"[③] 这部封面上标示着"通俗故事"的书出版后，在穷乡僻壤不胫而走，多少农夫、村妇在地头、炕头、饭场上争相阅读，半年间发行四万册，创下了新文学作品畅销流行于农村的新纪录。《李有才板话》出版后，连远在千里之外的沦陷区上海，也掀起抢

---

① 荆有麟：《鲁迅回忆断片》第一节"母亲的影响"，上海杂志公司1943年版，第7页。
② 王献忠：《赵树理小说的艺术风格》，中国书店1990年版，第4页。
③ 董大中：《赵树理年谱》，山西人民出版社1982年版，第61页。

购热潮，连印三版，销售一空，创造了通俗作品跨越空间的奇迹。新的意识形态充分照顾农民的知识水平、生活感受和欣赏心理，这才能做到如赵树理所说："用新文艺来挤掉那些充斥于农村的充满封建迷信或荒诞淫秽思想的旧文艺""用自己写的作品去挤垮那些才子佳人、状元招亲、鬼怪迷信之类的作品，一步一步夺取封建小唱本的阵地"①。他是以孙悟空钻进铁扇公主肚子里的方式，引发通俗文学变革和以俗制俗的阵痛的。张爱玲汲取通俗文学养分的途径与赵树理不同，她是出身于没落官宦家族的城市新女性，熟读《红楼梦》，公开谈论海派文化和通俗文学对自己的影响。自称"从小就是小报的忠实读者"，爱读张恨水，除了喜欢英国作家毛姆的小说之外，对上海书摊上的《海上花列传》《歇浦潮》之类的通俗小说也推崇备至。她致函胡适说："很久以前我读你写的《醒世姻缘》与《海上花》的考证，印象非常深，后来找了这两部小说来看，这些年来，前后不知看了多少遍，自己以为得到不少益处。"② 她迈入文坛的第一脚，也是踏在通俗小说的营盘。鸳鸯蝴蝶派巨子周瘦鹃《写在〈紫罗兰〉前头》一文写道，1943年4月，一个春寒料峭的下午，张爱玲用纸包着两部书稿，拿着黄园主人岳渊老人的介绍信，登门拜访。周瘦鹃热情接待了她，连夜读了她的这两篇小说。"当夜我就在灯下读起她的《沉香屑》来，一壁读，一壁击节，觉得它的风格很像英国名家 Somerset Maugham（毛姆，作者注）的作品，而又受一些《红楼梦》的影响，不管别人读了如何，而我却是'深喜之'了。"③ 周瘦鹃慧眼识才，将张爱玲的《沉香屑：第一炉香》《沉香屑：第二炉香》，连续刊发在自己主编的1943年5月、6月的《紫罗兰》上。张爱玲就是以这两炉香的袅袅烟雾，开始了她的写作生涯，其后又陆续写出《金

---

① 董大中：《赵树理评传》，百花文艺出版社1986年版。
② 张爱玲：《致胡适》，收入《张看》，台北皇冠出版社1976年版。
③ 周瘦鹃：《写在〈紫罗兰〉前头》，《紫罗兰》1943年第2期。

锁记》等作品。傅雷称之为"我们文坛最美的收获之一",夏志清更是称之为"中国从古以来最伟大的中篇小说"①。

在张爱玲身上,晚清士大夫文化最后传人的古典趣味,及上海滩才女的纤敏洒脱的感受方式,凝聚成艺术表达上深刻的现代性。她创造了熔古今雅俗于一炉的结缘新市民的文本,通俗处显得那么先锋,现代味中又是这么中国,华丽睿智的文辞透露出来的是大俗大雅,世态苍凉。《金锁记》《倾城之恋》所叙,无非是俗人俗事,俗情俗欲,旧式大家庭里的婚丧嫁娶和姑嫂叔侄间的钩心斗角,看似平凡琐屑,却蕴含着脱俗的人生感悟和生命体验,直逼永恒的人性。她以乱世书写,在女性、战争及家庭性的体验中,表现沪港两地男女间千疮百孔的遭遇,谱写成通俗而清雅的都市传奇。张爱玲亦创新亦袭旧,才华横溢地穿梭于家常生活、时尚话语、视觉文化、传统经验和政治蹉跌的复杂语境中,举重若轻,游刃有余,堪称俗而优则雅,展现了 20 世纪 40 年代令人心颤的"乱世佳人"风景线。为此,美国批评家耿德华(Edward Gunn)在《被冷落的缪斯》中,把她归纳到"反浪漫主义"的行列。② 也就是说,张爱玲把本应浪漫的饮食男女的故事,化作对人性深处的嫉恨和贪欲的剔骨见髓的刻画,勾描出一种"无奈月朦胧"的城市与人的苍凉境界,在反浪漫中反出了深刻性来。她写的是都市"反传奇"的传奇,所用的手法也是传奇的"反传奇"。

当然,不是所有的作家都如同张爱玲、赵树理那样,能够在雅俗文化层面之间出入无碍,大多数通俗文学作家沉浸于俗文化的汪洋大海,只能向外一探头。沉浸有深浅,探头有高低,但是触底都连着文化中国精神谱系的根脉,无法完全剥离。考虑到读者

---

① [美]夏志清:《中国现代小说史》,复旦大学出版社 2005 年版,第 261 页。
② [美]耿德华(Edward Gunn):《被冷落的缪斯》(The Unwelcome Muse: Chinese Literature in Shanghai and Peking, 1937–1945, New York: Columbia University Press, 1980)。

也是分属不同文化层面，它们的存在就具有满足不同的阅读需求的合理性。因此，钱谷融称通俗文学为"不必羞愧的缪斯女神"，认为"中国的通俗文学的确是我们传统文化的一个重要组成部分，它多少年来在我们人民生活当中起了很重要的作用。当然这里面有功有过，总的来讲，还是功大于过。人民群众从通俗的文学里面，通俗的戏剧里面，接受许多教育，人民群众的许多思想意识都是从那里边来的。……从前中国把小说当做闲书，'闲书'这个提法我觉得非常好。'闲书'意思是说，作者是闲了才来写的，读者是闲了才来读的，就是说把消遣娱乐作用摆在第一位的"①。这种说法与鲁迅所说"我们国民的学问，大多数却实在靠着小说，甚至于还靠着从小说编出来的戏文"②，有相似之处，但文化态度更宽容。文学中国的精神谱系是雅俗互动，因俗入雅，以雅化俗的。

值得注意的是，与中国大陆以往谈通俗文学往往套用政治概念存在着差异的，是海外学界讨论通俗文学，他们注重对文本的直接感受，不急于对雅俗作出是非判断，从而为文化研究预留了美学阐释空间。夏志清20世纪60年代初作《中国现代小说史》，就曾指出："纯以小说技巧来讲，所谓'鸳鸯蝴蝶派'作家中，有几个人实在是很高明的，这一派的小说家是值得我们好好去研究的。"他谈的是对通俗小说技巧的感受，但随之搁置价值判断，为进行社会学的文化考察预留了空间，认为"这一派的小说，虽然不一定有什么文学价值，但却可以提供一些宝贵的社会性的资料。那就是：民国时期的中国读者喜欢做的究竟是哪几种白日梦。"③夏济安数次致函乃弟夏志清，谈及阅读

---

① 钱谷融：《不必羞愧的缪斯女神——我看通俗文学》，《中国现代文学研究丛刊》2001年第2期。
② 鲁迅：《华盖集续编·马上支日记》，《鲁迅全集》第3卷，人民文学出版社2005年版，第352页。
③ [美]夏志清：《中国现代小说史》，刘绍铭等译，香港中文大学出版社2005年版，第20页。

通俗小说的兴趣，也重在对文本的直接感受，谓"最近看了《歇浦潮》，认为美不胜收；又看包天笑的《上海春秋》，更是佩服得五体投地……很想写篇文章，讨论那些上海小说"。出诸直接感受，他甚至觉得："清末小说和民国以来的'礼拜六'派小说艺术成就可能比新小说高，可惜不被注意。"① "注意"本身，蕴含着文学观上的意识形态倾向。正统文人重君子书，经史诗文，才算高雅，就被注意；小说戏曲最多也只能是才子书，多是供平民百姓娱乐消遣，难免鄙俗，就不被注意。五四以后，新文学的健将和新秀被注意，通俗文学哪怕是重量级的作品，也未必被注意。这种主流的"注意"，长时间影响了文学史写作，使之难以全面权衡文学中国的精神谱系的深厚和复杂。

起而修正和弥补这种注意盲点的，是苏州大学范伯群主编的《中国近现代通俗作家评传丛书》《中国近现代通俗文学史》，及独立撰写的《中国现代通俗文学史（插图本）》。1994年，范氏《中国近现代通俗作家评传丛书》总序开篇就说："近现代文学史研究者正在形成一种共识：应该将近现代通俗文学摄入我们的研究视野，纯文学和通俗文学是文学的双翼，今后撰写的文学史应是双翼齐飞的文学史。"② 丛书面世以后，中国作协江苏分会主席艾煊写了题为"找回另一只翅膀"的书评，刊于《扬子晚报》，对范氏总序的观点作了发挥："现代文学并非独臂英雄。文学向来是两翼齐飞，振双翅而飞翔的。这两翼就是严肃文学与通俗文学。此两翼齐飞，并非始自今日，应该说，这种现象贯串于文学史的始终。只是由于某种偏狭之见，在文学界往往只肯承认严肃文学的一翼，不愿承认通俗文学一翼的存在。……阳春白雪与下里巴

---

① [美]夏志清：《夏济安（1916—1965）对中国俗文学的看法》，《夏济安选集》，辽宁教育出版社2001年版，第218页。
② 范伯群主编：《中国近现代通俗作家评传丛书》总序，南京出版社1994年版，第1页。

人并存，严肃与通俗共荣，是千百年文学史、艺术史、文化史贯串始终的现象。当代的通俗文学、通俗艺术，有几个明显的特点，一是积极反映当代人的生活，当代人的种种悲欢怨愁的心态，种种或洋或土的新意识新习惯。以严肃态度从事通俗文学创作，这类通俗文学作家和作品，是应该受到尊敬的，就像尊重严肃文学作家和作品一样。另一种要命的现象，是泛滥成灾的粗劣滥制。有些作者，把通俗和庸俗画了等号……"① "两翼齐飞说"为通俗文学冠冕堂皇地在文学史中登堂入室，甚至与雅文学平起平坐，提供了思想文化的依据。这对于以往忽视和贬抑通俗文学的做法，起到纠偏还原的作用。

诚然，20世纪中国文学拥有多元并存的文学格局。对多元格局的历史的尊重，就是对自己文化生态的尊重，对民族精神谱系的生成史的尊重。但是应该清醒地认识到，这两只翅膀是处在不同的文化层面、思想维度和运行方向上的。用"齐飞"来形容它们，就可能抹平它们之间靠拢与排斥的复杂张力。百年中国的精神谱系，是在现代与传统的对话（不应排斥对话的批判性）中建构的。所谓文学的现代性转型，就是将其固有之型加以转动和转变。《淮南子·兵略训》云："轮转而无穷，象日月之运行，若春秋有代谢，若日月有昼夜，终而复始，明而复晦，莫能得其纪。制刑而无刑，故功可成。物物而不物，故胜而不屈。"② "轮转而无穷"是蕴含有新陈代谢之义的。传统虽然连着血脉，但它往往在习以为常中滋生惰性，因而传统越强固，转型建构的过程遇到的阻力就越大，前行就越艰难，并在艰难中磨炼转型，使之变得极其坚韧、浑厚而复杂。全史意识重视这个"全"字，旨在考察中华民族在一个急遽变动的世纪中如何"秋水时至，百川灌河"，

---

① 范伯群：《"两个翅膀论"不过是重提文学史上的一个常识》，《文艺争鸣》2003年第3期。

② 刘安等：《淮南子》卷十五《兵略训》，《诸子集成》，中华书局1954年版。

在"泾流之大,两涘渚崖之间,不辨牛马"的茫茫荡荡中,展示和更新自己的精神谱系,使文化在联通血脉中增加现代性。这就启发我们既不能忽视通俗文学存在的现实性和合理性,又不能停留在通俗文学的陈陈相因的历史惰性上。没有探索和创新的文学,是没有前途的。

六　文学主流与政治学

对于文学的发展，人们听取《文心雕龙》所谓"文变染乎世情，兴废系乎时序"的说法，为时已久，但还是对 20 世纪文学染世情、系时序的激烈的更替程度，以及由此导致的文学转型的"时间"与"性质"的纠缠和跌宕，感到惊诧不已，感慨不已。我们这部"全史"对"时间"与"性质"之关系的审视，就用了"晚清民初""五四""三十年代""四十年代""建国十七年""文化大革命""新时期""九十年代"共八卷，采取"百年八段"的分期法。何为"染"？何为"系"？百年时艰，风云变幻，文学与政治、伦理的关系，文学的组织、领导方式，文学生产资源的配置、文学传播手段的操控和文学评价机制的运作，这些文学存在的所有环境要素，都软硬兼施、松紧有别地形成一种意识形态的权力机制，随时随地、随机随缘地作用于文学团队、个体和著述方式上。看似高贵、纯粹、矜持的文学，往往自觉地或身不由己地施展弄潮的身手，发出嘹亮的呐喊，陷入无奈的彷徨，或忍受沉重的压力。所谓"染"和"系"，就是各种权力机制主导、规约、惩戒和操控着文学的文化趋势、思潮形态、审美追求和历史格局，由此分化成主流、支流和逆流。这就是文学政治学的合力机制，在一定意义上它所产生的能量，具有不可抗拒性，推进了文学存在状态和表达形式发生几乎是十年一阶段的连蹦带跳，甚至连滚带爬地蜕变和更新。巨变、速变、不能不变，成了20世纪中国文学的性格特征。谈20世纪中国文学而回避它的政治学色彩，就不能触及它的本质特征。这种文学政治学，展示为价值理念，精神取向，流派旗号，体制操控诸多方面。

其一，是价值理念。"人在历史中，历史在人的手中"，作为历史存在的人，其理念的发生和感情表达，是非的判断和审美的选择，都难以摆脱人群社会利益集中体现的政治的启发、牵引、诱导或胁迫。民族国家蒙难，必然引发忧患意识，使20世纪文学的主流在想象和情感上走近政治，甚至与政治联姻。有所谓"人是观念的囚徒"，要革新文学，先从理念上革新自我而打开缺口。理念的深处隐藏着政治，政治在理念的深处发挥着导向作用。梁启超痴心政治小说，张扬"欲新一国之民，不可不先新一国之小说"，为20世纪主流文学与政治联姻开了一个头。沉重的政治责任，使风风火火的文学以理念压抑性情，以功利淹没审美，以群体凌驾个性。但是，既然梁启超从外国引进小说理念和小说类型，在这个打开的窗口上，人们在寻找小说本性时，就开始反思梁启超。1907年创刊的《小说林》对小说的分类虽然承续梁启超《新小说》开列的社会小说、科学小说、侦探小说、写情小说、历史小说之类，理论上的进展却在于对梁启超小说观念的反思。其主编者黄摩西在《〈小说林〉发刊词》中，就开宗明义批评"昔之视小说也太轻，而今之视小说又太重也。昔之于小说也，博弈视之，俳优视之，甚且鸩毒视之，妖孽视之；言不齿于缙绅，名不列于四部（古之所谓小说家，与今大异）。私衷酷好，则阅必背人；下笔误征，则群加嗤鄙。……今也反是：出一小说，必自尸国民进化之功；评一小说，必大倡谣俗改良之旨。……一若国家之法典，宗教之圣经，学校之科本，家庭社会之标准方式"。这些话都可以视为针对梁启超《论小说与群治之关系》的文学政治学倾向的，为了给"今之视小说又太重"减负，进而强调"小说者，文学之倾于美的方面之一种也"，又谓"文学之有高格可循者,一属于审美之情操,尚不暇求实际而择法语也"①。徐念慈又作《〈小说林〉缘起》,将黑格尔的美学观进而引申为"小说者,殆合理想美学、感情美学,而居其最上乘者""试睹吴用之智(《水浒》),铁丐之真(《野叟曝言》),数奇若韦痴珠(《花月痕》),弄权若曹阿瞒(《三国志》),……神通游戏如孙行者(《西游记》),……阐事烛理若福尔摩斯、马丁休脱(《侦探案》),足令人快乐,令人轻蔑,令人苦痛尊敬,种种感情,莫不对于小说而得之"②。其中的小说例证,兼及中外,对古代小说推崇的尺度较宽,对外国小说仅及侦探类型,而忽略梁启超推崇的政治类型和林纾翻译所张扬的言情类型。这与论者的知识结构有关;因而强调小说的情感、审美、娱乐功能,这与梁启超的政治小说理念是持异的。20世纪才开始几年,小说理念就以蓬蓬勃勃或默默耕耘的不同方式,展开了不同的维度和层面。

晚清政治在各派力量的较量中紊乱失调,经历了"道失于朝而求诸野"的深刻变异。许多文化理念在流亡或留学的域外滋生,处在思想相对自由的状态,从而消解了政治压力的焦虑。相对于梁启超属于"文学上的晚清",王国维属于"文学上的民初"。尽管他在政治态度上对逊清犹存依恋,但在文化上他处于晚清的潜流,而通向民国以远。王国维自1902年起,研究康德、叔本华美学思想,率先借用近代西方美学的酒杯,而于1904年6月《教育世界》杂志上发表《〈红楼梦〉评论》,浇自己悲剧意识的块垒,标志着中国文学批评的现代性开端。俞平伯在《索隐与自传说闲评》中说:"及清末民初,王、蔡、胡三君,俱以师儒身份大谈其《红楼梦》,一向视同小道或可观之小说遂登大雅之堂矣。"③ 这是把王氏论《红

---

① 黄人(黄摩西):《〈小说林〉发刊词》,《小说林》1907年第Ⅰ期。
② 徐念慈(东海觉我):《小说林缘起》,《小说林》1907年第Ⅰ期。
③ 俞平伯:《索隐与自传说闲评》,《俞平伯论红楼梦》,上海古籍出版社1988年版,第1143页。

楼梦》与 13 年、17 年后民国期间蔡元培、胡适考究《红楼梦》联系在一起的。王国维认为:"美之性质,一言以蔽之,曰:可爱玩而不可利用者是已。虽物之美者,有时亦足供吾人利用,但人之视为美时,决不计及其可利用之点。其性质如是,故其价值永存于美之自身,而不存乎其外。"① 基于这种美学思想,王国维 1905 年批评当时以文学侈谈政治的倾向:"庚辛(1900—1901)以还,各种杂志接踵而起,其执笔者非喜事之学生则亡命之逋臣也。此等杂志本不知学问为何物,而但有政治上之目的。……又观近年之文学,亦不重文学自身之价值,唯视为政治教育之手段。"② 王国维的这种批评,是针对将文学与政治过度捆绑为用的梁启超新民思潮的。因而他 1906 年在《文学小言》中,主张文学独立,把"以政治及社会之兴味为兴味"的文学,斥为"铺缀的文学",又把一味投合流风,缺乏真情而徒求虚名的文学斥为"文绣的文学"。他反叛"文以载道"传统,追根溯源,认为中国"历代诗人多托于忠君爱国、劝善惩恶之意以自解免,而纯粹美术上之著述,往往受世人之迫害而无人为此昭雪也","美术之无独立之价值之久矣"③。中国现代文学理念的初步展示,就是出现了王国维,对于整个精神谱系而言,都是值得珍视的。他在文学扈从政治风潮声势未减的岁月,就脑筋清明地申述着文学独立的审美价值,在文学现代性的理论自觉上比起时人高出一等。

其二,是精神取向。民初文学重情,在深感翻云覆雨的政治浪潮虚幻之后,只好认可情感之真实。"我佛山人"吴趼人虽然早逝于 1910 年,并未进入民国,但他的小说观念和实践,一半属于晚清,一半启动民初。《二十年目睹之怪现状》属于晚清"四大谴责小说"之一,1903 年开始连载于《新小说》第八号。其主人

---

① 王国维:《古雅之在美学上之位置》,《静安文集续集》,商务印书馆 1907 年版。
② 王国维:《论近年之学术界》,《静安文集》,商务印书馆 1905 年版。
③ 王国维:《论哲学家与美术家之天职》,《静安文集》,商务印书馆 1905 年版。

公"九死一生",从光绪十年(1884)奔父丧开始,至光绪三十一年(1905)经商失败结束,出入于商场、官场、科场,兼及医卜星相,三教九流,以耳闻目睹的近二百个小故事,暴露了晚清二十余年间官场的腐败,以及社会道德的堕落,到处充斥着"蛇虫鼠蚁""豺狼虎豹""魑魅魍魉"的鬼蜮世界。但是,吴趼人1906年写的中篇小说《恨海》,关注点却从"官场"转向"情场",以"庚子事变"为背景,描写了乱世儿女的悲欢离合、情天恨海,开篇就表白:"我素常立过一个议论,说人之有情,系与生俱来。未解人事之前,便有了情。大抵婴儿一啼一笑,都是情。……我说那与生俱来的情,是说先天种在心里,将来长大,没有一处用不着这个情字,但看他如何施展罢了。对于君国施展起来便是忠,对于父母施展起来便是孝,对于子女施展起来便是慈,对于朋友施展起来便是义,可见忠孝大节无不是从情字生出来的。至于那儿女之情,只可叫做痴;更有那不必用情,不应用情,他却浪用其情的,那个只可叫做魔。"① 此书的"泪尽成血"的那个"情"字,还解脱不了"忠孝大节"的羁绊,可见传统政治伦理具有绵长的牵引力。其后吴趼人1907年又在《劫余灰》第一回《谱新词开卷说情痴》说:"情,情,写情,写情。这一个'情'字,岂是容易写得出,写得完的么?……大约这个'情'字,是没有一处可少的,也没有一时可离的。上至碧落之下,下至黄泉之上,无非一个大傀儡场,这牵动傀儡的总线索,便是一个情字。"到了该书第十一回,又透露了"牵动傀儡的总线索"的"情"字背后的牵手:"先天一点不泯之灵,谓之情。此乃飞潜动植一切众生所共有之物;有之则生,无之则死。……无人无情,无处无情。这'情'字,正施于君臣之间,便谓之贤君忠臣;反施于君臣之间,便是暴君叛臣;正施于父子之间,便是慈父孝

---

① (清)吴趼人:《恨海》,中州古籍出版社1985年版,第1页。

子；反施于父子之间，便是顽父逆子；夫妇之间，施之于常，谓之恩爱；施之于变，谓之节义。"甚至嘲讽说："可笑世人论情，抛弃一切广大世界，独于男女爱悦之间用一个'情'字。却谁知论情不当，却变了论淫；还有一种能舍却'淫'字而论情的，却还不能脱离一个'欲'字。不知'淫'固然是情的恶孽，'欲'字便也是情的野狐禅。"① 如此崇尚性情而通向民国，抑制淫欲而皈依传统，呈现了吴氏在伦理观上瞻前顾后的步履，是坚执中潜伏着紊乱。

吴趼人的伦理观是儒家政治伦理观的通俗化和泛情化，在传统俗文学中可以寻找到它的渊源。冯梦龙《情史·序》作偈语云："天地若无情，不生一切物。一切物无情，不能环相生。生生而不灭，由情不灭故。……我欲立情教，教诲诸众生。子有情于父，臣有情于君。推之种种相，俱作如是观。万物如散钱，一情为线索。散钱就索穿，天涯成眷属。"② 冯梦龙所立的"情教"，与吴趼人的性情与淫欲之辨一脉相通。这种情欲观通向民初，随着西风吹拂、政治失调，情感的个人性在痛苦中增加稠黏度。周瘦鹃在小说《午夜鹃声》中发感慨："世界上一个情字，真具着最大的魔力。情丝裛到了身上，谁还能摆脱？那一般人所谓逃情咧、忘情咧、忏情咧，都是万万做不到的事。若是世界上果真有这人，能逃情、能忘情、能忏情，吾便说他是上天下地第一个得意人、第一个快乐人。无奈吾逃不掉这情，忘不了这情，忏不去这情，只得把这万丈无赖的情丝，一缕缕的结起来，结成一个茧儿，吾就拼得此生，做这茧儿里的春蚕。但是春蚕到头来还能化做了蛾，破茧飞去，只吾怕要变做僵蚕，死心塌地的永永不出咧。""可知世界中的人，不论文野，都脱不了一个情字的圈儿。在他们呱呱堕地的当儿，就带了个情字同来咧。"③ 他借用李商隐的"春蚕到

---

① （清）吴趼人：《恨海·劫余灰·情变》，百花洲文艺出版社 2011 年版，第 120 页。
② （明）冯梦龙：《情史类略》，岳麓书社 1984 年版，"序"第 1 页。
③ 周瘦鹃：《午夜鹃声》，《礼拜六》1915 年第 38 期。

死丝方尽"的诗句,自怨自艾,看不到有何种政治社会力量能拯救出此独头茧。此后不久,周瘦鹃又作哀情小说《惆怅》,开头从幽林深处传来彻天动地的悲歌,依然是独头茧中的哀鸣:"春蚕已是缠绵死,剩有痴魂历劫来。留得残丝终蕴恨,织成文锦尚衔哀。只今地老犹余蜕,除是天崩始化灰。十二万年情一缕,凭谁慧剑斩难开。"① 冲不出独头茧的春蚕已死,但死后游魂依然痴心不改。文学滥情自溺,看不到有何种政治的、社会的、文化的慧剑能够斩断沉哀入骨的情丝。就这样,清末鞲鞲鞯鞯的情感政治学,坠落为民初无所归属、椎心泣血的情感政治学。

　　谈到情感政治学,有一个令人不能忘怀的人,就是清末民初的奇人苏曼殊,他集合诗人、小说家、艺术家、翻译家、革命家与和尚于一身,是"诗僧、画僧,更是情僧"。他出生于日本横滨,父是广东茶商苏杰生,母是日本人河合仙。苏曼殊任上海《国民日日报》翻译时,结交了陈独秀、章士钊,并向陈独秀学写古诗,又用文言译雨果的《(悲)惨世界》和《拜伦诗选》,译拜伦诗集序云:"美哉拜伦!以诗人去国之忧,寄之吟咏,谋人家国,功成不居,虽与日月争光可也。"② 他的浪漫情缘,蕴含家国之忧,是具有政治学内涵的,章太炎因而称之为"亘古未见的稀世之才"。气质与之相通的郁达夫又说:"苏曼殊的名字,在中国的文学史上,早已是不朽的了……他的译诗,比他自作的诗好,他的诗比他的画好,他的画比他的小说好,而他的浪漫气质,由这一种浪漫气质而来的行动风度,比他的一切都要好。"③ 谁也不能否认,他是"情种",未婚妻雪梅、表姐静子、师妹雪鸿、日本艺伎百助枫子,都为他所钟情。情种的"意淫",似是柏拉图式,

---

① 周瘦鹃:《惆怅》,《瘦鹃短篇小说》,中华书局1918年版,第1页。
② 苏曼殊著,柳亚子编:《苏曼殊全集·拜论诗选自序》,哈尔滨出版社2011年版,第4页。
③ 郁达夫:《杂评曼殊的作品》,《郁达夫文集》第五卷,花城出版社1982年版,第255页。

进退莫定,只是咀嚼着"袈裟点点疑樱瓣,半是脂痕半泪痕"感伤滋味而已。他一生共写了小说七种,除了《人鬼记》已佚,传世的有《断鸿零雁记》、《天涯红泪记》(未完)、《绛纱记》、《焚剑记》、《碎簪记》、《非梦记》"六记"。中篇小说《断鸿零雁记》,叙写三郎(第一人称的"余")家道衰微,愤于未婚妻雪梅被继母另配富家,剃发为僧后,东渡日本寻找生母,又挣扎于美丽聪慧的表姐对他的一片痴情之中。终于悄然回到中国,重新披上袈裟。听闻雪梅不愿改嫁"富家子"而绝食殉情后,长途跋涉,临墓凭吊。斜阳荒草中不知逝者葬身何处,留下无穷的悲痛与怅惘。作品带有自叙传色彩,出入于僧与俗、生与死之间,弥漫着人生孤独感与宇宙苍茫感的凄美气氛。那种为与富室联姻而不惜扼杀子女自由意志的家庭旧伦理,成了人生悲剧的根源,从中发出青春的迷茫的悲音。正如苏曼殊七绝《春日》所云:"好花零落雨绵绵,辜负韶光二月天。知否玉楼春梦醒,有人愁煞柳如烟。"[①] 他抒写了一种导向五四青春思潮的乍暖还寒的"二月天"精神取向,以人性人情颠覆扼杀青春的旧伦理,其情感的政治学也可与陈独秀所提倡的"伦理自觉"相参照。

其三,是流派旗号。政治对文学的冷处理,可以使文学情感趋于颓废;政治对文学的热处理,可以使文学情感趋于亢奋。20世纪文学在时间轴上有八分段,分段的快刀每每切在文学政治学的关节上,都会令人加深文学的独立性与非独立性的理解。五四新文学运动使人感受到对政治的体温,又保持着与政治的距离。启蒙、为人生,最终指向政治,但此时还保留了政治上自由的距离。这种距离的松紧度非常关键,但调节起来也并非易事,需要的是一种宽容的情怀。

在文学与政治的关系上,挤压五四传统发生突变的一个关键性

[①] 苏曼殊:《春日》,《苏曼殊诗文集》,上海中央书店1936年版,第134页。

的域外力量，是来自苏联"无产阶级文化派"波格丹诺夫（1873—1928）的组织形态学。这位俄国社会民主党内的哲学家，以"经验"作为其思想体系中的关键性概念，文化和艺术就是以"生动的形象"组织人们的社会经验，因而"无产阶级文化"反映的是无产阶级的"阶级经验"。他试图以"经验一元论"为其所处时代、为其献身的阶级制定统一的对世界认知的图像，并把以此衍化出来的"组织科学论"，作为"无产阶级文化"的理论基础。这种理论认为人的一切经验的综合就是真理；真理不是客观现实的反映，而是社会经验的组织。他认为："整个社会都正成为一个统一的企业"，"工人阶级正实现着这样的事业，将自然物组织到自己的劳动中，将自己集体的人力组织到自己的斗争中。它必须把这一或那一领域的经验联结成独特的意识形态，即将思想加以组织"①。因而主张"组织思维"，主张创建无产阶级的百科全书，通过"一元论的方法"将科学的各个领域组成统一的完整体系。波格丹诺夫所坚持的"文化工具主义"观点源于集体主义、共产主义和作为战胜自然途径的社会统一协调的观念，"科学的目的就是制订征服自然的计划"，艺术则是从社会方面组织人的工具。在同资产阶级个人主义争论中摒弃"个人的独立性"，在社会主义模式中没有给个人"保留"自我选择的权利，波格丹诺夫显然没有考虑到把集体主义简单地解释为"服从大多数"而可能隐藏着的文化危机。在波格丹诺夫心目中，"真正解决古老哲学中关于自由与必然这一老大难问题"，应立足于"能合理而有计划地改变世界的自觉的集体创造"②。

当一个民族没有足够的文化自信时，其文学所受的引力往往

---

① [苏联] 波格丹诺夫：《组织形态学》第1部，参见 [俄] 菲古罗夫斯卡娅《波格丹诺夫的思想理论遗产》，《哲学译丛》1992年第5期。
② [苏联] 波格丹诺夫：《伟大拜物教的衰落》，参见 [俄] 菲古罗夫斯卡娅《波格丹诺夫的思想理论遗产》，《哲学译丛》1992年第5期。

来自异域。苏联波格丹诺夫的"组织形态学"的逻辑，无论通过"拉普"（俄罗斯无产阶级作家联合会俄文缩写的音译），还是通过"纳普"（全日本无产者艺术联盟的简称）输入中国，都会造成文学与政治、文学与意识形态关系的"密切的紧张"或"紧张的密切"。1924 年，沈泽民就采纳这种被认为先进的逻辑，给革命文学点火加热："文学者不过是民众的舌人，民众的意识的综合者：他用锐敏的同情，了澈被压迫者的欲求，苦痛，与愿望，用有力的文学替他们渲染出来；这在一方面，是民众痛苦的慰藉，一方面却能使他们潜在的意识得到了具体的表现，把他们散漫的意志，统一凝聚起来。一个革命的文学家，实是民众生活情绪的组织者。这就是革命的文学家在这革命的时代中所能成就的事业！"① 1928 年以后，随着国内阶级矛盾的激化，由波格丹诺夫逻辑点燃的革命文学，已是烈焰熊熊。革命文学者又从美国左翼作家小厄普顿·辛克莱（Upton Sinclair Jr., 1878—1968）那里借来火种。1928 年 2 月《文化批判》第 2 号刊载冯乃超的译文时，将辛克莱在《拜金艺术（艺术之经济学的研究）》一书中的话"一切的艺术是宣传"，用大号字标出。该刊同一期，发表李初梨《怎样地建设革命文学》，把辛克莱的名言"一切的艺术，都是宣传"改作"一切的文学，都是宣传"，提倡革命文学"由艺术的武器，到武器的艺术"，进一步强化波格丹诺夫的逻辑，认为"文学为意德沃罗基的一种，所以文学的社会任务，在它的组织能力。所以支配阶级的文学，总是为它自己的阶级宣传，组织。对于被支配的阶级，总是欺骗，麻醉"②。文学作为"一个阶级的武器"，作为"意德沃罗基"（通译为"意识形态"）的一种，显然是从苏联波格丹诺夫那里批发的。

此时起而质疑辛克莱名言的，是鲁迅。他在一封通信中将辛

---

① 沈泽民：《文学与革命的文学》，《民国日报·觉悟》1924 年 11 月 6 日。
② 李初梨：《怎样地建设革命文学》，《文化批判》1928 年 2 月号。

克莱的话，颠倒过来："但我以为一切文艺固是宣传，而一切宣传却并非全是文艺，这正如一切花皆有色（我将白也算作色），而凡颜色未必都是花一样。革命之所以于口号，标语，布告，电报，教科书……之外，要用文艺者，就因为它是文艺。"① 鲁迅不可能不受当时激进思潮的吹拂，但他终究有自己的主心骨，强调了文学的主体性，只把宣传视为文学的一种功能，而不是核心功能，更不是全部功能。虽然在政治形势的激烈转折中，这一功能被放大，但它不能取代主体的全部审美关注，从而使文学者不至于一味地追逐功能性的风潮，腾出一片从容余裕的心理空间考察文学自身的深层问题。

当然文学与政治的关系，不仅可以从文学主体上获得空间，而且可以从对政治的阐释上发现另一种空间。捷克的剧作家哈维尔是主张彰显人性和释放人权的"反政治的政治"思考者，在他的"元政治"语境中，"政治作为对人类同胞真正富有人性的关怀"，是以"人权"为基础的对"至善"原则的捍卫，强调的是超越身份、种族、性别的普遍利益。他接过康德的"人是历史的最终目的而并非工具"的理念，要求"政治不再是权力的伎俩和操纵，不再是高于人们的控制或互相利用的艺术，而是一个人寻找和获得有意义的生活的道路"②。

然而，中国文学不是按照这种"反政治的政治"路线发展，而是按照鲁迅重视文学主体的路线发展。鲁迅告白："说到'为什么'做小说罢，我仍抱着十多年前的'启蒙主义'，以为必须是'为人生'，而且要改良这人生。我深恶先前的称小说为'闲书'，而且将'为艺术的艺术'，看作不过是'消闲'的新式的别号。

---

① 鲁迅：《三闲集·文艺与革命》，《鲁迅全集》第4卷，人民文学出版社2005年版，第85页。

② ［捷克］哈维尔：《哈维尔文集》，香港明河社出版有限公司2004年版，第135—136页。

所以我的取材，多采自病态社会的不幸的人们中，意思是在揭出病苦，引起疗救的注意。"① 这里隐藏的政治意识，属于囊括社会人生的带有文化批判性和历史正义感的宏观政治学。据《鲁迅日记》描述，鲁迅1930年在上海各大学讲演过《美术上的写实主义问题》。他评述《红楼梦》曰："盖叙述皆存本真，闻见悉所亲历，正因写实，转成新鲜。"② 他称赞瞿秋白的译作"都是文艺论文，作者既系大家，译者又是名手，信而且达，并世无两。其中《写实主义文学论》与《高尔基论文选集》两种，尤为皇皇巨制"③。由此可知，鲁迅在宏观政治学视野中，将文学导向写实，因而他的"改良这人生"并不回避政治，而是积极参与政治历史发展的。

文学的流派，有的标示文化抱负，有的张扬文学旨趣，也有的贴上政治标签，有的则宣称不主张任何主义。一旦贴上政治标签，就意味着政治力量对它的深度参与和强加统制。20世纪30年代初，苏联文学中的现实主义理论介绍到中国，始称"新写实主义"，1932年定名为"社会主义的现实主义"，于次年传入中国，为左翼文坛的旗帜。周扬对于文学方法的政治解释，尤为热心和经心，写了《关于"社会主义的现实主义与革命的浪漫主义"——"唯物辩证法的创作方法"之否定》，勾勒了社会主义的现实主义的三个特征：在发展中反映现实的动力型；典型地描写现实的本质论；形式上的大众化。又称要写本质，写典型，就离不开革命的浪漫主义。④ 周扬又撰有《文学的真实性》，宣称作

---

① 鲁迅：《南腔北调集·我怎么做起小说来?》，《鲁迅全集》第4卷，人民文学出版社2005年版，第526页。
② 鲁迅：《中国小说史略》第二十四篇"清之人情小说"，《鲁迅全集》第9卷，人民文学出版社2005年版，第242页。
③ 鲁迅：《集外集拾遗·绍介〈海上述林〉上卷》，《鲁迅全集》第7卷，人民文学出版社2005年版，第489页。
④ 周扬：《关于"社会主义的现实主义与革命的浪漫主义"》，《现代》1933年第4卷第1期。

家"只有站在革命阶级的立场,把握住唯物辩证法的方法,从万花缭乱的现象中,找出必然的,本质的东西,即运动的根本法则,才是到现实的最正确的认识之路,到文学的真实性的最高峰之路"①。由于社会矛盾和政治对抗的尖锐化,文学的真实性与政治上的阶级论、哲学上的认识论,直线对接,几乎画上等号,抑制了对于文学来说不可或缺、缺少了就不可为文学的审美个性及形式创造。

冯雪峰因此说:"艺术价值不是独立的存在,而是政治的,社会的价值。"② 这意味着文学政治学的升值。应该说,胡风是感觉到周扬的真实论对文学的主体性和个性的抑制和管控,因而提倡一种强调主体性的现实主义。胡风从解释鲁迅入手,建立他的理论立足点。他认为:"'为人生',一方面须得有'为'人生的真诚的心愿,另一方面须得有对于被'为'的人生的深入的认识。所'采'者,所'揭发'者,须得是人生的真实,那'采'者'揭发'者本人就要有痛痒相关地感受得到'病态社会'的'病态'和'不幸的人们'的'不幸'的胸怀。这种主观精神和客观真理的结合或融合,就产生了新文艺的战斗的生命,我们把那叫做现实主义。"③ 胡风把鲁迅所述的"启蒙主义"解释为"现实主义",也就在现实主义的肌理中注入了启蒙的精神。他认为,克服人民群众身上"几千年的精神奴役创伤",需要一个"战斗"过程,作家要发挥主体的"人格的力量",使主观战斗精神燃烧,突入对象,"和客观对象经过相生相克的搏斗,体验到客观对象的活的本质的内容"④。主观战斗精神是包含个性的探索的,因而也就可能对既定的政治观念框架有所超越和突破。因而既定的政治观

---

① 周扬:《文学的真实性》,《现代》1933年第3卷第1期。
② 仁丹(冯雪峰):《关于"第三种文学"的倾向与理论》,《现代》1933年第2卷第3期。
③ 胡风:《现实主义在今天》,载胡风《在混乱里面》,作家书屋1946年版,第56页。
④ 胡风:《论现实主义的路》,泥土社1951年版,第74页。

念框架要保持"舆论一律",也就毫不留情地将之扫进历史的垃圾堆了。在贴着政治标签的现实主义一家独大的岁月,政治性、阶级性在文学上当家挂帅,与此持异的各种文学思潮和观念,就成了众矢之的。诸如梁实秋以"永恒的人性"为文学的核心价值;自称"自由人"的胡秋源和自称"第三种人"的苏汶,宣扬文艺自由论,主张文艺与政治分家,推销"第三种文学";朱光潜提倡"纯正的文学趣味",要求人心净化,先要求人生美化,也都被文学主潮冲刷得七零八落,载沉载浮了。这些文学群体分属各种不同的政治文化类型,政治文化的流向,决定了它们繁荣发达或分崩离析的历史命运。

20世纪是文学政治学盛行的世纪。文学政治化是无法回避的历史存在,文学史所要探索的,是从文学本位的视角中,把政治当作一种权力文化,观察政治文化与文学之间的介入、内化、撕裂、逃逸,直至互动共谋的复杂关系,观察文学为了获得革命的品性而冲锋陷阵、九死一生的磨难过程。这种复杂而激烈的文学与政治文化的互动,既影响了百年八段文学的历时性嬗变,又导致雅俗不同文化层面的撕裂、弥合、竞争和交替互渗的共时性结构形态。文学的历史转型期,由于政治文化的强势介入,雅文学与俗文学、纯文学与非文学的竞争和杂处,是文学回归自身独立价值的过程,式样翻新,趣味频变,一波三折,磨炼了本应文静的文学搴旗夺寨、前赴后继的跨越性的意志。

其四,是体制操控。理念是软的手段,体制是硬的手段。文学政治学除了体现为理念更新和学派分驰之外,体制的支持和制约,也是一个根本性力量,即所谓软硬兼施。文学已告别孤芳自赏的时代,置身于复杂的制度文化环境之中。20世纪文学的部分历程,是在民国的历史时空中发生发展的。这就有必要将其发生发展的历史脉络、作家作品的文化解读,纳入民国史的体制,以考察其民国生态的环境构成、政策导向、生产和生存的条件对文学的管控和反管控。民国的诞生，一定程度上将民主共和的理念注入社会肌体，在国际关系中抵御外敌侵略、捍卫国家民族生存的尊严，即所谓民心难侮，守土有责。民国不仅是一段时间，一段坎坷颠踬的历史行程，还是一种空间存在，一种具有民国机制的国家形态。现代文学的历史行程，在相当一段时间内，是运行于民国政治法律制度及其经济、教育、新闻出版的平台上的。这种体制和平台，以及对这种体制、平台的打破和颠覆，都会在文学发展中嵌入或正面或负面的"民国要素"。

　　民国体制迥异于封建帝制。虽然制度变革屡遭挫折，但毕竟有了"临时约法"，政党政治，新式学校和报业、出版业，因此成了各种新事业的总出发点。没有辛亥革命后民国体制的这些馈赠，几年后发生的五四新文化运动，是难以设想的。新文化运动最初的萌芽是陈独秀1915年在上海创办《青年杂志》（后改名《新青年》），他被蔡元培聘为北京大学文科学长，把刊物带到北京，群英会聚，联络海内外新潮，产生了打开新文化天地的划时代效应。陈独秀分析五四新文化成功的原因时，虽然习惯于以经济史观看待历史事件的成败，排除个人意志论，但他的眼光是投向民国体制的："常有人说：白话文的局面是胡适之陈独秀一班人闹出来的。其实这是我们的不虞之誉。中国近来产业发达人口集中，白话文完全是应这个需要而发生而存在的。适之等若在三十年前提倡白话文，只需章行严一篇文章便驳得烟消灰灭，此时章行严的崇论宏议有谁肯听？"[①] 陈独秀早在清末（1903年）就开始创办或参与编撰了上海《国民日日报》、《安徽俗话报》和东京《甲寅》月刊，他在1923年底谈论"三十年前提倡白话文"，就包含着他这20年间推动文化革新的成败得失和甘苦辛酸。他1904年在《开办〈安徽俗话报〉的缘故》中说："深文奥意，满纸的

[①] 陈独秀：《答适之》，《科学与人生观·序》附录，上海亚东图书馆1924年版。

之、乎、也、者、矣、焉、哉字眼，没有多读书的人。哪里能够看得懂呢？这样说起来，只有用最浅近最好懂的俗话，写在纸上，做成一种俗话报，才算是顶好的法子。"① 然而此举成效甚微，这使他感受到民国体制的建立是对新文学成功的基本性助力。胡适虽然强调个人作用，非议经济史观，但十余年后，他还是承认："中国政治大革命虽然不算大成功，然而它是后来种种革新事业的总出发点，因为那个顽固腐败势力的大本营若不颠覆，一切新人物与新思想都不容易出头。戊戌（1898）的百日维新，当不起一个顽固老太婆的一道谕旨，就全盘推翻了。……我们若在满清时代主张打倒古文，采取白话文，只需一位御史的弹本就可以封报馆捉拿人了。……当我们在民国时代提倡白话文的时候，……幸而帝制推倒以后，顽固的势力已不能集中作威福了，白话文运动虽然时时受点障害，究竟还不到'烟消灰灭'的地步。这是我们不能不归功到政治革命的先烈的。"② 陈、胡都从切身体验上，印证了民国体制为新文化运动提供的思想舆论空间。没有这种空间，新文化运动是成不了气候，很容易被扼杀的。

辛亥革命以体制化的方式容纳外来的民主观念和人生方式，使"从来如此"的文学、文化、学术思想和伦理观念，都出现了在新的视野中重新审视的必要，仁人志士开始探索中国独立富强的现代化之路。但是新建立的民国体制是脆弱的、鱼龙混杂的。人们经过短暂兴奋之后，发现军阀横行，政局糜烂，在清朝皇权覆灭造成的权力真空中，出现了由一个皇帝的统治变成了多个"皇帝"相互杀伐的局面，政权中枢走马灯一样轮流坐庄，造成复辟的暗流和明流涌动不已，导致知识界陷入了浓重的困惑、伤感与精神迷茫之中。原先的维新人士和辛亥志士渐渐透出浓厚的复

---

① 陈独秀：《开办〈安徽俗话报〉的缘故》，《安徽俗话报》1904年第1期。
② 胡适：《中国新文学大系·建设理论集·导言》，上海良友图书印刷公司1935年版，第26页。

古习气，想以国粹固国本。袁世凯启用儒教、国粹、礼教，作为维护其独裁政治的"次文化"。民国初年政治局面的混乱，社会价值的失范和空缺，精神状态的飘零无根，也为文人结社及文化的选择，提供了相对自由的可能性空间。[①] 成立于1909年的南社，社名取义于"操南者而不忘其旧"，用以反抗清朝北廷。他们以愤世忧时、血泪交溅、慷慨激昂的诗文，"欲凭文字播风雷"，积极传播革命思想。南社诗人柳亚子"思振唐音""重布衣之诗"。其文化宗旨是"欲一洗前代结社之弊，作海内文学之导师"，借诗词酬唱会友，提倡民族气节，发扬爱国民主思想。1909年结社时17人，有14人是同盟会会员，到了鼎盛时期注册的会员多达1100多人，就未免鱼龙混杂了。南社文人此前参与或主持《民国日日报》《民报》《神州日报》的笔致，被誉为辛亥革命的"宣传部"。进入民国后，上海一地至少约有13家报刊为南社社友掌握撰述：《太平洋报》《天铎报》《申报》《神州日报》《民国日报》《民国新闻》《时报》《时事新报》《民声》《民立报》《民权报》《大共和报》《生活日报》。以至于柳亚子笑谈："试看今日之域中，竟是南社之天下。"这与民国初年报业的发展是分不开的。

民初书报业的发达，以中华民国《临时约法》第二章第五条上的人民"有言论、著作、刊行及集会、结社之自由"为尚方宝剑。只要筹足每月一二百元的印刷费，有少许几个合适的编辑，印刷交印字局，发行靠发行所，就可以办报办刊。其时政党政治衍化成了孙中山革命派、君主立宪派和袁世凯的实力派，三大派政治势力相互角逐，各自立报馆，办刊物，鼓吹和传播本派的政见。即便袁世凯执政时期查禁书报，想扼杀革命派反对袁氏复辟的政见，也由于南北政治格局的对峙和租界的存在，往往鞭长莫及。在文化缝隙中，许多消闲娱乐的商业出版物，开始大量滋生。

[①] 许纪霖、陈达凯：《中国现代化史》，上海三联书店1995年版，第294页。

因而民国初期被人称为出版业的"黄金时代":"那时正值国家鼎革之际,社会一切都呈着蓬勃的新气象。尤其是文化领域中,随时随地在萌生新思潮,即定期刊物,也像雨后春笋般出版。因为在那时候,举办一种刊物,非常容易,一,不须登记;二,纸张印刷廉价;三,邮递便利,全国畅通;四,征稿不难,酬报菲薄,真可以说是出版界之黄金时代。"① 政局乱而报刊盛,是民初政治文化的不幸之幸事。

　　政治的挫伤流出来的血泪和脓水,遭遇出版业发达的契机,引发了精神幻灭、歌哭无度的轩然大波。文学在平民化、大众化、同时也是商业化的空间中,进行了广泛的技巧实验,不时绽出新思想、新形式的嫩芽。南社成员在宋教仁被刺,二次革命失败后出现分化,因由政治挫败感和命运无常感,一扫过去的壮志凌云、慷慨悲歌的诗风,多出了"卅六鸳鸯同命鸟,一双蝴蝶可怜虫"的揪心裂肺的哀诉。南社成员蒋箸超、刘铁冷、徐天啸、徐枕亚、李定夷创办和编辑的《民权报》,政治立场上与革命党各报同调,言论不可谓不激烈,但副刊多载滑稽文字、笔记、剧谈、长短篇小说,泛滥着徐枕亚的《玉梨魂》、吴双热的《孽冤镜》、李定夷《红粉劫》一类鸳鸯蝴蝶派的文学波澜,被视为"鸳鸯蝴蝶派"的真正发源地。

　　属于鸳鸯蝴蝶派另一支派者,南社中人的包天笑编辑《时报》副刊、《小说大观》和《小说画报》,能量极大;周瘦鹃编辑《礼拜六》和《申报》副刊《自由谈》,泪水最多。《礼拜六》大打言情小说的牌,推出了"哀情""艳情""怨情""忏情""苦情""侠情"一类名目。王钝根在创刊号《出版赘言》中,却挑逗温情、柔情:"礼拜六下午之乐事多矣,人岂不欲往戏园顾曲,往酒楼觅醉,往平康买笑,而宁寂寞寡欢踽踽然购读汝之小说耶?余曰:不然,买笑耗金钱,觅醉碍卫生,顾曲苦喧嚣,不若读小说

---

① 秋翁:《三十年前之期刊》,载《万象》1941年第3期,收入芮和师、范伯群等编《鸳鸯蝴蝶派文学资料》(上),福建人民出版社1984年版,第275页。

之省俭而安乐也。且买笑觅醉顾曲其为乐转瞬即逝，不能继续以至明日也。读小说则以小银元一枚，换得新奇小说数十篇，游倦归斋挑灯展卷，或与良友抵掌评论，或伴爱妻并肩互读。意兴稍阑，则以其余留于明日读之。晴曦照窗，花香入坐，一编在手，万虑都忘，劳瘁一周，安闲此日，不亦快哉！"① 这种情感倾泻的"快哉"游戏，投合了小市民读者的胃口，周瘦鹃颇为得意地回忆《礼拜六》的销售情形："门一开，就争先恐后地涌进购买。这情况倒像清早争买大饼油条一样。"② 这不仅是读者的"快哉"，更是编者、作者、出版商的"快哉"。五四新文学的先驱者将这个大打言情、娱乐、消闲牌的群体亦庄亦谐地命名为"鸳鸯蝴蝶派"，如此命名也是一种文学政治学的行为，对其归类中贬大于褒，遂在很长时间内被文学史视为另类。这种文学多少显得"软性的平庸"，就像平常的萝卜白菜，但萝卜白菜到底也能感受到春天的气息，比起山珍海味，可以不至于让人上火，这也是它出自文学政治学另一端的功能。

曹聚仁从20世纪30年代开始，就是一位报人、杂志主编者和记者，对报刊传媒所知甚深，他曾有一个判断，颇能说明文学与报刊传媒的关系。他说："一部近代文化史，从侧面看去，正是一部印刷机器发达史；而一部近代中国文学史，从侧面看去，又正是一部新闻事业发展史。"③ 这从一定角度（他用了"侧面"一词）上，触及政治体制的支持和商业资源的投向，造成的文学物质载体的增减，成了文学繁荣或衰退的标志。据阶段性总结，从1976年10月"文化大革命"结束时文学期刊仅剩《人民文学》《诗刊》《解放军文艺》等寥寥几种，到1982年9月仅6年，就发展到省级以上的文学刊物超过200种。如果包括专区和县一级创办的文学刊物在内，全国文学刊物已超过千种。大型文学刊物如《收获》《当代》《十月》

---

① 王钝根：《〈礼拜六〉出版赘言》，《礼拜六》1914年6月6日创刊号。
② 周瘦鹃：《闲话〈礼拜六〉》，《拈花集》，上海文化出版社1983年版，第94页。
③ 曹聚仁：《文坛五十年》，东方出版中心1997年版，第83页。

《花城》《钟山》，发行量都高达数十万份，拥有十分广泛的读者。全国文艺期刊的年发行量，1981年便达到12亿册以上。文学载体的长足发展，折射着社会对文学的关注和需求。这种社会热情，使当时文学书籍销量巨大，像《人到中年》、《高山下的花环》和《李自成》等，都销行数百万册。① 这也导致研究者在关注文学现代性时，高度重视报刊载体所造成的现代文学与古代文学，在写作方式、作家成名方式、作家作品与市场关系上的根本性差异。进而以文学载体为实证研究的对象，解剖报刊的创办宗旨、栏目设置，因主编者变化引起报刊面貌的变化，撰稿人群体与流派形成的关系。

现代文学博士论文的报刊研究取得丰硕的成果，涉及的报刊有《新青年》、《小说月报》、《语丝》、《现代评论》、《新月》、《学衡》、《现代》、《论语》、《文艺复兴》、《礼拜六》、《万象》、《晨报副刊》、《大公报》、上海小报，以及《收获》、《文艺报》等，对于20世纪文学的生态环境、文学与制度的关系、流派的生成和变异、文学史写作的盲点和误区，这些研究都提供了许多来自实证的第一手材料和创新性见解。这丰富和深化了现代文学的发生学、文学的生态学和政治学、知识考古学的视境。报刊研究，重新回到那段历史中去，考察文学的真实存在及其历史叙事是如何建构而成，都是大有作为的。美国学者弗雷德里克·杰姆逊深刻阐发了"政治无意识"，认为意识形态遏制已经潜入历史，潜入人的特定的现实境遇。一旦我们认识到一切事物都是社会性和历史性的，而且在终极意义上，一切事物都是政治的，我们就能从这里找到突破口，进入对意识形态或者社会历史本身的解密化过程。报刊研究的深入，是可以对百年中国文学独特的思潮演进和政治遭际，其间的知识、思想，包括特殊年月中的心灵隐秘、意识形态与政治体制的呈现形态，进行历史现场的解密的。

---

① 中国社会科学院文学研究所当代文学研究室编著：《新时期文学六年》，中国社会科学出版社1985年版，第2页。

七　地缘文化与海峡两岸暨港澳

　　政治体制和政治命运对 20 世纪中国文学特质的影响之大，莫过于内地与台湾、香港及澳门文学格局的形成。政治体制的差异以不同的方式引导、规约和整肃文学，几经波折，铸造成存在和发展方式互异的地缘文化。对于内地中心而言，海岛是文化边缘；对于海洋中心而言，海岛是文化前沿。这种文明形态的转型，在最近 400 年加快了步伐。追究这种地缘性的发生，人们当然不会忘记近代中国受侵略、受宰割的屈辱生存史。自 17 世纪下半叶以降，西方商船随着炮舰进入南中国海疆，对中国岛屿巧取豪夺；其后日、俄魔爪染指东北，失土之痛纠结在中国人的胸口。1925 年 3 月闻一多在美国纽约艺术学院留学期间，感愤国土支离，创作组诗《七子之歌》，刊于 1925 年 7 月 4 日《现代评论》第二卷第三十期。"七子"是指从中国母体被列强霸占的七块土地：澳门、香港、台湾、威海卫、广州湾、九龙、旅大（旅顺—大连）。歌诗的"引言"云："邶有七子之母不安其室。七子自怨自艾，冀以回其母心。诗人作《凯风》以愍之。吾国自《尼布楚条约》迄旅大之租让，先后丧失之土地，失养于祖国，受虐于异类，臆其悲哀之情，盖有甚于《凯风》之七子。因择其中与中华关系最亲切者七地，为作歌各一章，以抒其孤苦亡告，眷怀祖国之哀忱，亦以励国人之奋斗云尔。国疆崩丧，积日既久，国人视之漠然。

不见夫法兰西之 ALSACE – LORRAINE 耶？'精诚所至，金石能开。'诚如斯，中华'七子'之归来其在旦夕乎！"

阿尔萨斯和洛林（Alsace-Lorraine）位于法国东部，阿尔卑斯山脚下，普法战争中割让给德国，《凡尔赛和约》后归还。闻一多以此国际案例，致哀思于"中华七子"在英、法、日、俄列强的淫威下四散飘零，祈求失土回归。如《澳门》一章："你可知 Macau 不是我真姓？/我离开你太久了，母亲！/但是他们掳走的是我的肉体，/你依然保管着我内心的灵魂。/三百年来梦寐不忘的生母啊！/请叫儿的乳名，叫我一声'澳门'！/母亲！我要回来，母亲！"《香港》一章又云："我好比凤阙阶前守夜的黄豹，/母亲呀，我身份虽微，地位险要。/如今狞恶的海狮扑在我身上，/啖着我的骨肉，咽着我的脂膏；/母亲呀，我哭泣号啕，呼你不应。/母亲呀，快让我躲入你的怀抱！/母亲！我要回来，母亲！"《台湾》一章如此抒写："我们是东海捧出的珍珠一串，/琉球是我的群弟，我便是台湾。/我胸中还氤氲着郑氏的英魂，/精忠的赤血点染了我的家传。/母亲，酷炎的夏日要晒死我了，/赐我个号令，我还能背城一战。/母亲！我要回来，母亲！"[1] 内地与港澳台的政治文化格局之所以有大价值，全在于有如此精诚不磨的国魂、国脉相贯通。内地和港澳台文学本身同根同源，使得分为"四度空间"各自发展的文学，存在着整合的可能性与可行性，把四个各自扮演独特文化角色的地缘文学整合为一个"文学的中国"。

文学中国是一个血脉相连的命运共同体，把内地与香港、澳门、台湾文学的"分界"从血脉的深层加以"打通"，自然就形成了"大中国文学"的精神网络。在 20 世纪中国文学的总体格局和内在历史联系上，建立起内地与香港、澳门、台湾文学一脉相贯、互联互参的精神网络，乃是几代仁人志士的一个"勿忘我"

---

[1] 闻一多：《七子之歌》，《现代评论》第 2 卷第 30 期，1925 年 7 月 4 日。

的精神情结所在。在"地尽东南水一湾"的澳门,自1553年葡萄牙人取得居住权,并将此辟为殖民地,到1999年12月20日回归祖国,400多年间东西方多元文化的融合共存成为独特的城市风貌。汤显祖是中国古代著名作家中最早到过澳门的人,他在万历十九年(1591年)游览这个殖民城市,作《听香山译者》五首,其二云:"花面蛮姬十五强,蔷薇露水拂朝妆。尽头西海新生月,口出东林倒挂香。"[1] 汤氏最早描写了娇媚如花的葡国少女,衣装上喷洒蔷薇露水,面容宛如西边海上初升的明月,口中散发着爪哇国倒挂鸟张尾溢出的香气,就以奇特的比喻写出了中国土地上的异国风情。葡萄牙诗人贾梅士(1524—1580)落难隐居澳门,写下长篇叙事诗《葡国魂》共10章1102节每节8句,该诗以葡萄牙航海家达·伽马发现通往印度航路的事件为素材,宣扬开拓疆土的殖民意识。16世纪的这两个文学事例,表明中、葡两国文化开始在南中国一个狭小的半岛空间共生共存。明朝灭亡后又有一批"义不帝秦"的遗民,避居澳门。清初画家吴历1681年随柏应理神父到澳门,留居五月,次年加入耶稣会,成为清代早期三名中国籍神父之一。他著有《三巴集》,其《澳中杂咏》三十首中的一首云:"关头粤尽下平沙,濠镜山形可类花。居客不惊非误入,远从学道到三巴。"[2] 史传谓吴历"作画每用西洋法,云气绵渺凌云,迥异平时"[3],可见,其精神信仰和艺术风格都受了西学东渐的浸染。数年后,清初"岭南三大家"之一的屈大均于康熙二十八年(1689年)到澳门,其《翁山诗外》录有《澳门》六首,其一云:"广州诸舶口,最是澳门雄。外国频挑衅,西洋久伏戎。兵愁蛮器巧,食望鬼方空。肘腋教无事,前山一将功。"其二

---

[1] (明)汤显祖:《听香山译者》之二,《汤显祖集》(一),上海人民出版社1973年版,第427页。

[2] (清)吴历:《三巴集》,《吴渔山集笺注》,章文钦笺注,中华书局2007年版,第159页。

[3] 《清史稿》卷504《吴历》,中华书局1977年版。

云："南北双环内，诸番尽住楼。蔷薇蛮妇手，茉莉汉人头。香火归天主，钱刀在女流。筑城形势固，全粤有余忧。"[①] 诗中把澳门称为最雄强的港口，表达了对祖国领土的热爱，描绘了诸番侵占后的异域风貌，抒发了对殖民者久霸澳门的深切忧虑。这种国土割裂中的多元文化杂处，为20世纪澳门文学的发生学，提供了历史文化的根据。

如果说以上变化还处在边缘，那么在先进的中国人那里，这已经开始潜入主流意识形态。魏源曾与龚自珍、林则徐等相识而成挚友，著有《海国图志》百卷，首先提出了"师夷长技以制夷"的策略，是近代中国"睁眼看世界"的先行者之一。这位自称"我行半天下"的先行者，1848年54岁时实地考察澳门、香港的"夷情"，为《海国图志》搜集材料。他在葡萄牙人委理多的洋楼客厅中，听其妻子弹钢琴，因而作《澳门花园听夷女洋琴歌》序云："澳门自明中叶为西洋市埠，园亭楼阁，如游海外。怪石古木，珍禽上下，多海外种。其樊禽之所，网其上以铜丝，纵横十丈，高五丈。其中池沼树木，飞浴啄息，空旷自如，忘其在樊也。园主人曰委理多，葡萄亚国人。好客，延登其楼，有洋琴如半几，架以铜丝。请其鼓，则辞不能。俄入内，出其室，按谱鼓之，手足应节，音调妍妙，与禽声、海涛声隐隐应和。鼓罢，复出其二子，长者九岁，冰肌雪肤，瞳剪秋水，中原未之见也。主人闻予能文，乞留数句，喃喃诵之，大喜。赠洋画而别。"歌云："天风吹我大西洋，谁知西洋即在澳门之岛南海旁。怪石磊磊木千章，园与海涛隔一墙。墙中禽作百蛮语，楼上人通百鸟语，鸟声即作琴声谱，自言传自龙宫女。蝉翼纤罗发芃薆，廿弦能作千声弹。初如细雨吹云间。故将儿女幽窗态，写出天风海浪寒，似诉去国万里关山难。倏然风利帆归岛，鸟啼花放樯声浩，触碎

---

① （清）屈大均：《翁山诗外》，《屈大均全集》第2册，人民文学出版社1996年版，第737页。

珊瑚拉瑟声,龙王乱撒珍珠宝。有时变节非丝竹,忽又无声任剥啄,雨雨风风海上来,萧萧落落灯前簌。突并千声归一声,关山一雁寥天独。万籁无声海不波,银河转上西南屋。乌乎!谁言隔海九万里,同此海天云月耳。膝前况立双童子,一双瞳子剪秋水。我昔梦蓬莱,有人长似尔。鞭骑幺凤如竹马,桃花一别三千纪。乌乎!人生几度三千纪,海风吹人人老矣。"① 诗人对西洋园林文化、音乐和家庭生活,惊叹为神仙之境。

随之魏源又到香港考察,幸遇海市蜃楼奇观。作《香港岛观海市歌》序云:"香港岛在广东香山县南绿水洋中。诸屿环峙,藏风宜泊,故英夷雄踞之。营廛舍楼观如澳门,惟树木郁葱不及焉。予渡海往观,次晨甫出港,而海中忽涌出数山,回顾香港各岛,则锐者圆,卑者矗,尽失故形,若与新出诸山错峙。未几,山渐离水,横于空际,交驰互骛,渐失巘崿,良久化为雄城如大都会,而海市成矣。自寅至巳始灭。幻矣哉!扩我奇怀,醒我尘梦,生平未有也。其可以无歌?"歌曰:"山邪云,城邪人,胡为兮可望不可亲。岂蓬莱宫阙秦汉所不得见,而忽离立于海滨。豁然横亘兮城门,市廛楼阁兮兼郊。中有化人中天之台千由旬,层层级级人蚁循。龙女绡客阑干扪,珊瑚万贝填如云,贸易技巧纷诈谖。商市罢,农市陈,农市散,军市屯,渔樵耕馌春树帘,画本掩映千百皴。旗纛车骑畋狩闉,蛮君鬼伯甲胄绅。合围列队肃不喧,但有指麾无号令,招之不语挥不嗔。矗矗鳞鳞,隐隐濆濆,若非天风渐荡吞,不知逞奇角怪何时泯。俄顷楼台尽失陂陀存,但见残山剩树断桥只兽,一一渐入寥天痕。吁嗟乎!世间之事无不有,世间之物无不朽,影中之影梦中梦,造化丹青写生手。王母双成今老丑,蚁王蜗国争苍狗。若问此市有无与幻真,三世诸佛壁挂口。龙宫怒鼓风涛喷,回头已入虎门右。"② 诗人对延续四个时辰的"影中之影梦

---

① (清)魏源:《魏源集(下册)》,中华书局1976年版,第739—740页。
② (清)魏源:《古微堂诗集》卷六,清同治九年刻本。

中梦"惊诧不已，但反观现实中"蚁王蜗国争苍狗"的形势，心头感愤甜酸苦辣，翻江倒海，有若"龙宫怒鼓风涛嗔"。

　　这已经是鸦片战争后的诗作，诗人对澳、港两地的人物风情并不是简单地采取怒斥丑化的态度，而是以开放的心胸，带点诧异地接纳文化西风的新异因素。对于魏源的师友林则徐，张之洞在《上海强学会章程》中说："林文忠公常译《澳门月报》，以觇敌情。"① 先进的中国人开始重视报刊在见闻传播及知识获取上的重要价值。张之洞这条材料，也是出自魏源《海国图志》卷八十一所载："《〈澳门月报〉论中国》道光十九年及二十年新闻纸，两广总督林则徐译出，中有四条曾附奏进呈。"② 清末维新变法思潮的崛起，是近代文化史上的重大事件。其领袖人物康有为在光绪五年（1879）读了李圭的《环球地球新录》等书后，专门到香港进行考察，见到香港高楼凌云，舰船飞驰，电线横空的物质文明景观，悲愤于它为英人侵占，赋《初游香港睹欧亚各洲俗》诗云："灵岛神皋聚百旗，别峰通电线单微。半空楼阁凌云起，大海艨艟破浪飞。夹道红尘驰驶衰，沿山绿围斗芳菲。伤心信美非吾土，锦帕蛮靴满目非。"③ 香港景观实在美丽，但在"锦帕蛮靴"的践踏下，吾土已"非吾土"，人们可以从中感觉到变法图强的种子，已在青年康有为的心中萌发。6年后，光绪十一年（1885）黄遵宪卸任美国旧金山总领事回国，一到香港，目睹人物衣冠与中华无异的"汉官朝仪"，作《到香港》诗云："水是尧时日夏时，衣冠又是汉官仪。登楼四望皆吾土，不见黄龙上大旗。"④ 从尧日夏时流到今日的流水，从汉朝传流下来的衣冠礼仪，诗人看到中国文化风俗的血脉，这是

---

① （清）张之洞：《上海强学会章程》，收入郑振铎《晚清文选》卷中，中国社会科学出版社2002年版，第371页。
② （清）魏源：《海国图志》卷81，中州古籍出版社1999年版，第431页。
③ 康有为：《初游香港睹欧亚各洲俗》，《康有为全集》，中国人民大学出版社2007年版，第143页。
④ （清）黄遵宪：《黄遵宪集》（上），天津人民出版社2003年版，第160—161页。

"吾土"吗？为何不见清朝的黄龙大纛在飘扬呢？此情此景，对于这位视"寸寸河山寸寸金"的晚清"诗界革命的先驱"而言，实在难免要挥洒下"杜鹃再拜忧天泪"，咀嚼着"精卫无穷填海心"了。

香港的自由港地位，使它在中国政局和战局变幻中，成为文化人避难集结的港湾。尤其是1938年和1948年，文化人的过境和栖居，也为香港现代文学的发展输入了生命血脉。戴望舒这位以屈原《离骚》中为月亮驾车的"望舒"神为笔名的现代派诗人，就是一个典型。1928年他在上海发表《雨巷》，以"一个丁香一样地结着愁怨的姑娘"的身影享誉诗坛。抗日战争爆发后，辗转到香港主编《大公报》文艺副刊，又主编《星岛日报·星岛》副刊，与许地山等人负责中华全国文艺界抗敌协会香港分会。1941年底香港沦陷，次年春他被日本宪兵逮捕入狱，写了《狱中题壁》诗云："如果我死在这里，/朋友啊，不要悲伤，/我会永远地生存/在你们的心上。"他已经以身许国，死志已决，但依然相信胜利终将到来："……当你们回来，/从泥土掘起/他伤损的肢体，/用你们胜利的欢呼/把他的灵魂高高扬起，/然后把他的白骨放在山峰，/曝着太阳，沐着飘风，/在那暗黑潮湿的土牢，这曾是他唯一的美梦。"[①] 他不再"撑着油纸伞，独自/彷徨在悠长、悠长/又寂寥的雨巷"，而是迎着时代的暴风雨，即便在牢狱之灾中也梦想让"白骨放在山峰"，让"灵魂高高扬起"，表现了九死无悔的民族精神和以身许国的坚贞气节。

较之澳门、香港，台湾的文学当量更是庞大和繁复。台湾地处中国东部海疆前缘，地缘文化位置举足轻重。曾经修订《大清一统志》、官至广州知府的蓝鼎元，著有《台湾近咏》十首，其十云："台湾虽绝岛，半壁为藩篱。沿岸六七省，口岸密相依。台

---

① 戴望舒：《狱中题壁》，《戴望舒精选集》，北京燕山出版社2009年版，第62—63页。

安一方乐,台动天下疑。……荷兰与日本,眈眈共朵颐。王者大无外,何患此繁蛋。政教消颇僻,千年拱京师。"① 这就涉及收复台湾的郑成功了。郑成功亲率将士两万五千名、战船数百艘,于 1662 年打败侵占台湾 38 年之久的荷兰殖民者,收复台湾,作《复台诗》云:"开辟荆榛逐荷夷,十年始克复先基。田横尚有三千客,茹苦间关不忍离。"② 其实《尚书·禹贡》就有"岛夷卉服"的说法。正史对台湾的记载,最早见于《三国志》:"吴主孙权黄龙二年(230)春,遣将军卫温、诸葛直将甲士万人浮海求夷洲及亶洲。"③ 吴人沈莹所著的《临海水土志》留下了世界上对台湾最早的记述。④ 隋唐两宋 600 年间,大陆沿海,尤其是泉州、漳州一带居民,纷纷经澎湖迁至台湾,从事垦拓。元至元元年(1335),元朝正式在澎湖设"巡检司",管辖澎湖、台湾民政,隶属福建泉州同安县(今厦门)。17 世纪初,荷兰殖民者侵入台湾,其后为郑成功驱逐。清康熙二十二年(1683),清政府统一台湾,翌年在台湾设 1 府 3 县,隶属福建省。清光绪十一年(1885),将台湾建为行省,派刘铭传为第一任巡抚。台湾命运坎坷,不久即遭割裂。《马关条约》签订一年后,清光绪二十二年(1896)春,丘逢甲召集台湾乡绅上疏四次、血书五次,向清政府表明"万民誓不服倭"。丘氏组成五万余人的抗日护台大军,与日寇浴血奋战 20 余昼夜,其后作《离台诗》云:"宰相有权能割地,孤臣无力可回天。扁舟去作鸱夷子,回首河山意黯然。"⑤ 挥泪内渡大陆,翌年作《春愁》诗云:"春愁难遣强看山,往事心惊泪欲

---

① (清)蓝鼎元:《台湾近咏》,徐世昌编清诗总集《晚晴簃诗汇》卷六十五,1929 年编成。
② (明)郑成功:《复台诗》,《厦门诗荟》,鹭江出版社 1999 年版,第 115 页。
③ (晋)陈寿:《三国志》卷四十七"吴书二",中华书局 2016 年版。
④ (三国吴)沈莹著,张崇根辑校:《临海水土志辑校》,中国农业出版社 1981 年版。
⑤ (清)丘逢甲:《离台诗》,《丘逢甲集(增订本)》,广东人民出版社 2019 年版,第 73 页。

潜。四万万人同一哭，去年今日割台湾。"① 对于清政府签订《马关条约》，割让辽东半岛、台湾、澎湖给日本，谭嗣同义愤填膺，于清光绪二十一年（1895）春作《有感一章》："世间无物抵春愁，合向苍冥一哭休。四万万人齐下泪，天涯何处是神州？"② 其意趣豪迈，意境苍凉，谭、丘二诗，可以南北合璧，标示了台湾的国族归属无可置疑。

谭、丘之诗，是一把明火，彰显着中华民族之不可侮，侮之必然搬起石头砸自己的脚。继之民族精神的薪火播向民间，如佛典《大宝积经》所云："譬如一切水种百谷药木皆得增长"；"譬如一切火种皆能成熟百谷果实"。③ 中国文化的火种，借文人风习潜入民间，形成诗社唱和，激励民气。日据时期的旧体诗词唱和，在典故和平仄音韵上追随源远流长的民族文化血脉，以深沉的学养抵抗着日本殖民者的文化奴役。甲午战败，乙未割台，日本铁蹄蹂躏台湾，是台湾历史上天崩地裂的巨变。民族志士悲愤郁悒，以诗词哀悼国家的不幸、民族的灾难，坚执地表达了对祖宗之邦的文化认同和国族认同。梁启超说："庄子曰：'哀莫大于心死，而身死次之。'吾亦曰：辱莫大于心奴，而身奴斯为末矣。"④ 诗社是台湾日据时期，反抗"心死""心奴"的乡野灯火。据连横《台湾诗社纪》载，1924年全岛有诗社66个，至20世纪40年代有178个。诗社中人，以洪繻、林朝崧、连横、林资修、林朝琛较为杰出。如洪繻《感事》诗云："世界方今号共和，英雄才岂老瞒过。华夷猱杂衣冠尽，人物萧条制作多。玉牒空移秦历数，金瓯谁补汉山河？可怜海外珠崖郡，付与东流作

---

① （清）丘逢甲：《春愁》，《丘逢甲集（增订本）》，广东人民出版社2019年版，第100页。
② （清）谭嗣同：《有感一章》，《谭嗣同全集》，中华书局1981年版，第540页。
③ （唐）菩提流志译：《大宝积经》卷一百一十二，大藏经本。
④ 梁启超：《新民说》第九节"论自由"，载《新民丛报》第一号（1902）至第七十二号（1906）。

逝波。"① 诗的格调沉雄苍凉，为祖国山河破碎，台湾落入敌手后的华夷猱杂，衣冠文物变异，感到痛彻肺腑。

论及连横（1878—1936），可以说他是第一代汉儒志士的典型。其祖籍是福建漳州，生于台南。主持过《台澎日报》《台南新报》汉文部，鼓吹社会革新。又广泛搜集台湾史料和语言学资料，著成《台湾通史》《台湾语典》《台湾诗乘》，成为保存台湾文化之功臣。1924年2月创刊《台湾诗荟》，次年11月停刊，共出22期。有评论云："连雅堂先生在台湾日据时期所编的《台湾诗荟》杂志，刊有台湾古今资料甚富。此一杂志有语皆秀，无唾不香。……对于台湾保存祖国文化与鼓舞民族精神的贡献，功不可没。"② 其诗结集为《剑花室诗集》。如《台南》诗云："文物台南是我乡，劫来何必问行藏。奇愁缱绻萦江柳，古泪滂沱哭海桑。卅载弟兄犹异宅，一家儿女各他方。夜深细共荆妻语，青史青山尚未忘。"③ 台湾的"青山"，台湾文化的"青史"，都是他刻骨铭心的记忆。又有歌颂郑成功的《题荷人约降郑师图》诗云："殖民略地日观兵，夹板威风撼四溟。莫说东方男子少，赤嵌城下拜延平。"④ 他无限崇拜"东方男子"郑成功。这些诗作，都在寻找祖宗之邦的血脉，激励反抗外国侵略者的民气上，发出大义凛然的鞳鞳鞺鞺之音。

台湾新文学是在祖国五四新文学的影响下发生的，反映了即便推动文学的现代性转型，也莫忘接上祖宗之邦的根系。张我军1920年随前清秀才赵一山读书学汉诗。1921年，前往厦门鼓浪屿新高银行谋职，接触新文学，返台后掀起新旧文学论战，成为台

---

① 中国社会科学院文学研究所、中国社会科学院学术交流委员会编著：《台湾爱国诗鉴》，北京出版社2000年版，第153页。

② 吴福员：《台湾诗荟杂文钞·弁言》，转引自陈春城《台湾古典诗赏析》，河畔出版社2004年版，第450页。

③ 连横：《剑花室诗集》，《台湾文献史料丛刊》第八辑，台湾大通书局，第77页。

④ 连横：《剑花室诗集》，《台湾文献史料丛刊》第八辑，台湾大通书局，第103页。

湾新文学运动的急先锋。赖和是日据时期台湾新文学运动的重要人物,被称为"台湾新文学之父",1917年赴厦门博爱医院服务两年,在汉学和思想上收获甚大。返台后提倡言文一致、"舌尖与笔尖"合一,创作了《斗闹热》《一杆"称仔"》《诉讼人的故事》等小说,一生写旧体诗2000多首,也写新诗。1924年作古体诗《饮酒》云:"仰视俯蓄两不足,沦为马牛膺奇辱。我生不幸为俘囚,岂关种族他人优?弱肉久已恣强食,致使两间平等失。正义由来本可凭,乾坤旋转愧未能。眼前救死无长策,悲歌欲把头颅掷。头颅换得自由身,始是人间第一人。"[①] 赖和因不满日本殖民者的压榨凌辱而被日本当局视为异议分子,两度身陷囹圄,但并不能摧磨其"头颅换得自由身,始是人间第一人"的坚毅意志。他又有新诗《南国哀歌》:"所有的战士已都死去,/只残存些妇女小儿,/这天大的奇变,/谁敢说是起于一时/……兄弟们!来!来!/舍得一身和他一拼!/我们处在这样环境,/只是偷生有什么用,/眼前的幸福虽享不到,/也须为着子孙斗争。"[②] 赖和以一介诗医而为人民代言,以果戈理式的嘲讽批判强权,呼唤着民族和社会的抗争,是这块"伤心之地"的不灭的海岛之魂。1937年,赖和曾对《台湾新民报》副刊主编黄得时表示:"现在虽然是在日本统治之下,我们绝对不要忘记我们是中国人。对于中国优美的传统文化,不但要保存,还要发扬光大。对于日本人的暴政,尽量发表,尤其是日警压迫欺负老百姓的实例,极力暴露出来。对于同胞在封建下所残留的陋习、迷信,应予彻底的打破,提高文化素质和水准。"[③] 他是将启蒙者和爱国者的角色集合于一身,"为着子孙斗争",寄希望于祖国之未来的。有这份眷恋祖邦

---

① 赖和:《饮酒》,李南衡编《赖和先生全集》,台北明潭出版社1979年版,第381页。

② 赖和:《南国哀歌》,《台湾新民报》第361、362号,1931年4月25日、5月2日,第11版。

③ 刘红林:《赖和是爱国者而非分裂祖国的罪魁》,《文艺报》2002年4月9日。

情怀者，在台湾新文学作家中不乏其人。吴浊流就说过："眼不能见的祖国，固然只是观念，但是却非常微妙，经常像引力一样吸引我的心。正如离开了父母的孤儿思慕并不认识的父母一样，那父母是怎样的父母，是不去计较的……以一种近乎本能的感情，爱慕着祖国，思慕着祖国。……台湾人在无意识中，认为台湾是自己的祖先所开拓的，我们做子孙的有保护它的义务……台湾人有这样的乡土之爱，同时对祖国的爱也是一样的。"① 台湾作家的这种乡邦思慕，梦魂萦绕，是中华民族一份珍贵的具有向心力的文化遗产。

也许政治使两岸暂时暌隔，但文化使两岸血脉相连。现代派文学，20世纪50年代在内地一度中断，却自1960年以后在台湾发展强劲。并且1953年，纪弦创办《现代诗》季刊，1956年又发起了"现代诗社"，参加者还有叶泥、郑愁予、罗行。蓝星诗社、创世纪诗社继起竞争。由洛夫、张默主编的《创世纪》，创刊于1954年10月，第二期加入痖弦而构成了《创世纪》"三驾马车"，成员还有商禽、叶维廉等20余人。诗人擅长以物象言理，在题为"一颗不死的麦子"的社论中强调："我们在批判与吸收了中西文学传统之后，将努力于一种新的民族风格之塑造，唱出真正属于我们这一时代的声音。"② 这样的麦子不仅不死，而且将发芽抽穗，绿遍青春的心田。

更值得一提的是，1956年9月，台湾大学外文系夏济安教授创办了《文学杂志》。创刊号上的"致读者"宣称："我们的希望是要继承数千年来中国文学伟大的传统，从而发扬光大之。我们虽身处动乱时代，我们希望我们的文章并不动乱。我们所提倡的是朴实、理智、冷静的作风。"③ 该刊发表了林海音的《城南旧

---

① 吴浊流：《无花果：台湾七十年的回想》，台北前卫出版社1989年版，第40页。
② 洛夫：《一颗不死的麦子》，《创世纪》1972年第30期。
③ 《致读者》，台湾《文学杂志》创刊号1956年9月。

事》，但更有价值的是发现和培养了白先勇、王文兴、陈若曦等青年作家。这些台湾大学外文系的学生在1960年3月创办了《现代文学》。主编白先勇去美国留学后，又将《现代文学》郑重托付给余光中、何欣、姚一苇。台湾这代作家看不到"五四"以后的"左派禁书"，面临着精神的放逐，是"喝西方文学乳汁"成长的。《现代文学》"创刊号"介绍了奥地利作家卡夫卡，以后陆续介绍了托马斯·曼、乔伊斯和劳伦斯，以及伍尔芙、卡萨琳·A. 波特、费茨杰拉德、萨特、奥尼尔、福克纳、史坦贝克、叶芝、圣若望·帕斯，他们多是西方现代派作家。这些译介，影响了台湾文学的走向，出现了白先勇的《游园惊梦》、陈映真的《将军族》、王祯和的《鬼·北风·人》等作品。而此时内地正受极"左"政策的困扰，并逐渐滑向"文化大革命"的百花凋零。由此可知，内地与港澳台地缘文化的存在，在文学生态和文学表达范式上开拓出参差比照和长短互补的可能性空间。

余光中在现代诗写作中，注入了经过灵巧点化的圆润光鲜的唐诗宋词的古典意象。他在《白玉苦瓜》诗集自序中说："少年时代笔尖所沾，不是希颇克灵的余波，便是泰晤士的河水，所酿也无非1842年的葡萄酒。"[①] 这里回顾的是从西方诗中学得浪漫诗情的时期。1961年，在与洛夫关于现代诗发展问题的论争后，余光中写下《再见，虚无》一诗，宣布了向现代主义虚无诗风的告别。其中写道："如果说必须承认人是空虚而无意义才能写现代诗，只有破碎的意象才是现代意象，则我乐于向这种'现代诗'，说再见。"[②] 告别虚无后，余光中致力于将东方美学的"古典精神"注入具有浪漫情怀的"现代主义"之中，而逐渐形成具有浓郁的新古典主义风格的"余光中体"。比如他写的这首《白玉苦瓜》："似醒似睡，缓缓的柔光里/似悠悠醒自千年的大寐/一只瓜

[①] 余光中：《白玉苦瓜·自序》，大地出版社1974年版，第5页。
[②] 余光中：《余光中集》第7卷，百花文艺出版社2004年版，第129页。

从从容容在成熟/一只苦瓜，不是涩苦/日磨月磋琢出深孕的清/看茎须缭绕，叶掌抚抱/哪一年的丰收像一口要吸尽/古中国喂了又喂的乳浆/完美的圆腻啊酣然而饱/那触觉，不断向外膨胀/充实每一粒酪白的葡萄/直到瓜尖，仍翘着当日的新鲜。"诗的上半阕在一种如梦似醒的朦胧中，托出了中国传统玉石文化的工艺精品，从中体味着"古中国喂了又喂的乳浆"，意象的选择、意味的营造、意趣的抒写，都别具一番匠心。诗的下半阕将思绪从白玉苦瓜上，引向苍茫无际的中国地图："茫茫九州只缩成一张舆图/小时候不知道将它叠起/一任摊开那无穷无尽/硕大似记忆母亲，她的胸脯/你便向那片肥沃匍匐/用蒂用根索她的恩液/苦心的悲慈苦苦哺出/不幸呢还是大幸这婴孩/钟整个大陆的爱在一只苦瓜/皮靴踩过，马蹄踏过/重吨战车的履带辗过/一丝伤痕也不曾留下/只留下隔玻璃这奇迹难信/犹带着后土依依的祝福/在时光以外奇异的光中/熟着，一个自足的宇宙/饱满而不虞腐烂，一只仙果/不产生在仙山，产在人间/久朽了，你的前身，唉，久朽/为你换胎的那手，那巧腕/千眄万睐巧将你引渡/笑对灵魂在/白玉里流转/一首歌，咏生命曾经是瓜而苦/被永恒引渡，成果而甘。"[1] 所谓"钟整个大陆的爱在一只苦瓜"，就是联通对祖国的眷恋情怀，对古老文明的礼赞。哪怕"皮靴踩过，马蹄踏过，重吨战车的履带辗过，一丝伤痕也不曾留下"，艰难困苦玉汝于成，保持着的依然是灵魂的"笑"，是这个"自足的宇宙"具有生生不息的生命力，诚然感觉到在中国，这是"最美最母亲的国度"。《白玉苦瓜》诗集收录了余光中1969年至1974年的诗歌55首，其中《乡愁》一诗如古老的民谣，重章叠句，层层深入。《乡愁》云："小时候/乡愁是一枚小小的邮票/我在这头/母亲在那头//长大后/乡愁是一张窄窄的船票/我在这头/新娘在那头//后来啊/乡愁是一方矮矮的坟墓/我

---

[1] 余光中：《白玉苦瓜》，大地出版社1974年版。

在外头／母亲在里头／／而现在／乡愁是一湾浅浅的海峡／我在这头／大陆在那头。"① 从邮票、船票到坟墓、海峡的意象情景转移，都写得简明单纯，似乎贯注着一种不须雕琢的孩童之心、赤子之诚。由于人同此心、心同此情，遂使此诗，超越了邮票、船票的家庭人伦情感和坟墓、海峡半是家庭、半是家国的乡愁情感，使之相互融合而升华，进而走入万千人的心灵，成为大陆读者最熟知的台湾诗歌之一。

20 世纪中国文学史的建构，既要打通近、现、当代中国文学，又必不可少地要联通台湾文学和香港澳门文学。唯有如此，才能以文化地缘性，透视本是同根生的文学同源性，透视它们在不同的政治社会环境中从不同的方向生成各自的文学果实和文学生态，在某个时期互相对峙、封锁，在变化了的另一个时期又相互接纳、启发，存在着一定程度上的共生性，既自足，又相互影响。在1945 年 8 月日寇投降以后，香港文化人的组成结构在几年间发生了巨大的流动性。香港恢复了港英政府的统治，在国共内战日益激烈的中国内地，左左右右的各种文学思潮加深分裂，遥远的海岛上却出现了梦耶真耶的较具包容性的文化生存发展空间。1949 年前后，大批左翼文化人士旅居香港，提倡革命现实主义，与当地的黄谷柳、吕伦等作家反映香港草根阶层的生活相互推拥。理论上又以政治排队的方式，批判形形色色的异己思潮。其后有 200 多位的左翼人士和民主人士北返内地，强化了文学政治化的官方体制。内地文学体制的预演，源头一在延安，一在香港。香港处于冷战的最前沿，受美国新闻处的资助，"美元文学"应运而生。但香港殖民化的商业金融社会的文学，本性上是倾向市民趣味，通俗文学各种门类逐渐复苏，报栏文章、市民小说成了香港文学新范式。即便有刘以鬯、徐訏、曹聚仁、叶灵凤等已经成名的南来作家

---

① 余光中：《白玉苦瓜》，大地出版社 1974 年版。

抱有推进文学多样化的意向，但也难免大有被通俗潮流湮没之虞。在大陆已成绝响的武侠小说，由于《新晚报》推出梁羽生、金庸，而成为香港文学主打的新品牌，名之曰"新武侠小说"。

有位剧作家幽默地说："观众喜欢的是百岁挂帅而不是百岁养老，是十二寡妇征西，而不是十二寡妇上坟，是武松打虎而不是武松打狗，是木兰从军而不是木兰出嫁。"[①]这简直是搔到了世人心头的痒痒肉。戏曲是给观众娱乐消遣的，武侠小说也是给读者娱乐消遣的，因此必须以游戏笔墨，抚慰读者的情感欲望，刺激读者欲罢不能的好奇心。以武侠小说的兴盛为特征的香港通俗文学，得到了港人的游戏心态与消遣心理的支撑。20世纪50年代中期，梁羽生、金庸的武侠小说相继出现，即所谓"金梁并称，一时瑜亮"。他们以俗蕴雅、融雅于俗，比只讲究商业利益的通俗作品，向前跨进了一大步。梁羽生1954年率先写出武侠小说《龙虎斗京华》，不胫而走，继而写出了《白发魔女传》《七剑下天山》等30余部武侠作品。梁羽生笔下的侠客讲义气，重然诺，轻生死。他尤其擅长写女侠，打斗中杂入柔情。道德上扬善惩恶，蔑视封建礼法，救人于危难之中，豪侠正义的力量历尽艰险战胜强大的邪恶势力。文辞古雅，运用古代小说的章法，时杂诗词歌赋或民歌俗语，强化了武侠小说亦雅亦俗的文学性和描写魅力，为武侠小说拓展了一股新的风尚。难怪数学家华罗庚喜欢梁羽生，称赞"武侠小说是成年人的童话"了。

金庸的武侠小说以俗蕴雅，把一种大众文化提升到"大文化"的境界，野史杂闻、三教九流、琴棋书画、高山旷野，天马行空的想象，既撒野又儒雅，无不虎虎有生气地奔赴笔底。随着他的《书剑恩仇录》《碧血剑》《雪山飞狐》《射雕英雄传》《神雕侠侣》《飞狐外传》等作品相继问世，香港及台湾、南洋掀起武侠

[①] 胡可：《胡可论剧》，中国戏剧出版社1985年版，第52页。

狂潮。金庸把自己的14部长篇的题目摘字成联："飞雪连天射白鹿，笑书神侠倚碧鸳。"把武侠做到了"剑中有书，武中含文"，是金庸武侠的一大本事。对于侠客稀奇古怪的修炼、好生了得的功夫、出奇制胜的打斗、多情却又绝情的爱情、政治去从的选择和归隐泉林的洒脱，都融入了丰富的文化因素和文化滋味。这就使得奔忙于政治钻营、商场搏斗，甚至科学研究的中国都市人如饮佳酿，使他们的灵魂飘荡于如梦如烟、渐行渐远的文化原乡之境。《庄子·大宗师》云："泉涸，鱼相与处于陆，相呴以湿，相濡以沫，不如相忘于江湖。"[①] 金庸小说主人公多有相忘于江湖，飘然归隐的人生姿态，也是应和着《老子》所云："生而不有，为而不恃，功成而弗居。"[②] 所谓江湖，就是超越体制的草野人生方式。《书剑恩仇录》陈家洛带领"红花会"群雄退隐边疆，挣脱了与朝廷的政治抗衡。《倚天屠龙记》张无忌觉察下属势力朱元璋狡诈奸险、心怀叵测，感到意气萧然，归隐于为赵敏画眉。《神雕侠侣》杨过与小龙女归隐于古墓。《笑傲江湖》令狐冲与任盈盈归隐于天下山水林泉之间。这种人生归宿，是一种行为，也是一种哲学，脱牢笼而任个性，离占有而得自由，在动乱时世使正义得到伸张之后，就毫无牵挂、潇潇洒洒地退居边缘，聊作一个超越民族、国家甚至历史的旁观者和局外人。"作为文化现象的金庸"，在书剑中写情缘、在武学中见诗性，展示了嵩山、武当、峨眉、崆峒的雄奇和神秘。这些带有民族隐喻的意象每经渲染，都会触动长期被殖民，常有家国漂零之感的香港市民的文化怀乡情结，引起了阅读的兴趣和精神的共鸣。在内地小说中武侠中断的岁月，梁羽生、金庸反而汲取民国北方武侠的经验，并在理念和技法上对之进行脱胎换骨的现代性改造，让这些作品成了现代文学在内地与港澳台地区移植、更新和获得重要成功的典型。

[①] 《老子·庄子》，上海古籍出版社1995年版，第80页。
[②] 《老子·庄子》，上海古籍出版社1995年版，第82页。

香港作为背靠祖国大陆的国际自由港,它的文学既有汲取欧美现代主义文学的便利,又有不拘时段、地域而延续和更新内地通俗文学、先锋文学的广泛可能性。刘以鬯的《酒徒》最初连载于 1962 年 10 月至 1963 年 3 月的《星岛晚报》,被评论界赞誉为"中国首部意识流长篇小说"。它思考着、哀伤着现代商业文明,使人文与美的灯火摇摇欲坠。小说以第一人称描写生活在 20 世纪 50—60 年代香港的一个青年作家,因严肃文学的跌价而感到天地和时间都出现了迷惘,"生锈的感情又逢落雨天,思想在烟圈里捉迷藏。推开窗,雨滴在窗外的树枝上眨眼。雨,似舞蹈者的脚步,从叶瓣上滑落。扭开收音机,忽然传来上帝的声音。我知道我应该出去走走了。然后是一个穿着白衣的侍者端酒来,我看到一对亮晶晶的眸子。(这是'四毫小说'的好题材,我想。最好将她写成黄飞鸿的情妇,在皇后道的摩天大楼上施个'倒卷帘',偷看女秘书坐在黄飞鸿的大腿上。)思想又在烟圈里捉迷藏。烟圈随风而逝。屋角的空间,放着一瓶忧郁和一方块空气。两杯白兰地中间,开始了藕丝的缠。时间是永远不会疲惫的,长针追求短针于无望中。幸福犹如流浪者,徘徊于方程式'等号'后边"[1]。他的文学良心还算未泯,支持严肃文学刊物的出版,却把写流行的武侠小说当作稻粱谋,甚至沦落到以写色情小说为生。却又痛感自己这些产品荼毒读者,只好借酒消愁,但酒却使他更清醒看透如此世界的丑恶,好像又有"缝纫机的长针,企图将脑子里的思想缝在一起"。《酒徒》自序称,是"写一个因处于苦闷时代而心智不十分平衡的知识分子怎样用自我虐待的方式去求取继续生存"[2]。其情景真幻兼杂、时空错乱,在通俗文学铺天盖地的香港,为追求"内在真实"的现代主义文学,竖立起一种以看似紊乱的形式而开发深刻的意义的创造性标杆。

---

[1] 刘以鬯:《酒徒》,人民文学出版社 2008 年版,第 3 页。
[2] 刘以鬯:《酒徒》,香港海滨图书公司 1963 年版,第 1 页。

到 20 世纪 70 年代中后期，香港凭借金融、旅游和地产业，出现了经济起飞的奇迹，成为国际性的金融和商贸中心。新都市文化的发达，使香港文学走向兼容多元的文化生态。20 世纪 80 年代中英谈判并发表了《关于香港问题的联合声明》，确定 1997 年 7 月 1 日香港主权归还中国。这成了香港人精神史，包括文学发展史的一个关键事件。人们持各种立场、态度、情绪，开始认真地，甚至充满迷惑地谛视这座城，以及城中各种身份的你我他。在这个年代之前，小说家的眼光是相当明澈的。比如西西 1979 年出版的长篇《我城》，被推许为开创了香港本土城市文学之先河。它以中学毕业生阿果的眼睛，去看 70 年代香港草根百姓，去看阿发、悠悠、阿傻、麦快乐如何逛街、郊游、搬家、求职、讨生活。一副"顽童体"的笔墨，写快乐可爱的人和事，散发着青春气息。作家连自己笔名也调侃起来，"西"是一个穿着裙子的女孩子两只脚站在地上的一个四方格子里，"西西"就是跳飞机的意思，这是她小时候喜欢玩的一种游戏。[1] 这种乐天派的笔墨，使"我城"成了令本土港人引以为傲的诗意栖居之地。

然而"97"这个标示年代的数字，使作家变得深沉和严肃，西西 1996 年问世的《飞毡》，使她变成香港实验小说的凌云飞翔的先锋作家；施淑青则使西西"我城"的满地绿茵，变得满地泥泞，甚至血泪中混合着屎尿。1990 年香港客居 17 年的施淑青以《香港三部曲》（《她名叫蝴蝶》《遍山洋紫荆》《寂寞云园》），来解构这个殖民都市百年史。而贯穿其间的竟然是一个被人口贩子从东莞绑架到香港的黄得云，她沦为妓女，灵魂滴血，在满地泥泞中打滚、挣扎、爬起，顽强地前行。这种从备受凌辱到飞黄腾达的发迹变泰史，在洋人、商人、下层平民之间，出以性与政治、商业的畸形交配，敞开了被殖民的城市现代化、欲望化和世俗化

---

[1] 西西：《像我这样的一个女子》，台湾洪范书店 1984 年版。

的血肉和灵魂。有人称香港独有的殖民历史，是一种被"借来的时空"。那么，在香港土生土长的也斯（梁秉钧），是想讲一个真正的香港人"意兴阑珊、欲言又止"的香港故事吗？紧接着"97"后，他汇辑12个情节互相交叠的香港故事，每个人物既为自己故事中的主角，也为他人故事中的背景，所涉及的食物种类、爱情方式，混杂不纯，排比罗列的食品有几百种。"97"前后某些香港人的精神特征，是身份认同上的困惑。"因为当年父母偷渡来港，我是私家接生的，连出世纸也没有"①，生日有阴历、阳历和英文身份证上三个不同的日期，尤其"身份证上是应付官方的虚构日期"。他的一次生日朋友聚会，桌面上就摆出了中东蘸酱、西班牙头盘、意大利面条、葡式鸭饭、日本寿司和葡国酒。身份的紊乱，关联着食品文化的紊杂，如也斯说："食物连起许多人情与关系，连着我们的记忆、我们的想象。"② 他借着食物和爱情，用欲望感官写香港，写"97"以后的香港。这就使得《后殖民食物与爱情》，成了一组有关后殖民状态下"食色，性也"的故事。研究者赵稀方对说故事的人站在什么位置说话感兴趣，顺着食物的线索，爱情的变故，求诸作者的后殖民立场③，可谓切中作品的脉门。

"97"前后"香江多才女"，成了一道亮丽的文坛景观。李碧华以边缘写作调侃主流的"瑰奇诡异"；黄碧云以残酷的黑色写作，渲染着"失城"的幻灭感。黄碧云所学乃是新闻学和犯罪学，她似乎以潜职业的敏感而幽暗的眼光，窥视人生如蝼蚁般挣扎、劳碌、偷生，还带几分狠毒，在黑暗与荒谬的苟存中，歇斯底里地走向无望的绝境。在她的小说中，种种畸形变态的情形令人心悸，比如《丰盛与悲哀》中赵眉吃了自己的孩子；《双城月》中

---

① 也斯：《后殖民食物与爱情》，许子东主编《后殖民食物与爱情》，上海文艺出版社2003年版，第1页。
② 也斯：《守望香港》，牛津大学出版社2013年版，第45—46页。
③ 赵稀方：《从"食物"和"爱情"看后殖民——重读也斯的〈后殖民食物与爱情〉》，《城市文艺》2008年第3卷第8期。

曹七巧吞了自己流产的胎儿。《失城》系列小说描绘了港人"失城"恐慌里的种种精神乱象，以不同人物的第一人称在同一时空交叉出现，自觉地拨弄着破碎而有颠覆性的视角，把西西《我城》那个纯真的世界，倒装成人人惶恐的《失城》废墟。中英会谈的冲击波，使建筑师和护士在恐慌中匆匆结婚，匆匆移民。殡仪馆经纪夫妇却一如既往地经营着死人生意赚钱，在混合着红酒的浴缸里做爱，即便生下痴呆孩子，依然满足于看似充满希望、温柔和爱的生活。英籍总督察对办完这最后一宗案件就退休离开香港回国，是心知肚明的，只好颓唐委靡地打发生命的空虚。在这些生命的苦涩夹层中，陈路远发疯了，杀死了妻子和四个小孩，领邻居进门当见证时说："你要进来吗？没关系，他们都死了。"送邻居出门时又说："对不起，我满脚是血，还是不送了。孩子不知死掉没有，我上去看看。"[1] 犯罪学能够解释临近"97"的香港吗？处于惶恐不安的状态中的人们对城市身份的想象，弥漫着极端空幻的绝望。因而研究者将黄碧云的《失城》当作一个寓言，即中英联合声明公布后，祖国民众对于回归内地的惶惑和恐惧。[2] 黄碧云以犯罪学的敏感压倒历史学的远见，以一种残酷的黑色写作喷射出冷酷的语言和暴力的美学。因而有研究者感慨："黄碧云的生命观，就是这样极端——最彻底的绝情、绝望，连灰色的中间地带都没有。当然，真正无情的不是黄碧云，而是这个世界。"[3] 世界就只有黑色吗？除非你戴着黑色的眼镜。

李碧华则好写前尘往事、奇情畸恋，擅长于通俗性中嵌入现代性，在现代性中耍弄通俗性。她的《潘金莲之前世今生》《青蛇》等小说，跨越雅俗两界，对神话传说、历史人物和古代说部中的人与妖进行整容换装和重新编码，以现代的钥匙把历史的铁

---

[1] 黄碧云：《失城》，《温柔与暴烈》，天地图书有限公司1994年版，第187页。
[2] 赵稀方：《小说香港》，生活·读书·新知三联书店2003年版，第162—166页。
[3] 蔡益怀：《想象香港的方法》，中国社会科学出版社2005年版，第317页。

锁打开，让古老的精灵撞击现代人的生存秩序，别出心裁地戏弄古今，形成"戏中戏"的多重隐喻关系，并以瑰奇诡异的笔墨逗引雅俗共赏。《霸王别姬》中的程蝶衣男扮女装演虞姬，竟然人戏不分，将多年甘苦与共、扮演霸王的师兄段小楼，当作恋人，下定决心"从一而终"。段小楼却欲娶妓女菊仙为妻，三人陷入痛苦的感情纠葛中。故事穿越了民国、抗战、解放后的政治运动到20世纪80年代中英谈判香港回归事宜。"文化大革命"期间程蝶衣下放酒泉打磨夜光杯，段小楼下放福州，后来偷渡香港打工谋生。程蝶衣随京剧团访港，与段小楼重逢，依然抹不去对段小楼泥足深陷、刻骨铭心的情感。人物结局放在80年代香港街头，有意突出香港身份及"97焦虑"。李碧华以不愿被殖民者同化的暧昧不清的香港身份意识，对内地官方意识形态极尽嘲讽戏弄之能事，在香港身份寻找和认同的过程中如此吊诡以期保持其独立性。李欧梵从这种"边缘而混杂"的香港意识中，发现"它讲的还是中国的故事，却处处在讽刺中国"[①]。王德威则认为："李碧华的文字单薄，原无足观。但她的想象穿梭于古今生死之间，探勘情欲轮回，冤孽消长，每每有扣人心弦之处。而她故事今判的笔法，也间接托出香江风月的现貌。"[②]

  梁凤仪显得对"97"更有信心，宣称"要把香港回归前这个特定年代、特定环境中在香港财经界所发生的事情，以小说的形式记录下来，反映我亲身经历过的香港和一些香港人真实的故事"。她自1989年推出第一部小说《尽在不言中》起，就以畅销作家的角色刮起一股"梁旋风"。作品被命名为"财经小说"，遂将商战、情爱、励志诸因素融入传奇故事中，思考着女性的生存处境和自觉意识，呼唤着女性自立自强，针砭着工商社会对情爱

[①] 李欧梵：《香港文化的边缘性初探》，《今天》1995年第28卷。
[②] 王德威：《世纪末的中文小说》，《小说中国——晚清到当代的中文小说》，麦田出版有限公司1993年版，第221—222页。

生活的异化和摧残。当今香港小说的财经金融系列新品种，几乎成了她的专利，从香港工商金融界的金融投资、房地产、股票买卖的商战图景中，描绘人情、商情、财情的复杂关系场，展示悲欢离合的众生相，揭示了面对"97"坎子的港人的种种心态。梁凤仪以洗练的叙述、干脆的表达，使要生要死的沉重爱情搅拌在或假或真的商战奇幻风烟之中，散发着"财经小说"的独特魅力。香港本是财经金融地，忽略了财经金融的经验，难以写出这个现代都市的节奏和灵魂。

　　就港台的通俗小说而言，香港是武侠兴盛，台湾是言情胜出，各有各的绝招。台湾武侠写作也有高人，但高也只高在那个"情"字上。古龙治武侠，始于1960年，25年间创作了71部武侠小说，人称是台湾堪与金庸比试的一代大侠。他在《多情剑客无情剑·代序》中说："我们这一代的武侠小说，如果真是从平江不肖生的《江湖奇侠传》开始，至还珠楼主的《蜀山剑侠传》到达巅峰，至王度庐的《铁骑银瓶》和朱贞木的《七杀碑》为一变，至金庸的《射雕英雄传》又一变，到现在又有十几年了，现在无疑又到了应该变的时候！要求变，就得求新，就得突破那些陈旧的固定形式，尝试去吸收。"[①] 古龙从现代武侠小说的"代变观"来看武侠流变，就使他本人的武侠写作必须成为"一代新变"的代表，代表着"侠之风流"的文化。古龙比金庸晚来了半步，却比金庸也晚走了半步。20世纪70年代初，金庸写完《鹿鼎记》后宣布"封刀"，武侠迷们还来不及黯然、茫然的时候，就惊异于海峡彼岸的古龙已是羽翼丰满，奇峰突起，英姿勃勃地亮出了《多情剑客无情剑》，唱红了《侠盗楚留香》。尤其是他的《侠盗楚留香》系列、长篇《铁血传奇》（分为《血海飘香》《大沙漠》《画眉鸟》三部）、《鬼恋侠情》、《蝙蝠传奇》、《桃花传奇》、

---

① 古龙：《多情剑客无情剑》，中州古籍出版社1994年版，第7页。

《新月传奇》、《午夜兰花》,将悬疑、惊悚、言情、武侠的要素洋洋洒洒地结合,使台湾武侠一时间大有"甲天下"的气势。他不惜用最奇崛的方式,最明亮的语言,最浪漫的情感,塑造了中国式的侠情"超人"楚留香,洋溢着盛唐古风,流荡着当代智慧。《楚留香传奇》(又名《铁血传奇》)中的主人公,英俊潇洒,风流倜傥,武功高强,足智多谋,善良多情。少年时代即有胡铁花、姬冰雁为侣,有道是"雁蝶为双翼,花香满人间",以左有飞雁,右有彩蝶,笑傲江湖,纵横天下。楚留香被江湖中人尊为"盗帅""香帅",以劫富济贫的侠盗,成为"每一个少女的梦中情人,每一个少年崇拜的偶像"。在大漠中与叱咤风云的女魔头石观音遭遇,女魔头以龟兹王妃的身份,暗中操纵了龟兹王国的政变,遂使楚留香一行卷入龟兹王朝篡位与复辟的风波之中。石观音爱上镜中的自己,耽溺于自恋情结,但其武功之高,并非楚留香可以匹敌。然而在千钧一发之际,楚留香识破石观音的精神秘密,猝然出招击碎了石观音日日持以自照容颜、自映绝色的铜镜,使得石观音在镜像破灭后,愤然吞药,奄然化为枯骨。如此一招毙敌的武功,蕴含着禅机哲理。尽管江湖世界充满暴力,楚留香自然也免不了以武制武,但综观楚留香系列,他竟然未杀一人。因为古龙认为:"武侠小说有时的确写得太荒唐无稽,太鲜血淋漓,却忘了只有'人性'才是每本小说中不能缺少的。人性并不仅是愤怒、仇恨、悲哀、恐惧,其中也包括了爱与友情、慷慨与侠义、幽默与同情。"[①] 在他笔下,楚留香相信"武功并不能解决一切,世上没有一个人有权力夺去别人的生命"。在这种心怀的感召下,连杀人不眨眼的"中原一点红"也成了他的好友;连生性冷傲而有几分自私的"死公鸡"姬冰雁,也甘愿为他两肋插刀;连掌法冠绝江湖的左轻侯,也亲自下厨为他做鱼羹。楚留香身边美女如

[①] 古龙:《谁来跟我干杯 古龙散文选》,百花文艺出版社2002年版,第145页。

云,是一个快乐的浪子侠客,因而有"古龙迷"说过这样的话:"没有武侠小说的近代文学,简直是没有胸部的女人;而没有古龙的武侠小说,是一只年老色衰的乳房。"[1] 20世纪中国武侠小说一脉,奇招百出,几度挪移,从民国时期南派、北派的相继崛起,到五六十年代港派的横空出世,六七十年代台派的巨浪拍岸,然后在80年代由港台反哺内地。百年间武侠小说成了中国地缘政治格局、商业发展状态、民间阅读趣味、官方文化规约的多种社会合力的加减乘除的风向标和数理学。这种具有文化风向标和文学数理学价值的武侠易地换步挪移,蕴含着许多值得深思的文化规则和文化理由。武侠小说以延续数千年的中国文学、武学,作为精湛的深在的精髓,形成了在此百年文学转型中,能够换位旋转而互通趣味的基盘。由于近世以来,西风凛冽,除旧布新,文化基盘上许多芜不一的因子在洪流中或沉没,或浮泛,对于备受精神压力的现代人而言,天马行空的武侠足以逗引他们半已陌生、半尚熟悉的文化乡愁。武侠就瞄准世人对放松的游戏心态和自由的消遣心理的渴望,先是以山川间的武学,后又融入打斗中的"国学",令人放松心情,享受、消费一下在沉重的生活中难以拾取的那份飞向茫茫太空、皎皎星河的"失重感",痴迷着一个个生命的传奇,品尝着一段段好事多磨的姻缘,在攀缘市民文化心态的路上,巧遇中国民间的同情心、侠义感、好奇心和幽默感。20世纪80年代初,在改革开放的经济文化背景下,金庸、琼瑶品牌的港台畅销书跨海"登陆",打开了内地"武侠热"和"言情潮"的闸门。人们开始懂得了文学不可忽视的、巨大的市场潜力,它可以在经意或不经意中导致文学乐极生悲,悲极生乐。

---

[1] 冰之火:《漫谈古龙》,http://www.rxgl.net/html/c10/2007 - 06/988.html。

八　少数民族文学独立成卷的理由

　　内地与港澳台地区的地缘文化，属于文学格局中的几大板块。板块蕴含着层面，每个板块都是混合型的，在同质性、异质性，进步性、保守性，典雅性、通俗性，以及正能量、负能量上，都存在着诸多文化层面。加强对它们间对峙或借鉴相互交替的精神联系的分析，可以加深对中国文学地图与民族共同体意识的切身体会。这种地图整合和共同体意识的深化，是由于四者之间即便政治歧异，也不失同胞手足之情，而且他们面对着由共同的历史文化产生出来的休戚相关的公共现实问题。进而言之，文学史家如果同时是精深的而非泛泛的文化学者，就必然会关注百年文化各个板块中的少数民族文学的问题，这是一个绕不开的重大的公共现实问题。能不能使少数民族的"边缘活力"，进入文学全史的主流写作，已经成了衡量新世纪文学史家是否具有知识结构和文化自觉的一条根本性的尺度。

　　以往的不少文学史虽然名为"中国"，其实只局限于"汉族"（说得更确切些，是汉语）的半部文学史。打破半部文学史状态，实现全史写作，凸显少数民族文学的影响，是一个关键。写明书名的"晚清民初卷"导论指出："20世纪中国文学"概念的论证过程，以往存在一个盲区，对百年文学发展的各种力量的横向关联注意不够，非主流文学现象的论述空缺被虚假叙事敷衍。论者罗列的对象主要集中在20世纪的民主派作家与左翼作家，而20世纪大量的自由主义文人、大众文学、文化保守主义者的文学等却没有被论者纳入研究的视野，从而使"20世纪中国文学"理论体系的可信性不免令人生疑。应该承认，这与当时文学史发育程度有关。但若要寻找最重要的盲区，恐怕还是对20世纪少数民族文学史浑然阙如。相互交替着的这个公共文化话题，是关系到如何认识中国文化和文学全史的本质构成的一个关键性命题。中国文化千古相承，实质上是汉族与诸多古民族、延续至今的少数民族共同创造的，汉族非纯种，混有少数民族的基因；少数民族也非封闭族群，混有汉族的基因。20世纪文学史必须讲少数民族文学，讲它们与汉语文学的深在的实证关系。民族文化资源的发掘，可以使20世纪文学连接神奇的土地上的地气。我国少数民族聚居在全国60%的土地上，人口占全国人口的8%。根据中国国家统计局2011年4月28日公布，全国总人口共计13亿7000余万，内地接近13亿4000万，少数民族人口1亿1379万，占全国人口8.49%。再看美国人口普查局《2012年各国人口排名榜》。它将世界上200多个国家与地区分成六类十三级：一级是"人口超级大国"：1. 中国13亿6920万（中国内地13亿3861万）；2. 印度11亿6607万。二级、三级是"人口大国"，二级的人口过亿：3. 美国3亿721万；4. 印度尼西亚2亿4027万；5. 巴西1亿9873万；6. 巴基斯坦1亿7624万；7. 孟加拉国1亿5605万；8. 尼日利亚1亿4922万；9. 俄罗斯1亿4004万；10. 日本1亿2707万；11. 墨西哥1亿1121万。三级的菲律宾9797万；越南8696万；埃塞俄比亚8523万；埃及8308万；德国8232万；土耳其7680万；刚果（金）6869万；伊朗6642万；泰国6590万；法国6442万；英国6111万；意大利5812万。人口中等国、人口小国（地区）、人口超小国（地区）、人口袖珍国（百万以下的国家或地区），其人口从不到5000人至5000万不等。也就是说，中国55

个少数民族的人口汇总起来的1亿1379万，数量上已经属于第二级的"人口大国"，居于世界人口第10位的日本，及第11位的墨西哥之间。这是中华民族践行"海纳百川，有容乃大"的文化哲学的历史成果，是我们应该铭记在心的文明成分和文化国情。

　　文学史写作总是处在不断被克服的链条之中，包括克服视境遮蔽以求真，克服认知障碍以求诚，克服知识缺陷以求通。少数民族文学的缺席，是文学史知识的结构性缺陷，是值得下一番功夫加以克服而获取书写的自由的。法国艺术哲学家泰纳（Hippolyte Adolphe Taine，1828—1893）在其老掉牙但依然令人感到"姜还是老的辣"的《英国文学史·序言》中，把种族、环境和时代作为影响和决定文学发展的三要素。[①] 三要素就是"三个原始力量"，分别构成文学发展的"内部主源"、"外部压力"和"后天动量"。他在《艺术哲学》中对此又作了发挥，认为种族是植物的种子，全部生命力都在里面，起着孕育生命的作用；环境和时代，犹如自然界的气候，起着自然选择与淘汰的作用。也就是说，种族或民族保持独特的把握世界的方式，具有自己贯注于历史中的文化基因，内在规范着自身的艺术面貌与特征。因而是任何深刻的文学史研究者，把握民族文学特质的钥匙。中国少数民族文学既包括各民族在不同历史时期用自己民族语言所创作的作品，也包括各族作者用汉语所创作的作品，这些作品都以独特的方式蕴含着本族群的文化基因。比如传唱千古的《格萨尔王传》共有100多部60万行，《玛纳斯》8部20余万行，《江格尔》20余部10万行，都以神奇的想象蕴含着高原文明、草原文明的智慧形式和文化基因。维吾尔族的《福乐智慧》（尤素甫·哈斯·哈吉甫创作于11世纪），藏族的《萨迦格言》（贡嘎坚参创作于13世纪）、《仓央嘉措情歌》（六世达赖喇嘛仓央嘉措创作于18世

　　[①] 伍蠡甫：《西方文艺理论名篇选编（中）》，北京大学出版社1986年版，第150—157页。

纪),以及蒙古族的《蒙古秘史》(创作于 13 世纪)都是记述了民族的神话、历史、宗教、习俗、情感和生存方式的独特形态的文本。各少数民族几乎都有自己的叙事长诗,种类之丰、数量之巨、流布之久远,举世罕见。南方诸民族的创世神话、族源传说、部族迁徙故事,西北诸民族的长篇战争英雄叙事诗和东北诸民族的传统讲唱文学,成了人类口头传统和文化记忆的丰厚资源。哈萨克族的叙事长诗有 250 部,傣族多达 500 部。彝族的《阿诗玛》、傣族的《召树屯》、壮族的《布洛陀》等,都有本民族文字的手抄本,纳西族的神话和史诗也有东巴文写本。被汉语文学记录的春秋时代的《越人歌》,汉代的《匈奴歌》《白狼王歌》,出自南北朝鲜卑人斛律金之口的《敕勒歌》,其"天苍苍,野茫茫,风吹草低见牛羊"之类的自然歌唱,往往能够"慷慨歌谣绝不传,穹庐一曲本天然。中州万古英雄气,也到阴山敕勒川"[1],窃得天籁之清奇,显示苍茫大地上民族文化基因的独特性、优越性和多样性。作家文学以金代元好问(鲜卑族),元代耶律楚材(契丹族)、萨都剌(回族)、贯云石(维吾尔族),清代纳兰性德(满族),为一时之选,都在汲取汉族文学精华后,以独特的少数民族文化基因和生活体验,丰富和改写了中国文学史。

  进入 20 世纪,我国少数民族作家文学随同五四新文学运动的潮流,把各自的生活感受和文化基因,带入文学现代性转型的进程。维吾尔族作家铁依甫江·艾里耶夫(1930—1989)喜爱民间文学,能背诵上千首民歌,他在《誓言》中写道:"我向亲爱的祖国立下火热的誓言。它将在我烈火般的心中永远炽燃,死也情愿,我的姓名将留在人间。明天,小小的坟头上也会有山花烂漫。"[2] 他以炽燃的心认同祖国,又以烂漫的山花显示连通地气的

---

[1] (金)元好问:《论诗三十首》,薛瑞兆、郭明志新编《全金诗》卷一二三,南开大学出版社 1995 年版,第 171 页。
[2] 吴重阳:《风雨楼文存》,河北教育出版社 1998 年版,第 73 页。

民族色彩。新疆地区毗邻苏俄，那里的维吾尔族、哈萨克族作家往往能够就近将苏俄文学的影响，与五四文学的趋向及本民族的生存感受相融合。维吾尔族诗人阿布都哈里克·维吾尔（1901—1933），出生于新疆吐鲁番的富商家庭，足迹遍及中亚各地。少年时代就已掌握察合台语、阿拉伯语、波斯语、俄语。又在吐鲁番汉文学堂学习，阅读汉文名著《水浒传》《红楼梦》及鲁迅等人的作品。1923年赴苏联学习三年，阅读普希金、莱蒙托夫、列夫·托尔斯泰、高尔基的作品，深受苏俄文学的影响。1932年与农民革命秘密领导小组的17名成员沥血吐鲁番街市。他在短促的一生中，写了大量的诗歌，抒发着劳苦大众痛苦挣扎，要求改变受凌辱处境的民气，表现出对民族命运和社会现实的深切关注。如《我的维吾尔民族》就呼唤着、鞭策着："我们每天仰望天空，寻找幸运之鸟，却不愿幸运鸟落在寻求者的头顶。心儿怎能忍受得了民族的苦难，人民在呻吟，他们却不愿行动。"[1] 哈萨克诗人唐加勒克（1903—1947年）生于伊犁新源县贫困牧民之家。1922年赴苏联哈萨克斯坦求学，接触普希金和苏俄文学，三年后回国，介绍俄罗斯文学，传播马列主义思想，被以"反政府者"的罪名二度入狱。但他不改初志，积极参加伊犁哈萨克—柯尔克孜文化促进会，投身于开创哈萨克话剧的活动。1943年在迪化狱中作了《浮想篇》诗，发出创建现代民族国家的诉求，敦促边缘族裔自我改良以适应时代："要打破成规，革除旧俗／迎头赶上其他先进的民族／要不退一步，力求团结一致／为争取自由冲破重重险阻／做一个大体像样的民族／也算是对得起列祖列宗。"[2] 这种民族性的自省意识，是与鲁迅相通的。

在"五四"以后的新文学主流中，人们也可以看到少数民族

---

[1] 吴重阳：《风雨楼文存》，河北教育出版社1998年版，第71—72页。
[2] 唐加勒克·卓勒德：《浮想篇》，李云忠选编《中国少数民族现代当代文学作品选》，民族出版社2005年版，第27页。

作家的高大身影，比如老舍（满族）、沈从文（苗族）、萧乾（蒙古族）、端木蕻良（满族），都在为新文学开拓疆土、探索文体、发展流派上表现卓特。尤其是老舍的京味文学，融合着满人的文化基因；沈从文的湘西文学，散发着九溪十八蛮的浓郁气息，颇有传世不衰的魅力。在新疆少数民族作家开通苏俄之风的同时，西南少数民族作家开掘了乡土众生的生存状态。云南洱源白族的马子华（1912—1966），其父亲马彪曾留学日本，是同盟会会员。他青年时代即注意搜集民间文学作品，共搜集民歌2300多首，民间传说故事近50篇。1932年在上海加入左翼作家联盟。1935年创作中篇小说《他的子民们》，描写了金沙江彝族地区淘金沙奴隶在土司官压榨奴役下的悲惨生活，以及奴隶们自发的反抗和悲壮的失败。鲁迅《日记》1935年12月11日记载："得马子华信并《他的子民们》一本。"据作者回忆，鲁迅曾回信说，"你寄来的大作《他的子民们》我已看了一遍。写西南少数民族的作品，我看到的极少。你是边疆青年，熟悉这方面的情况，应该集中力量写这方面的小说"。并指出"《他的子民们》在主题思想上是正确的，只是在写作技巧上还不太成熟，有些单纯化、概念化和模糊不清的地方。以后应努力提高。你可以找沈从文的《边城》看看，从中可以得到启发与教益"①。《他的子民们》显然采取左翼文学的观照视野。茅盾《关于乡土文学》一文称赞它是描写"边远地方人生的一部佳作"，以特殊的风土人情，表现了人们"共同的对于命运的挣扎"②。马子华抗战时期参加中华文艺界抗敌协会昆明分会，1944年以云南"政务特派员"的身份，深入滇南西双版纳地区进行考察8个月，对个旧、思茅（云南省普洱市）一带少数民族的生活民俗，以及土司制度、国民党当局野蛮的民族压迫政

---

① 马子华：《回忆和鲁迅先生的接触》，《文坛忆旧录》，云南人民出版社1995年版，第49—50页。
② 茅盾（署名蒲）：《关于乡土文学》，《文学》1936年2月1日6卷2号"论坛"栏。

策作了深入的调查笔录，写下了纪实散文集《滇南散记》。作者自称，这20篇纪实散文，都是"整整以八个月的跋涉体尝到的'狄草蛮花'的风土和血腥的味道""几乎全是我耳闻目睹的事实"[①]。这里偷盗的穷汉被土司下令砍手，而土司署少爷患了手足出冷汗的毛病，却可以随意砍杀赖租的租户，放血泡疗手脚病。又有乞讨卖唱的鹭歌者唱着逃离家乡的忧伤歌谣，衣着破烂的拉祜族舟子在湍急的澜沧江上为人摆渡。拉祜族的青年男女正月初一为宣慰使跳葫芦笙舞贺年，吹笙吹得脸红筋胀，双脚跳得酸痛难忍，脱离圈子去小便也不允许，喜庆的歌舞被异化为野蛮的劳役。然而美丽的彝族姑娘因"处女的发辫上，扎有三道红线"而得名"三道红"，朴素耐劳又热辣放浪，"以男子对她们说笑调情为光荣"。这些"化外之民"在黑暗的暴政中，未尝熄灭生命的火花，"并不顾惜自己的生命，仍然像过去一般用'死'去交换'生命的延续'"。这些纪实散文中的边缘人生，堪称边地社会的标本，血肉丰满，展示了旧时代中国真实的一角。

如果说20世纪前半叶，少数民族作家成就可观，却未能摆脱游兵散勇的状态，那么到了后半叶的内地，就有人适时地提出"开展少数民族文学运动"的命题，风云际会，老舍、舒群、端木蕻良、马子华、马加、纳·赛音朝克图、李乔、铁依甫江、陆地、玛拉沁夫等大批人马重整战阵，挥笔描写少数民族告别过去，迎接新生的火热生活。

描绘土地与族群的浴火新生，成了令许多少数民族作家兴奋不已的主题。云南省石屏县彝族作家李乔（1909—2002）属于彝族文学的拓荒者，少年时随父在锡都个旧当矿工，以凉山彝族为题材的短篇小说，结集为《挣断锁链的奴隶》。1956—1965年长篇小说《欢笑的金沙江》三部曲（《醒了的土地》《早来的春天》

[①] 马子华：《滇南散记·前记》，新云南出版社1946年版，第1页。

《呼啸的山风》),旨在"绘一幅人类社会最后一个剥削制度的画卷"的翻天覆地的社会变革。金沙江边,解放军追剿国民党胡宗南残余军队,胡军残部窜入凉山,利用民族隔阂,及彝族"打冤家"的陋俗,挑拨彝族各部落之间互相残杀,以强化他们对这些地区的控制。面对复杂困难的局面,主持凉山分工委会的彝族丁政委,放弃不顾民族地区特殊情况而贸然"进兵凉山"的主张,想方设法首先让"政策过江",启发彝民觉悟。以焦屠户为头子的残匪造谣诽谤,使沙马木札、木锡骨答、磨石拉萨三位"黑彝"对共产党都怀着恐惧心理。但马木札在对比"逃难人"(指残匪)与十七年前长征过凉山时的红军后,联络耿直风趣的木锡骨答,脱离焦屠户的控制,迅速靠拢共产党。磨石拉萨却一心想当"大黑彝",想依靠残匪的枪炮扩张势力,并吞并其他部落,而受焦屠户挑拨与沙马木札家"打冤家"。没有人身自由的娃子(即奴隶)阿火黑日与阿罗,渴求解放,向往自由,亲睹工作队员真心关怀彝族同胞的举动,就积极宣传共产党的民族政策,协助解放军打败了国民党军队的残余势力。凉山彝族民众从解放军带来的医疗、电影、水电上获益,彝汉携手开展民主改革,建设新凉山。《欢笑的金沙江》创设了西南边疆少数民族文学的现代性叙事模式,将迷人的边地风光和奇异的民俗风情,依托于主流政治视角。书名就象征着小说的旨趣:金沙江在欢笑,凉山彝族人民在欢笑。

在南北少数民族作家的手中,李乔的《欢笑的金沙江》和蒙古族作家玛拉沁夫的《茫茫的草原》几乎同时出现,被研究者称为"金沙江与草原的美丽邂逅"。[①] 玛拉沁夫(1930—)作为草原之子,笔端蘸着浓郁而鲜艳的草原民族色彩。花的草原上那棵"耶娜根茂都"树,是长在一片草原中央的独一无二的大榆树,青年男女初恋时都到树下约会。《茫茫的草原》故事发生在1945年

---

① 王菊:《金沙江与草原的美丽邂逅——彝族作家李乔与蒙古族作家玛拉沁夫的对比研究》,《民族文学研究》2013年第1期。

蒙古察哈尔草原的特古日克村,触及蒙古人民在抗战结束后何去何从的历史选择。被日伪警察大队长贡郭尔扎冷抓到伪蒙疆军队当兵的青年牧民铁木尔,回到故乡特古日克村,听到的第一个消息就是日夜思念的斯琴已被贡郭尔强占,斯琴心里仍然炽恋着铁木尔,却为失身感到内疚,不愿再见到铁木尔。铁木尔在痛苦中激发倔强、正直、血气方刚的意气,传播国民党在呼和浩特市屠杀蒙古学生,八路军主张"穷人要翻身""天底下人跟人都应当平等"的消息。共产党派到草原来"打前站"的人员,启发教育铁木尔以组织青年牧民打猎为名,成立"明安旗骑兵中队"。贡郭尔扎冷却在国民党特务刘峰的指挥下,拉拢盟内的头面人物,成立"明安旗保安团",自任上校团长,又与土匪骑兵队狼狈为奸,冒充八路军,在草原上奸淫掳掠。曾留学日本、当过伪蒙疆政府副厅长的齐木德,打出了"蒙古人应当独立"的旗号。草原上的大富户瓦其尔老头,则让两个儿子分头参加两个对立的骑兵中队,准备谁在草原上得势,就倒向谁。作品以多线索交织的方法,展示众多人物错综复杂的关系,细致描绘了内蒙古各阶层人物的思想动向,展开了草原上革命的大风暴。风暴中的爱情描写,特别是铁木尔与斯琴多灾多难的爱情格外动人。牧民姑娘斯琴勤劳、勇敢、执着、坚韧,与铁木尔自幼情深,但是被蹂躏后,自己看不起自己,后受到铁木尔的启蒙,慢慢变得像男人一样,敢拿枪射杀敌人。作品也直面人物的缺点,铁木尔还是一块尚未炼成钢的生铁时,虽然作战勇敢、机智,却自由散漫,未经同意,就孤身深入敌后截击土匪。最后,斯琴等人纵火焚毁敌人居住的蒙古包,迎接草原的黎明。小说用饱含诗意的文笔,勾画出迷人的草原风光和蒙古族风俗生活图景,无论是热烈欢乐的摔跤场面,还是民间祝辞歌手唱着颂词给工作队献马,或是沙克蒂尔和莱波尔玛炽烈而反伦理的爱情,都糅合着蒙古族丰富、幽默的民间谚语,"诗意盎然、笔端常带感情而又十分自在"。经过一番动荡,共产党以民族统一战线政策，组织内蒙古自治运动联合会，推动蒙古族人民走上了民族解放的光明之路。在风云变幻中的纵声欢笑与追求光明，是这个时期少数民族史诗性作品带有政治乐观主义的基调。

改革开放的新时期，少数民族文学彻底改变了"被看""被写"的命运，进入了由"被书写"到"自书写"的发展阶段。据统计，到1990年，中国作家协会的少数民族作家会员，已有389人（占该协会会员总数的10%以上，高于少数民族占全国总人口中的比例数8.49%），加入各省、自治区、直辖市作协分会的少数民族作家总数，已逾2000人。张承志、乌热尔图、霍达、吉狄马加、阿来等作家和一些民族作家群，纷纷崛起，异彩纷呈。

新时期的少数民族文学创作表现出对独特、自在的民族体验、民族意识的执着追求，以原生态的方式展现多姿多彩的少数民族风俗人情、信仰仪式和原始的道德观念。鄂温克族作家乌热尔图的《一个猎人的恳求》《七岔犄角的公鹿》《琥珀色的篝火》中，把部族神话、传说、图腾与猎区大森林的野鹿、野熊相组接，有人与兽的搏击，生吃鲜血淋漓的鹿肉，铺盖掉了毛的熊皮被等生活形态，这些都隐喻着部族的历史命运和精神方式，呈现出一种古朴而充满野性力量的原始风情。这些作品带着"森林风格"，从自然到人生，从外貌到心灵，从习俗到性格，"他的笔向着一个统一的共同的形象汇聚着，这就是塑造本民族的整体形象，揭开了本民族精神气质的奥秘"[①]。

藏族文化与拉美印第安文化的模式基调有近似之处，遂使西藏新一代作家笔下的魔幻之风甚浓，甚至可以说，藏族作家对魔幻现实主义的探索走在目前中国文坛的前列。梅卓的长篇小说《太阳部落》，展示了伊扎部落在民国时期几十年的历史变迁，部

[①] 雷达：《哦，乌热尔图，聪慧的文学猎人》，《文学评论》1984年第4期。

落内部因私人恩怨而导致无谓的流血死亡，反动政府挑拨、利用部落间的矛盾挑起战争，还动用军队血洗反抗的藏民。苦难中有奇异的民俗，男女间疯狂痴迷的野合，神秘的天葬仪式和种种预言性的话语，这些都散发着迷幻神奇的色彩。行文出入于活佛转世、巫师、梦魇、灵魂游走、梦境、心灵感应等原始文化和宗教文化中，沟通了奇幻的神灵世界与真实的现实生存环境的界限。扎西达娃的《西藏隐秘岁月》、《西藏，系在皮绳扣上的魂》和《朝佛》弥漫着宗教文化的神秘气息，混合着神话、传说、禅宗、密教，在雪域高原上展示了现代文明与宗教的冲突。《西藏，系在皮绳扣上的魂》开篇即云："现在很少能听见那首唱得很迟钝、淳朴的秘鲁民歌《山鹰》。我在自己的录音带里保存下来。每次播放出来，我眼前便看见高原的山谷，乱石缝里窜出的羊群，山脚下被分割成小块的田地，稀疏的庄稼，溪流边的水磨房，石头砌成的低矮的农舍，负重的山民，系在牛颈上的铁塔铃，寂寞的小旋风，耀眼的阳光。"然而"这些景致并非在秘鲁安第斯山脉下的中部高原，而是在西藏南部的帕布乃冈山区"[1]。作者心灵深处难以拂去对原始生活图景的留恋和欣赏，采取真幻交错的魔幻现实主义体验方式，把现实、历史、未来笼罩于光怪陆离的神秘之中，以期从西藏神奇的民俗土壤中挖掘出厚重的文化内涵，以及以民间日常生活中蕴含的复杂的人生命题。作家自称，这是一个个深沉的生命史、心灵史构成的一首民族古老的人生悲歌，"一首在心中孕育了岁岁年年变得喑哑无声的歌"[2]。

魔幻现实主义的影响，丰富了人们看世界的方式，但也可以使人钻入迷恋怪异的牛角尖，而不知自拔。因此必须进入魔幻，化解魔幻，返回独立创新。为此而自觉拓展文化视境的藏族作家，是阿来，他把民族地方性的描绘，上升为人类性的哲学思考。阿

---

[1] 扎西达娃：《西藏隐秘岁月》，长江文艺出版社2001年版，第69页。
[2] 扎西达娃：《西藏隐秘岁月》，长江文艺出版社2001年版，第44页。

来曾经自报家门:"我出生于四川省西北部的阿坝藏族羌族自治州。从现在所在的成都平原,向西向北,到青藏高原,其间是一个渐次升高的群山与山谷构成的过渡带。这个带在藏语中称为'嘉绒'。"[①] 长篇小说《尘埃落定》创造了"尘埃"这一象征性意象:"一小股旋风从石堆里拔身而起,带起了许多的尘埃,在废墟上旋转。在土司们统治的河谷,在天气晴朗,阳光强烈的正午,处处都可以看到这种陡然而起的小小旋风,裹挟着尘埃和枯枝败叶在晴空下舞蹈。……但尘埃毕竟是尘埃,最后还是重新落进了石头缝里,只剩寂静的阳光在废墟上闪烁了。"[②] 阿来探索藏区土司制度的崩溃和土司的人生归结,不局限于嘉绒藏区的思考,更是探索作为人类一部分的藏人的生存状态,这也是以尘埃的飘浮和沉落来隐喻历史、文化、人生的。行文选取麦琪土司与汉族太太酒后所生的二少爷,因其是傻子而多少游离在政治权力角逐之外。这种边缘文化中的混血儿身份,在审美间离效果中获得表达的超越性和隐喻性,如果不是土司少爷,就难以洞悉藏区社会政治奥秘,如果不是傻子就不能经常抱着自由心态嘲讽其间的专制、残暴的运作机制。由此,不少评论者将其与马尔克斯和福克纳的作品做类比,令人联想到福克纳《喧哗与骚动》中的班吉,但这个人物的原型实则与藏族民间故事中的智慧人物阿古顿巴,存在着一脉相承的精神血源。在更潜在的层面上,土司二少爷的"傻子"品格,与在贾府同样处在二少爷地位的口含一块既是顽冥、又是通灵的石头美玉降生的宝二爷,有着深刻的精神契合之处。在藏区土司制度崩溃中的傻瓜二少爷对历史的稚拙而冷静的审视,悲悯而神秘的反思,应该归入《红楼梦》《阿Q正传》等杰作所开拓的对世界进行现代性阐释的系列之中。"白痴叙事",以傻眼

[①] 阿来:《穿行于异质文化之间》,《就这样日益丰盈》,解放军文艺出版社2002年版,第290页。

[②] 阿来:《尘埃落定》,人民文学出版社2000年版,第401页。

窥世，痴语述史，因叙事者的知识有限性而是不可靠的叙事，闪烁着人性内容、稚拙风格和传奇色彩。

　　阿来认为藏族人的生活"并不是另类人生"，"因为故事里面的角色与我们大家有同样的名字：人"①。小说凸现土司制度崩溃过程中人的生存状态，发现在神秘的藏文化区域也存在着普遍的人性本能、权力欲望，从而"见证生存历史，抒发深层人性"。麦琪土司家族内部及各部族之间关于权力、财富、女人的争斗，展现了藏区的婚丧嫁娶的礼俗民情。这位土司在国民政府黄特派员的指点下遍种罂粟，贩卖鸦片，先后三次砍掉了六个偷罂粟种子人的脑袋。为了维护土司专制制度的合理性，两次割掉从圣城拉萨来传播新教的翁波意西喇嘛的舌头。毒品文化侵入土司制度，使过时的本土文化中犹存的一点宁静与淳朴迅速沉沦。"罂粟们就在天空下像情欲一样汹涌起来"，罂粟财富购回新式枪炮，打破了土司间的力量平衡，引发了土司间争夺财富和权欲的特种"鸦片战争"。由于种罂粟引起了空前粮食饥荒，按傻子二少爷建议改种粮食的麦琪土司，反而成了其他土司巴结求助的对象，茸贡女土司甚至被迫嫁女以换取粮食，各土司间因之爆发了争夺粮食的战争。其后，商品贸易使街道出现了酒馆和银号，出现了税务官、照相师傅，最后来了戏班及妓女和妓院，带来了梅毒。几经争夺，红色汉人终于使麦琪土司家族在炮火之下灰飞烟灭。阿来说："在一种形态到另一种形态的过渡时期，社会总是显得卑俗；从一种文明过渡到另一种文明，人心委琐而混浊。"② 其关心的是变动中的文明形态与人心。而这种人心与文明形态，使土司社会的神话传说、谚语歌谣、春耕时的性游戏、巫术、婚姻和行刑的特殊仪式，带上"自述体民族志"的色彩。土司家傻子二少爷说"爱是骨头里满是泡泡"，极其自然而真切，深入骨髓，谁能说得出？凭

---

① 阿来：《落不定的尘埃》，《小说选刊》（增刊）1997年第2期。
② 阿来：《落不定的尘埃》，《小说选刊》（增刊）1997年第2期。

借着"傻子少爷"的身份和人们对呆傻者松懈的提防戒备,他可以在土司世界和百姓世界之间来去自如,成天混迹于丫鬟娃子的队伍之中,耳闻目睹着奴隶们的悲欢离合,并将所见的世界切割成碎片,又用隐喻的方式重新拼合,审视了土司制度土崩瓦解岁月的文化变迁和人性隐秘。《尘埃落定》像沐浴着藏区文化与外来文化的"旋风"扬起尘埃,茫茫渺渺,令人领略了"文化如风"的况味。有若彝族诗人吉狄马加所言:"当前世界上的文学呈多元状态,各区域各民族的文学,都以其鲜明特色和文化贡献,被世人所关注",其结果,"这些区域性文学和民族的文学,无疑是对20世纪世界文学的丰富和加入"①。

在全球化和文化多样性的激荡中,少数族群的意识跨越海峡两岸,在海峡的彼岸也引起了文化的骚动。20世纪80年代台湾少数民族主体意识觉醒,被"正名"为"原住民族",根据内部差异厘定了阿美、泰雅、排湾、布农、卑南、鲁凯、邹、赛夏、雅美、邵、噶玛兰、太鲁阁、撒奇莱雅族以及赛德克14个族群。原住民族人数约32万人,在台湾2000万人口中占不到2%。写明书名的"台湾卷"说:"我们终于能看到原住民作者,尝试以主体的身份,诉说自己族群的经验,舒展郁积百年的创造活力。原住民各个族群,正试图以他们文学和艺术的想象力,以他们厚实、质朴的生活智慧,从'山'上的石板屋,'海'里的独木舟,走向全世界。"

自1962年《联合报》副刊发表排湾族作家陈英雄《山村》一文以来,台湾少数族裔汉语文学创作已走过了半个世纪的历程。半个世纪中,台湾少数族裔出现了莫那能、田雅各、瓦历斯·诺干、夏曼·蓝波安、霍斯陆曼·伐伐、孙大川、巴代、亚荣隆·撒可努等高山族多分支多梯队的作家队伍,实现了族群文学写作的主

---

① 吉狄马加:《民族文学创作的自信心与使命感》,杨红昆、欧之德《彝族哈尼族文学评论集》,云南人民出版社2001年版,第1页。

体性转变，以色彩斑斓的文学创作改变了台湾少数族裔长期"被看""被写"的命运，推动了台湾文学多元格局的形成。排湾族盲诗人莫那能的长诗《燃烧》，表达一个高山族青年对本民族命运与前途的忧虑。诗中控诉西班牙、荷兰殖民者与日本侵略者，对民族歧视宣泄不满，为民族友爱发出尊重与和平的呼号："我是善良酷爱自由的/我的单纯勤劳不该受欺骗，/我是人，/应有人的尊严和平等，/种族间，/应有尊重和友爱。/人和人，/理应相亲和谐。"① 几百年"任人蹂躏、践踏，任人奴役、侮辱"的历史创伤，需要母亲的爱护和抚慰，这集中代表了高山族群对中国母亲强烈的爱慕和渴望。

布农族作家田雅各，原名是拓拔斯·搭玛匹玛，有感于高山族群被歧视，古风凋残，文化流失，决心以文学创作表达族群的感情和心声。短篇小说《拓拔斯·塔玛匹玛》记述到平原地区读书的布农族的"我"，在回乡客车上邂逅农民笛安、猎人乌玛斯、醉鬼高比尔、少妇珊妮。从台中回来的笛安，砍伐桦树，为儿子娶媳妇做一张床，却触犯了政府管理森林的规定，被法庭传讯罚款。猎人乌玛斯感慨现代工业技术，破坏人与自然、动物与森林的依存关系。森林萎缩，动物凋零，洪水肆虐，田地冲毁，猎人生活受到严重的冲击。从纺织厂归来的山地妇女，不堪工厂的紧张和都市的喧杂，重回部落，寻找"失去了的天赋本能"。身为医学院学生的"我"（拓拔斯·搭玛匹玛）深感部落人们对旧生活、旧观念的固执因循，希望消除阻碍种族发展的文化根源："他们不该属这世纪的人，他们忧郁，阴影笼罩年轻人，使下一代如阴雨下的秧苗，瘦黄不能繁盛。"② 小说揭示了原住民在现代文明冲击下的彷徨，为原住民所面临的"文明"侵入、社会急剧变动中的种族危机发出呐喊，呼唤原住民自尊的苏醒和民族传统

---

① 吴重阳：《风雨楼文存》，河北教育出版社1998年版，第129—130页。
② 吴重阳：《风雨楼文存》，河北教育出版社1998年版，第132页。

的重建。

田雅各说:"原住民文学对于台湾文学而言,就是一个躲起来的根,以前这个躲起来的根,是被践踏的。现在我们不这么想,把踩在上面的脚抬起来,发现原来有这么长的一个原住民文学在。"[①]他 1985 年作《最后的猎人》,反映在现代文明冲击下,山地族群的生活习俗面临崩溃的危机,被誉为"布农族凄美的山地之歌"。主人公比雅日出生于巫婆世家,祖辈都是猎人,从小就跟着父亲四处打猎,承袭着父辈遗训和生活方式。但英勇强壮的猎人已不合时宜,树木因砍伐而缩减,工业污染破坏了生态环境,动物锐减乃至绝迹,猎人赖以生存的资源正在丧失。生活之艰难,使他不得不下山寻求出路,当了搬运货物的临时工,却很快被解雇。为了给流产的妻子补养身体,比雅日带着猎狗上山狩猎,却被警察拦阻辱骂,重申禁猎命令,没收猎物,威胁要将他投入监牢。尽管他纯真和质朴,善于搜寻猎物,而且枪法奇准,狩猎行为聪慧机敏,但已经面临着不能固守父亲遗存的高山族群"不是农夫,就是猎人"的传统生活方式。小说集中揭示了在现代生活冲击下,高山族群生活面临的挑战,传统生活观念和方式山河日下的趋势,探索了族群命运和前途的危机。既对固有传统的观念有敏锐的观察和批判,又充满着深切的同情,思考着出路何在,对族群的现实悲剧和未来命运,充满着无可奈何的悲悯。

20 世纪的社会动荡,不仅在台湾文学中触发原住族群忧郁的挽歌,而且大陆移台的少数民族如回族、蒙古族、满族、维吾尔族、锡伯族也发出了离散环境中的深切乡愁。蒙古族画家,更是著名的散文家与女诗人席慕蓉以清丽的语言和蒙古牧歌的豪放情调,抒发繁复、美丽、兼具哀愁的乡愁情感,浸润东方古老哲

[①] 吕慧珍:《附录三:行医的布农族作家》,《书写部落记忆——九零年代台湾原住民小说研究》,骆驼出版社 2003 年版,第 281 页。

学，带有宗教色彩，透露出人生无常的苍凉韵味。席慕蓉多写爱情、人生、乡愁，淡雅剔透，抒写灵动，饱含着对生命的挚爱真情，为台湾文学增添了新的色彩。她说："我一直相信，世界应该有这样的一种爱情，绝对的宽容，绝对的真挚，绝对的无怨，和绝对的美丽。假如我能享有这样的爱，那么，就让我来做它的证明。假如在世间实在无法找到这样的爱，那么，就让它永远地存在我的诗里，我的心中。"① 她出有诗集《七里香》《无怨的青春》《心灵的探索》《时光九篇》《以诗之名》，及散文集《成长的痕迹》《有一首歌》《画出我心中的彩虹》《写给幸福》，把家乡内蒙古草原融入诗歌和散文创作中，长城外的关山，塞外的芳草，敕勒川的月色，山畔的牛羊，沙漠的驼影，骑马的健儿和牧羊的女郎，这种种富于独特色彩的"边缘光影"，组成了一幅幅蒙古民族的生活风景，当然都是少数民族作家创作的独特民族色彩的表现。席慕蓉《一棵开花的树》诗云："如何让你遇见我/在我最美丽的时刻//为这/我已在佛前求了五百年/求佛让我们结一段尘缘/佛于是把我化做一棵树/长在你必经的路旁//阳光下/慎重地开满了花/朵朵都是我前世的盼望//当你走近/请你细听/那颤抖的叶/是我等待的热情//而当你终于无视地走过/在你身后落了一地的/朋友啊/那不是花瓣/那是我凋零的心。"② 少女的爱情托付给等待，它美丽、端庄却又不乏纯真坦率。女诗人的蒙古王族基因给诗染上淡淡的贵族气，而流落异乡的漂泊感，又使诗蒙上了虚无缥缈的"缘在天定，分在人为"的佛教意蕴。化树在路旁，连开花也不忘慎重，情真意切、无悔无憾的默默的爱，是一点精诚通天地的。

席慕蓉说："在我的心里，一直有一首歌。我说不出它的名字，我也唱不全它的曲调，可是，我知道它在哪里，在我心里最

---

① 席慕蓉：《七里香》，花城出版社1987年版，第109页。
② 席慕蓉：《七里香》，花城出版社1987年版，第15页。

深最柔软的一个角落。每当月亮特别清朗的晚上,风沙特别大的黄昏,或者走过一条山路的转角,走过一片开满野花的广阔的草原,或者在刚亮起灯来的城市里,在火车慢慢驶出的月台上,在一个特定的刹那,一种似曾相识的忧伤就会袭进我的心中,而那个缓慢却又熟悉的曲调就会准时出现,我就知道,那是我的歌,一首只属于流浪者的歌。"① 乡愁是流浪者心中的疤,留着祖宗的脚印。女诗人在《乡愁》中唱道:"故乡的歌是一支清远的笛/总在有月亮的晚上响起//故乡的面貌却是一种模糊的怅惘/仿佛雾里的挥手别离//离别后/乡愁是一棵没有年轮的树/永不老去。"② 对故土的眷恋是人类共同而永恒的情感,远离故乡的游子、漂泊者、流浪汉,即使在耄耋之年,也希望能叶落归根。席慕蓉以舒缓的音乐风格,抒写着田园牧歌式的情调,有"思乡令人老,岁月忽已晚"的惆怅。笛声"总在有月亮的晚上响起",月是故乡明,明月下飘荡着牧笛,迷蒙的云雾中,永恒的乡愁已经长成"一棵没有年轮的树,永不老去",有若"溪水急着要流向海洋,浪潮却渴望重回大地"。即便漫步在布鲁塞尔街头,闻着新割的草地的清香,诗人也感觉到她的《出塞曲》所吟唱的"这只有长城外才有的清香"。台湾文学评论界评点席慕蓉这一点风姿清丽的情愫:"席慕蓉的诗是流丽的,声韵天成的,溯其流而上,你也许会在大路的尽头看到一个蒙古女子手执马头琴,正在为你唱那浅白晓畅的牧歌。"③

20世纪少数民族文学在波澜壮阔的政治变局中涌进,在政治主题上见证了体制的崩溃、革新与族群的浴血新生,又在文化寻根中把"被叙说"转换为"自叙说",以魔幻激发原始的宗教、民俗和生存方式的特异生命力。现代文明的冲击,使族群生存的

---

① 席慕蓉:《有一首歌》,中国友谊出版公司1985年版,第43页。
② 席慕蓉:《七里香》,花城出版社1987年版,第91页。
③ 张晓风:《七里香序·江河》,台湾大地出版社1981年版,第1页。

陈规受到挑战，释放出余音缭绕的哀歌；而从旧族群大步走向世界的流浪者，又在乡愁中寻找精神的母体。这些多维度纵横交错的"边缘光影"，都为文学全史增添了繁复绚丽的令人难以忘怀的复调。

九　新旧体诗与戏的对峙互渗的立体空间

　　历史需要意志的推动，但历史又往往不以人的意志为转移。五四新文学运动改写历史，掀动了中国思想、物质的现代化进程的历史车轮。时过百年，传统诗词和民间戏曲尽管被主流的文学史扫地出门，似乎天下已经一统，但经过改良精进，人们发现，它们依然在娱乐众生，陶冶情趣。这就成了一个文化研究的命题，试炼着文学史家的文化胸怀和思想能力。文化长期的内在累积，名篇久传，润物无声，甚而移风易俗，已经沉淀为各层人士的文化基因。绝非哪路英雄登高一呼，就会烟消云散。孙悟空神通广大，但他变庙宇，也只能将尾巴变成旗杆，竖在庙后，猴性难改。"现在"不可能完全割裂"过去"，"过去"还会以不同的形态潜入"现在"，并且成为"现在"的根。

　　要使旧体诗词、戏曲独立成卷，形成"多元共生"的文学全史格局，就不能简单地罗列和杂凑。思想的和学术的历史并不能在遗忘或遮掩中延续，总有人要在那些断裂的缝隙和遗忘的边界上，找到历史连接的内在关系。难就难在把不同价值观、世界观或意识形态下的创作，按照历史逻辑和理论逻辑各得其宜地在不同层面统合，在其良性共处，竞争互动中形成千紫万红的文化生态。英美诗人艾略特崇敬诗歌，认为"诗代表一个民族的最高的生命形态，最大的力量和最精细的感受"①。既然他认为诗代表着"一个民族的最高的生命形态"，那么诗的根子就很难简单移植。诗又是最精细敏感的，最贴近个体的心灵，以文会友，创作或传播，未必需要多大的"公共空间"。这就使那些被抑制的诗体容易转为潜流写作，涌动于趣味相投的群体之中。

中国新诗诞生的重要标志，是白话自由诗体的建立，推翻古典诗歌的格律约束而追求自由表达，以白话为语言载体，以自由体诗作为流行形式。由此产生初期白话诗派、小诗创作潮流、"湖畔"诗派、"新月"诗派、初期象征诗派、现代派诗人群、"七月"诗派、"九叶"诗派（或称"中国新诗"派）、"中国诗歌会"诗人群体、民歌体诗潮，等等，焕发了自由体诗的蓬勃生机。

溯其源头，晚清末季的一二十年，诗坛已骚动着雅俗两股潮流的冲撞。黄遵宪1868年作《杂感》其二就说："……俗儒好尊古，日日故纸研；六经字所无，不敢入诗篇。古人弃糟粕，见之口流涎，沿习甘剽盗，妄造丛罪愆。黄土同抟人，今古何愚贤？即今忽已古，断自何代前？明窗敞流离，高炉爇香烟；左陈端溪砚，右列薛涛笺；我手写我口，古岂能拘牵？即今流俗语，我若登简编，五千年后人，惊为古斑斓。"②他虽然调侃经籍，毕竟还采用五言句式、活用典故。大的变动发生在甲午战争把清朝国门彻底轰开之后，西方科学文化被大量译介，黄遵宪、梁启超等人提倡的"诗界革命"及"文界革命"、"小说界革命"、"戏曲改良"，使文学中的新因素骤增。1896年前后，夏曾佑、谭嗣同、梁启超推扬维新思潮，兼及所谓"新学诗"。梁启超说："盖当时所谓新诗者，颇喜挦扯新名词以自表异。丙申、丁酉间，吾党数

---

① 转引自陈超《二十世纪中国探索诗鉴赏》下册，河北人民出版社1999年版，第53页。

② （清）黄遵宪：《黄遵宪集》（上），天津人民出版社2003年版，第89—90页。

子皆好作此体。提倡之者为夏穗卿（曾佑，作者注），而复生（谭嗣同，作者注）亦綦嗜之。"① 由此可知，"新诗"概念，在19世纪末诗界革命前夕已经出现。梁启超在戊戌政变后流亡海外，于1899年12月25日《夏威夷游记》中正式打出了"诗界革命"的旗号："故今日不作诗则已，若作诗，必为诗界之哥伦布、玛赛郎（通译麦哲伦，作者注）然后可。……要之，支那非有诗界革命，则诗运殆将绝。虽然，诗运无绝之时也。今日者，革命之机渐熟，而哥伦布、玛赛郎之出世，必不远矣。"他对新诗的发展抱乐观态度，并为新诗概括出三条标准："第一要新意境，第二要新语句，而又须以古人之风格入之，然后成其为诗。"② 他区分意境、语句、风格，用心良苦，把古人之风格作为有意味的形式反复揣摩。

五四新文学运动的姿态更加决绝，它要重估一切价值，重造文明。但我们依然可以从"精神的五四"的深处寻找到"形式的五四"。《文学改良刍议》发表不久，1917年《新青年》2卷6号就发表了胡适白话诗8首。翌年《新青年》4卷1号又发表了胡适、刘半农、沈尹默等人的白话诗9首，开通了白话诗取代旧体诗的急流。胡适要求诗歌大解放："新诗发生，不但打破五言七言的诗体，并且推翻词调曲谱的种种束缚；不拘格律，不拘平仄，不拘长短；有什么题目，做什么诗；诗该怎样做，就怎样做。……必须用有意的鼓吹去促进他的实现，那便是革命了。"③他痛陈五七言体诗歌在表情达意上的缺陷："中国近年来的新诗运动可算得是一种'诗体的大解放'。因为有了这一层诗体的解放，所以丰富的材料，精密的观察，高深的理想，复杂的感情，方才能跑到诗里去。五言七言八句的律诗决不能容丰富的材料，二十

---

① 梁启超：《饮冰室诗话》，人民文学出版社1982年版，第49页。
② 梁启超：《夏威夷游记》，《饮冰室文集点校》，吴松等点校，云南教育出版社2001年版，第1827页。
③ 胡适：《谈新诗》，《中国现代诗论》（上），花城出版社1985年版，第1—17页。

八字的绝句决不能写精密的观察，长短一定的七言五言决不能委婉达出高深的理想与复杂的感情。"① 他用了三个"决不能"来抨击旧体诗的弊病。

应该说，胡适的这些言论的决绝性，是逐渐加码的。1916年4月12日他作《沁园春·誓诗》："更不伤春，更不悲秋，以此誓诗。任花开也好，花飞也好，月圆固好，日落何悲！我闻之曰，从天而颂，孰与制天而用之。更安用，为苍天歌哭，作彼奴为？文章革命何疑。且准备、搴旗作健儿。要前空千古，下开百世，收他臭腐，还我神奇。为大中华，造新文学，此业吾曹欲让谁！诗材料，有簇新世界，供我驱驰。"② 胡适竟然用《沁园春》词调，作他的"文学革命的宣言书"，这也是一件有点吊诡的事。他要抛弃"伤春""悲秋"的旧情调，要"为大中华，造新文学"，但他并非失却方寸，其白话词的平仄、韵部大致符合格式规定。胡适面对"这个时代之中，大多数的诗人都属于宋诗运动"③，将之当作"死文学"予以排斥。1919年他发表《谈新诗》，断言"新文学的语言是白话的，新文学的文体是自由的，是不拘格律的"。对于这篇文章，朱自清说，在当时"差不多成为诗的创造和批评的金科玉律了"④。但胡适似乎有意对词放它一马，他认为："词之重要，在于其为中国韵文添无数近于语言之自然之诗体。此为治文学史者所不可忽之点。不会填词者，必以为词之字字句句皆有定律，其束缚自由必甚。其实大不然。词之好处，在于调多体多，可以自由选择。工词者，相题而择调，并无不自由也。人或问：'既欲自由，又何必择调？'吾答之曰：凡

---

① 胡适：《谈新诗——八年来一件大事》，《胡适文集（3）》，人民文学出版社1998年版，第134页。
② 胡适著，胡明编注：《胡适诗存》，人民文学出版社1989年版，第110页。
③ 胡适：《五十年来中国之文学》，《申报》五十周年纪念刊《最近之五十年》，1923年3月7日。
④ 朱自清：《中国新文学大系·诗集导言》，良友图书有限公司1935年版，第2页。

可传之词调，皆经名家制定，其音节之谐妙，字句之长短，皆有特长之处。吾辈就已成之美调，略裁剪，便可得绝妙之音节，又何乐而不为乎？"① 他甚至扩大了对词的容忍范围，认为："不必排斥固有之诗词曲诸体。要各随所好，各相体而择题，可矣。"② 运动宣言与个人随好择题之间的裂缝，导致《胡适诗存》中的新体自由诗不到三分之一，旧体诗词占了绝大多数。

在白话"活文学"取代文言"死文学"的滚滚浪涛中，精神上的某些裂痕是可以忽略不计的。胡适1920年出版了《尝试集》，是把中国新文学史的第一本白话诗集，作为公共话题和切要事件而反复讨论的。此前刘半农就以激进的态度推波助澜，斥责"现在已成假诗世界。其专讲声调格律，拘执着几平几仄方可成句，或引古证今，以为必如何如何始能对得工巧的，这种人我实在没工夫同他说话"，甚至宣布"此等没价值诗，尚无进古物院资格，只合抛在垃圾桶里"③。当文学需要焕发生机，开创新局面，而旧的成规积重难返的时候，是有必要采取立马横刀、大刀阔斧的姿态的。但这种姿态和行为，还来不及对传统的优劣菁芜进行细心的剥离和转化。新旧古今之间并非只有用"垃圾桶"来对待的冤家对头，他们也许存在着父子姻亲关系，需要在深层对话中互借智慧，实现各自的连续性和进步性。

新文学运动初期，迫于申述自身的历史合理性的压力，探索者的精神处在亢奋状态，是没有心情对深层次的文化策略进行分析和化解的。新文学先驱者虽然有一致的大方向，但对于许多细部问题，却各有主张，精神谱系处在有隐性裂痕的状态，内部往往存在着另一种参差不一的音符。高张"文学革命军"大旗的

---

① 胡适：《致钱玄同书》（1917年11月20日），《尝试集》，上海亚东图书馆1920年初版，第133页。
② 胡适：《论小说及白话韵文》，《新青年》1918年第4卷第1号。
③ 刘半农：《诗与小说精神上之革新》，载《新青年》1917年第3卷第5号。

陈独秀以老革命党的坚确态度，不容他人置疑白话取代文言的历史必要性和合理性。但在旧体诗写作上，他却另有未尝明言的坚持。他曾是苏曼殊的诗词老师，旧诗技术娴熟自如，能从容不迫、强悍浑厚地抒情写志，呈现一代文化领袖凛然浩荡的风采。就在发表《文学革命论》的当年，1917年7月20日他在《中华新报》"谐著"栏上，发表署名"仲子"的旧体诗《水浒吟》六首。如《林教头》诗云："五虎声名丈八矛，今为上将昔为囚；假名公义销私憾，功首尤推豹子头。"① 1927年"四一二"政变后，作有四言诗《国民党四字经》。1934年囚禁南京老虎桥监狱，作有七言绝句《金粉泪五十六首》，直至1940年流落江津，有七绝《郊行》《漫游》《春日忆广州绝句》，七律《病中口占》《寒夜醉成》，五言诗《挽大姊》等，一生写有旧体诗131首。如《寒夜醉成》诗云："孤桑好勇独撑风，乱叶狂颠舞太空。寒幸万家蚕缩茧，暖偷一室雀趋丛。纵横谈以忘形健，衰飒心因得句雄。自得酒兵鏖百战，醉乡老子是元戎。"② 他曾说，"我绝对不怕孤立"，"绝对厌弃中庸之道，绝对不说人云亦云豆腐白菜不疼不痒的话"③。他这种坚确耿介之气弥漫诗中，历史沧桑，社会变动，时日流逝，朋友交游，都在作者孤独的笔底中荡漾不平的波澜。

在新文学运动中，蔡元培执掌的北京大学是一个大营盘。陈独秀、胡适、《新青年》都以此为依托。蔡元培是以校长身份支持新文学的，因而对新文学各种倾向，对社会各种思潮都有全面的考量和折中的处理方案。他断言白话与文言的竞争中，"白话派一定占优胜"，新诗将成主流，但旧诗不应禁绝："旧式的五七言律

---

① 陈独秀：《水浒吟》，《中华新报》1917年7月20日。
② 陈独秀：《寒夜醉成》，黄河、李银德编注《陈独秀诗存》，安徽教育出版社2003年版，第114—115页。
③ 陈独秀：《给陈其昌等的信》（1937年11月21日），《陈独秀著作选编》第5卷，上海人民出版社2009年版，第216—217页。

诗与骈文，音韵铿锵，合乎均齐的原则，在美术上不能说毫无价值，就是在白话文盛行的时候，也许有特别传习的人。"他又对文体功能进行分析："文言是否绝对的被排斥，尚是一个问题。照我的观察，将来应用文，一定全用白话，但美术文，或者有一部分仍用文言。"① 蔡元培的新旧体诗共存、互借、竞争的设想，是他兼容并包文化哲学的延伸，对文化生态的完善，是有建设作用的。政治领袖与文化领袖思考问题的角度，自有不同，他更多的是大处着眼，关心民族国家文化血脉的传承。胡汉民《不匮室诗钞》中《与协之谈中山先生之论诗二十五叠至字韵》之后，有附记云："民国七年时，执信偶为新白话诗，中山先生辄诏吾辈曰：'中国诗之美，逾越各国，如《三百篇》以逮唐宋名家，有一韵数句，可演为彼方数千百言而不能尽者。或以格律为束缚，不能以是益见工巧。至于涂饰无意味，自非好诗。然如"床前明月光"之绝唱，谓妙手偶得则可，唯决非常人能道也。今倡为粗率浅俚之诗，不复求二千余年吾国之粹美，或者人人能诗，而中国已无诗矣。'"② 民国十年（1918），即《新青年》尝试刊载白话诗的早期，因而孙中山的遗训应是贯穿新诗取代旧诗的整个进程的。孙中山提醒人们，不可削弱新诗继承传统诗词的粹美，而且要创造出"逾越各国"的"中国诗之美"。这种意见，颇有振聋发聩之功。

对新旧体诗生存竞争的症状进行分析，自然可以罗列庞大的例证。除了前面例举的胡适、陈独秀、蔡元培、孙中山四个创造潮流的人物之外，我们应对真正的新文学中人进行取样分析。可以取出鲁迅、郁达夫、郭沫若、闻一多四个典型。鲁迅精诚于文学，对传统诗词相知甚深。在《致杨霁云》中说："我以为一切好诗，到唐已经被做完，此后倘非能翻出如来掌心之'齐天大

---

① 蔡元培：《国文之将来》，《北京大学日刊》1919年11月19日第490号。
② 胡迎建：《民国旧体诗史稿》，江西人民出版社2005年版，第133页。

圣'，大可不必动手。"① 虽然是自谦语，但他对唐诗的尊敬可见一斑。鲁迅一生只写了 6 首白话自由体诗，却留下了 68 首旧体诗词。鲁迅对新诗的意见，包含有对传统诗艺的扼要理解："要我论诗，真如要我讲天文一样，苦于不知怎么说才好，实在因为素无研究，空空如也。我只有一个私见，以为剧本虽有放在书桌上的和演在舞台上的两种，但究后一种为好；诗歌虽有眼看的和嘴唱的两种，也究后一种为好；可惜中国的新诗大概是前一种。没有节调，没有韵，它唱不来；唱不来，就记不住，记不住，就不能在人们的脑子里将旧诗挤出，占了它的地位。……新诗直到现在，还是在交倒楣运。"鲁迅对新诗的感想是平实的，但又似乎在画一条底线："我以为内容且不说，新诗先要有节调，押大致相近的韵，给大家容易记，又顺口，唱得出来。但白话要押韵而又自然，是颇不容易的，我自己实在不会做，只好发议论。"② 新诗须有底线，底线与传统诗艺相关联，至于上线则可以留待探索，如天文学之海阔天空。1931 年鲁迅作《无题》，悼念左联五烈士："惯于长夜过春时，挈妇将雏鬓有丝。梦里依稀慈母泪，城头变幻大王旗。忍看朋辈成新鬼，怒向刀丛觅小诗。吟罢低眉无写处，月光如水照缁衣。"③ 1932 年又作《自嘲》诗："运交华盖欲何求，未敢翻身已碰头。破帽遮颜过闹市，漏船载酒泛中流。横眉冷对千夫指，俯首甘为孺子牛。躲进小楼成一统，管他冬夏与春秋。"④ 鲁迅以寥寥可数的几首新诗为新诗"敲边鼓"，在相对稚嫩中理胜于情，而一旦返回旧体诗写作，以文会友，即事抒情，自我嘲讽，

---

① 鲁迅:《致杨霁云》(1934 年 12 月 20 日),《鲁迅全集》第 13 卷,人民文学出版社 2005 年版,第 307 页。
② 鲁迅:《致窦隐夫》(1934 年 11 月 1 日),《鲁迅全集》第 13 卷,人民文学出版社 2005 年版,第 249 页。
③ 鲁迅:《为了忘却的纪念》,《鲁迅全集》第 4 卷,人民文学出版社 2005 年版,第 501 页。
④ 鲁迅:《自嘲》,《鲁迅全集》第 7 卷,人民文学出版社 2005 年版,第 151 页。

喜得佳句，都是心灵的极大奖赏。

作为第二个代表的郁达夫，对传统诗浸染更深，少年时代即在报刊发表诗篇，对此颇为得意："九岁题诗四座惊，阿连少小便聪明"（《自述诗》）。① 一生留下旧体诗600首。他这样谈诗："中国的旧诗，限制虽则繁多，规律虽则谨严，历史是不会中断的。过去的成绩，就是所谓遗产，当然是大家所乐为接受的，可以不必再说；到了将来，只教中国的文字不改变，我想着着洋装，喝着白兰地的摩登少年，也必定要哼哼唧唧地唱些五个字或七个字的诗句来消遣，原因是因为音乐的分子，在旧诗里为独厚。"② 1931年1月，郁达夫在上海作《旧友二三相逢海上席间偶谈时事，嗒然若失，为之衔杯不饮者久之。或问昔年走马章台，痛饮狂歌，意气今安在耶，因而有作》诗云："不是樽前爱惜身，佯狂难免假成真。曾因酒醉鞭名马，生怕情多累美人。劫数东南天作孽，鸡鸣风雨海扬尘。悲歌痛哭终何补？义士纷纷说帝秦。"③ 其中对于社会的诡异与人生骨气多有感慨。他还化用杜甫的《戏为六绝句》来写挚友鲁迅："醉眼朦胧上酒楼，彷徨呐喊两悠悠。群盲竭尽蚍蜉力，不废江河万古流。"④ 寥寥四语，尽传鲁迅神情，颇得朋友间互为开心漫画之一乐，这是新诗难以达到的境界。郁达夫性格深处潜藏着的旧式文人的精神特征，放浪形骸之外，不失名士风流。他的旧体诗把自己的神经丝缕，编织进古人的雅致趣味之中。他说："我是始终以渔洋山人的神韵、晚唐与元诗的艳丽、六朝的潇洒为三一律。……明前后七才子的模仿盛唐，公安竟陵的不怪奇而直承白苏李贺孟郊一派时的好句，虽然也很喜

---

① 郁达夫：《自述诗十八首》，《郁达夫全集》第7卷，浙江大学出版社2007年版，第66页。

② 郁达夫：《谈诗》，引自《郁达夫诗全编》，浙江文艺出版社1990年版，第325页。

③ 郁达夫：《郁达夫全集》第7卷，浙江大学出版社2007年版，第119页。

④ 郁达夫：《赠鲁迅》，《郁达夫全集》第7卷，浙江大学出版社2007年版，第125页。

欢，但总觉得不如晚唐元季的诗来得更有回味。"① 他已经深入到传统诗歌的气质滋味之中，自身的创作自然也就以神韵为尚了。

　　作为诗歌转型的代表，郭沫若不同于鲁迅只给新诗"敲边鼓"，也不同于郁达夫沉潜于名士情调，他是豪迈恣肆、张扬跋扈的新诗创造者。他的《女神》采取"与旧诗词相去最远的形式"（闻一多语），彻底搅乱了中国诗歌的艺术秩序，以搅乱为目空往古的创造法门。郭沫若主张："我们的诗只要是我们心中的诗意诗境之纯真的表现，生命泉源中流出来的 Strain，心琴上弹出来的 Melody，生之颤动，灵的喊叫，那便是真诗，好诗。"②《女神》推动了新诗的狂飙突进，突进中它是否关注与自身文明相联系的因缘？《女神》出版才两年，1923 年闻一多作《女神之地方色彩》，对此提出质疑："一变而矫枉过正，到了如今，一味的时髦是鹜，似乎又把'此地'两字忘到踪影不见了。现在的新诗中有的是'德谟克拉西'，有的是泰果尔，亚坡罗，有的是'心弦''洗礼'等洋名词。但是，我们的中国在哪里？我们四千年的华胄在那里？那里是我们的大江，黄河，昆仑，泰山，洞庭，西子？又哪里是我们的《三百篇》《楚骚》，李，杜，苏，陆？"③ 忽视中国山川灵秀，忽视中国诗歌的流脉，对于新诗撷取文明的精髓，很难说有何种精警的效应。人是不可游离于文明血脉的，郭沫若中年以后对此若有所悟，他承认："进入中年以后，我每每做一些旧体诗。这倒不是出于'骸骨的迷恋'，而是当诗的浪潮在我心中袭击的时候，我苦于找不到合适的形式把意境表现出来。诗的灵魂在空中激荡着，迫不得已只好寄居在畸形的'铁拐李'的躯壳里。"④ 郭沫若一生写过 1400 多首旧体诗词，自认这是"诗的浪潮在我心中袭击"时

---

　　① 郁达夫：《不惊人草·序》，《郁达夫文集》第 7 卷，花城出版社、三联书店香港分店 1983 年版，第 277 页。
　　② 郭沫若：《论诗三札》，《中国现代诗论》（上），花城出版社 1985 年版，第 54 页。
　　③ 闻一多：《女神之地方色彩》，《创造周报》1923 年 6 月 10 日第 5 号。
　　④ 陈明远：《追念郭老师》，《新文学史料》1982 年第 2 期。

所为，但他刻意规避"骸骨的迷恋"而追求进步，把旧体诗词当作"铁拐李的躯壳"而难以回归本位。他当然也作过不少好的诗词，但是这种并不安宁的写作心理，使他的许多诗词成了应景之作和投合之作。这种诗性智慧的倾斜，隐含着难免受人诟病的写作危机。

作为代表，闻一多是真正懂诗、能诗的新诗家，至能牵动诗家感觉和智慧的弦。他在1922年《律诗底研究》一文中指出：抒情之作，"宜短练""宜紧凑""宜整齐""宜精严"，"律诗实是最合艺术原理的抒情诗文"。而且他把格律的讲究，视为中国诗的内质："律诗底体格是最艺术的体格。他的体积虽极窄小，却有许多的美质拥挤在内。这些美质多半是属于中国式的"，"无论如何，律诗之艺术的价值，历万代而不泯也"①。闻氏这种思想是前后一贯、追求不舍的，他于1926年5月13日《晨报副刊》发表《诗的格律》，提出了"音乐的美"（音节）、"绘画的美"（辞藻）、"建筑的美"（节的匀称和句的均齐）的新格律主张。闻一多既有在诗体形式上回应传统的"历万代而不泯"的经验，又有对新格律的探索采取开放的态度。在他看来，新的诗节形式同传统律诗形式相比有较多区别：一是律诗永远只有一个格式即四联八句，而新诗格式层出不穷；二是律诗格律与内容不发生关系，不论表达何种思想情绪，其格律都是早就规定的，而新诗的格式是根据内容的精神制定的，是量体裁衣；三是律诗格式是别人替我们定的，新诗格式可以由我们自己的意匠来随时构造。遵循着如此诗节诗体，闻一多称，"诗是戴着镣铐跳舞"。他的诗集《红烛》《死水》，就对新诗格律化作了坚实的探讨。有意思的是，于此探讨的同时，1925年4月《红烛》出版后，闻一多在美国致梁实秋的信中录下四首旧体诗，其中有《废旧诗六年矣，复理铅椠，纪以绝句》："六载观摩傍九夷，吟成鴂鴃总堪疑。唐贤读破三千纸，

---

① 闻一多：《律诗底研究》，《闻一多全集》第10卷，湖北人民出版社2004年版，第159—166页。

勒马回缰作旧诗。"① 接到这封信的梁实秋对于闻一多这类意见，当有同感。作为懂得西方思潮，又知道澄清激情而回归理性的新古典主义者，梁实秋在《新诗的格调及其他》中指出："'自由诗'宜于白话，不一定永远的宜于诗。"② 1922年，在《读〈诗的进化的还原论〉》中又有反省："自白话入诗以来，诗人大半走错了路，只顾白话之为白话，遂忘了诗之所以为诗，收入了白话，放走了诗魂。"③ 在20世纪20年代，闻一多、梁实秋所属的新月诗人借鉴英美诗体，又提出新诗"节的匀称和句的均齐"的原则，从外在形式构建新诗体式，诞生了中国最早一批新格律诗。《晨报副刊·诗镌》11期共发表新诗86首，《新月诗选》收入18家80余首诗，在诗节形式上都有新格律化的踪迹可寻。

　　从上述四个代表作家对新旧体诗态度的眷恋和撕裂，以及四位文化的或政治的领袖对传统与现代的思考中，不难推想到，旧体诗受白话新诗的排挤而失去公共空间的时候，必然欲罢不能地寻找自己存在的权利，呈现为各种私人写作、潜在写作或超公共空间写作等生存形态。民国初年，旧体诗写作还保持着某种开派设坛的活力。同光体、赣闽派、浙派、汉魏诗派、中晚唐诗派，如陈三立、郑孝胥、陈衍、樊增祥、王鹏运、朱祖谋、况周颐，都显示出精深的功力和执着的追求，但已是残阳事业。随着诗界革命派、南社诗人群、五四白话自由体诗的逐浪推拥，残阳事业走向边缘。旧体诗词散为私人写作，出现了四个值得注意的作者系列。一是新文学家的旧体诗写作，如前面所述的陈独秀、胡适、鲁迅、郁达夫、郭沫若、闻一多，采取私人写作的方式，并与其新文学写作，组成"双轨写作"。究其趣味，或如台湾新诗人洛夫

---

① 闻一多：《废旧诗六年矣，复理铅椠，纪以绝句》，《闻一多全集》第1卷，湖北人民出版社2004年版，第289页。
② 梁实秋：《新诗的格调及其他》，《诗刊》创刊号，1931年1月20日。
③ 梁实秋：《读〈诗的进化的还原论〉》，《晨报副刊》1922年5月27—29日。

所言,"'回眸传统',重新评估中国古典诗歌传统美学的参照价值,重新找回失落已久的古典诗歌意象永恒之美"。他们主张新诗旧诗并存,也如洛夫所言:"写新诗与写旧诗的朋友应相互尊重各自的选择、各自的兴趣,但我今天在这里必须呼吁,写现代汉语诗歌的朋友在参照西方诗歌美学,追求现代或后现代精神之余,不要忘记了我们老祖宗那种具有永恒价值的智慧的结晶,真正的美是万古常新的。"①

二是旧学根基深厚的教授系列,诗词写作是对他们诗词学养的测试、表达或示范。哪怕是留学异邦,也不废吟哦;长途流离,也随兴命笔;师友唱和,自能沟通心曲。这种私人写作不求占领诗坛而成名,但求适心怡情而已,却萦绕着不散不灭的诗魂。著名者如马一浮、顾随、顾一樵、陈寅恪、吴宓、夏承焘、钱锺书、吕碧城、沈祖棻、叶嘉莹等人,写了大量亦博亦雅、至性至情的诗章。甚而在国难当头时日,发为慷慨激昂之音。其中有一批学者,是由新文学作家演变为文史大家的,理性思考蕴含着对诗的甘苦体验。何其芳1976年入蜀寻找花溪诗魂,写下《成都杜甫草堂》:"文惊海内千秋事,家住成都万里桥。山水无灵添啸咏,疮痍满目入歌谣。当年草屋愁风雨,今日花溪不寂寥。三月海棠如待我,枝头红艳斗春娇。"② 诗中融入了何其芳对诗与格律的理解,他曾以杜甫草堂时期的诗句作比喻,认为:"诗是'窗含西岭千秋雪',得有个窗子,有个形式,从窗子里看过去。"③ 何其芳从律诗这个窗户,把杜甫一生的经历、情感、志趣,容纳在56个字中。旧体诗这个窗户不仅可以看历史,看他人,而且可以看自己,调侃自己。聂绀弩1976年出狱时,作《赠周婆》(周婆即聂妻周

---

① 《诗人洛夫在"中国诗歌太原论坛"上的发言》,《山西日报》2007年11月20日。
② 何其芳:《蜀中游记·成都杜甫草堂》,《何其芳选集》第1卷,四川人民出版社1979年版,第193页。
③ 崔卫平:《郭路生》,《积极生活》,中国人民大学出版社2003年版,第54页。

颖），则发出满纸苦涩的嘲讽："添煤打水汗干时，人进青梅酒一卮。今世曹刘君与妾，古之梁孟案齐眉。自由平等遮羞布，民主集中打劫棋。岁慕郊山逢此乐，早当腾手助妻炊。"① 以古代曹操、刘备煮酒论英雄，及《后汉书·梁鸿传》中梁鸿、孟光举案齐眉的掌故，实施古今、大小、雅俗相碰撞，对自己夫妇相濡以沫的家庭生活进行反嘲戏弄，辛酸甘苦，百味杂陈；涉笔嘲世，又精锐生猛，一针见血。这些诗章都是意在言外，感慨良深，诗趣氤氲的。

三是艺术家的旧体诗。传统有题画诗，对画抒怀，引发禅悟，即所谓"高情逸思，画之不足，题以发之"。这种人生的和审美的传统，印入艺术家的心田，荡漾着诗中画、画中诗的浓郁情趣。不少艺术家、书画家都写了大量轻松别致的题画诗词，才情荡漾，趣味清雅，在现时中国燥热的主流文化之外，保留了一个小桥流水的后花园。这种潜在的私人写作，别有奇趣。比如齐白石的题画诗就在俗中透出雅趣，其《画虾二首》于清新中透出自嘲，诗云："苦把流光换画禅，工夫深处渐天然。等闲我被鱼虾误，负却龙泉五十年。"② 又有《题〈不倒翁〉》三首，幽默中带点辛辣："秋扇摇摇两面白，官袍楚楚通身黑。笑君不肯打倒来，自信胸中无点墨。""乌纱白扇俨然官，不倒原来泥半团。将汝忽然来打破，通身何处有心肝。""能供儿戏此翁乖，打倒休扶快起来。头上齐眉纱帽黑，虽无肝胆有官阶。"③ 这些诗与画幅相互映照，沉吟志趣，嘲讽世情，游戏笔墨，别具奇趣。

书画家对传统诗趣的感受，往往与对艺术感觉精致的新文学家相通。朱自清评议俞平伯新体诗集《冬夜》时，注意到："平伯诗底音律似乎已到了繁与细底地步；所以凝练，幽深，绵密，

---

① 聂绀弩：《赠周婆》，《聂绀弩诗全编》，学林出版社1992年版，第89页。
② 齐白石著，严昌编：《齐白石诗文集》，湖南人民出版社2010年版，第146页。
③ 齐白石著，严昌编：《齐白石诗文集》，湖南人民出版社2010年版，第81页。

有'不可把捉的风韵'。"其之所以用韵自然,是"因为他不以韵为音律底唯一要素,而能于韵以外求得全部词句底顺调。平伯这种音律底艺术,大概从旧诗和词曲中得来。他在北京大学时看旧诗、词、曲很多;后来便就他们的腔调去短取长,重以己意熔铸一番,便成了他自己的独特的音律。我们现在要建设新诗底音律,固然应该参考外国诗歌,却更不能丢了旧诗、词、曲。旧诗、词、曲底音律底美妙处,易为我们领解,采用;而外国诗歌因为语言底睽异,就艰难得多了。这层道理,我们读了平伯底诗,当更了然。"① 诗人朱自清是主张以传统诗词的韵趣,反而沐浴新诗的内质的。朱氏这种训练颇具火候,他所写新诗不到50首,却有96首旧体诗词收录在《犹贤博弈斋诗抄》里。诗魂的考验穿透时空,俞平伯在60年后,对这种诗性体验还念兹在兹,认为:"五四以来,新诗盛行而旧体诗不废。或嗤为骸骨之恋,亦未免稍过。譬如盘根老树,旧梗新条,同时开花,这又有什么不好呢?"②

第四种诗词作者系列,就是政治人物了。政治人物除了自述心志之外,有时还将私人写作演变成超出文学界的公共写作。国共两党多有能诗的领袖,如毛泽东、朱德、董必武、陈毅、叶剑英,以及于右任、冯玉祥、何香凝、李烈钧、程潜、李济深,民主人士则有沈钧儒、黄炎培、陈叔通、柳亚子等人,他们都喜爱吟咏,交游酬唱,不乏佳篇。尤其是毛泽东喜好三李(李白、李贺、李商隐)和曹操诗,著为戎马倥偬中的马背吟,英气逼人,气象非凡。那"五岭逶迤腾细浪,乌蒙磅礴走泥丸"的《七律·长征》诗,那"山舞银蛇,原驰蜡象,欲与天公试比高"的《沁园春·雪》词,放眼千山万水,雄视千古风流,堪称杰作。胡乔木甚至说,毛泽东诗词佳篇的文化生命力可能超过他的一些政论

---

① 朱自清:《冬夜》初版《序》,收入俞平伯《冬夜》,亚东图书馆1922年版,第8—9页。
② 俞平伯:《荒芜〈纸壁斋〉评识》,《读书》1982年第1期。

文章。陈毅的《梅岭三章》有小序云："一九三六年冬，梅山被困。余伤病伏丛莽间二十余日，虑不得脱，得诗三首留衣底。旋围解。"三章其一云："断头今日意如何？创业艰难百战多。此去泉台招旧部，旌旗十万斩阎罗。"① 它提出了生死大义的命题，意气高昂，以至于死为鬼魂，也要"旌旗十万斩阎罗"，苍茫悲壮之情端可震撼人心。至于于右任1964年以85岁的生命愿望，铸成《望大陆》诗："葬我于高山之上兮，望我大陆；大陆不可见兮，只有痛哭。葬我于高山之上兮，望我故乡；故乡不可见兮，永不能忘。天苍苍，野茫茫；山之上，国有殇。"② 于右任认为，作诗"韵不可废，体不可拘"。他以五十六字的民族哀歌式的"骚体"绝唱，抒发了何等以身许国的深情，归乡无期的沉痛，唯有苍茫的碧海苍山做证了。政治人物的诗词，往往是胸襟独具，器宇轩昂的，评论者不应以个人好恶无度褒贬，而应潜心体验，考察其穿透历史的传世魅力。

　　四类诗词写作者系列，形成了现代文言诗词写作的四种方式：双轨写作，私人写作，公共写作，潜写作，多是以文会友，相互切磋，即使是民间的边缘写作，也能各尽才情。新诗产生后的近百年间，尽管传统诗词受到有时是合理的、有时是过分的挤压，却依然以独特的方式作为"有诗无坛"而存在，有时还出现"桃李不言，下自成蹊"的景观。这在很大程度上属于民间化、私人化的写作，意不在强求公开发表，多潜心于生命、友情、文化滋味的体验和交流。研究者应该知诗懂诗，无论是新诗旧诗，都能形成一套独特的、可以与当代人对话的话语，透入诗章的脉络，解读诗性智慧，分享诗情喜悦，这才能使人文风流不至于在我们的文学史写作上流失。

　　旧体诗词的涓涓细流，在改革开放的大潮中，终于汇成滚滚

---

① 陈毅著，陈昊苏编：《陈毅诗词全集》，华夏出版社1993年版，第46页。
② 于右任著，杨中州选注：《于右任诗词选》，河南人民出版社2007年版，第376页。

滔滔的洪波。据统计，改革开放后成立的"中华诗词学会"已有会员18000余人，是全国最大的文学社团。其社团刊物《中华诗词》，每期发行近25000份，是含新诗刊物在内的全国发行量最大的诗歌刊物。不少省、市、县也有自己的诗词学会。据粗略统计，全国600多种公开或内部出版的诗词报刊，每年发表的诗词新作达10万首以上。虽然应景之作泥沙俱下，但佳作也时有显现。文言诗词和新诗平分秋色的局面，已成不争的事实。作为一个通晓文化哲学的文学史家，不应以随波逐流为能事，而应该超脱出一段心理距离，观察百年新诗和文言诗词的波澜，通盘思考自从"五四"以来，中华民族诗性精神受到何种冲击和震荡？发生了何种变化？中国诗的出路何在？假如说，现代文言诗词不符合"现代性"的标准，不能进入现代文学史，那么这是美、英、法、德、日哪国的标准？请举出事实，说明这些国家为了追求诗歌现代性，就将固有的诗歌形式全盘否定，扫地出门。退而言之，即便此乃外来的现代性，而具有源远流长之传统的中国诗的现代存在形态与外国诗的存在形态有着诸多差距，是否有必要从中发现"差距的意义"，从而对自身的审美现代性作出创造性的解释？

显而易见，对文学中国的精神谱系的宏观把握，"不谋全局者，不足以谋一域"，唯有尊重历史本然的存在，打破雅俗二元绝然对立的研究方式，才能还原文学发展的历史感、完整性和现实性，构成一幅层面丰富、现象婆娑的绚丽的文学画卷。在处理文学由古典向现代转型的种种问题上，尤应关注互动互补、多元共生的文学存在形态。与新文学的白话文创作形成回旋的涡流者，除了旧体诗词、骈赋和鸳鸯蝴蝶派以降的通俗小说之外，传统戏曲的反弹、改良、调适和精进，也是不宜以直线型的进化论作为标准来划分先进与落后的。在现代中国社会中，无论就观众的多少还是影响的大小而言，戏曲都要超过话剧，这就形成了现代文学史上又一个各说各话的暧昧地带。

最初的戏剧改良，是在传统戏曲形式上力求脱胎换骨，点石为金的。1902年（光绪二十八年），梁启超在《新民丛报》创刊号上发表传奇《劫灰梦》，"以中国戏演外国事"，抒发国家兴亡感慨，成为戏剧改良之先声。1904年（光绪三十年），陈巢南等人创办了近代第一个戏剧刊物《二十世纪大舞台》，"以改革恶俗，开通民智，提倡民族主义，唤起国家思想为唯一之目的"[1]，柳亚子作《发刊词》，高举"梨园革命军"大纛，呼吁"建独立之阁，撞自由之钟，以演光复旧物推倒虏朝之壮剧、快剧"。报刊上这些传奇杂剧大多不适宜上演，只不过是新进观念的宣传品。林纾初译莎士比亚的《亨利四世》，也译成了小说，并未能在中国发现相应的文体形式。自觉从域外移植话剧，始于1907年，因而这一年被视为中国早期话剧的诞生年。1907年7月，曾孝谷、李叔同等留日学生组成"春柳社"在东京演出"文明新戏"，包括法国名剧《茶花女》第三幕，及曾孝谷根据美国斯陀夫人的小说《汤姆叔叔的小屋》改编的《黑奴吁天录》。标志着中国现代戏剧发端的这些剧本，当然与林纾翻译的同名小说有深刻关系，"盖非仅悲黑人之苦况，实悲我四百兆黄人将为黑人续耳"[2]，以此激起国人强国保种之心。翻译文化的政治学，由此植入了早期话剧的肌理。

"话剧"名称来自洪深。1928年4月，曾在哈佛大学师从贝克（George Pierce Baker）教授攻读戏剧的洪深，率先以"话剧"一词命名这种新体戏剧，并于次年撰写《从中国的"新戏"说到"话剧"》一文，认为"话剧是用那成片段的，剧中人的谈话所组成的戏剧"，"话剧的生命就是对话"[3]，遂使"话剧"名称，沿用

---

[1] 陈去病、汪笑侬：《简章》，《二十世纪大舞台》1904年第1期。
[2] 灵石：《读〈黑奴吁天录〉》，《觉民》1904年第7期。
[3] 洪深：《从中国的新戏说到话剧》，为马彦祥著《戏剧概论》序，上海光华书局1929年版，第1页。

至今。洪深在《少奶奶的扇子》上率先取得成功；1934年以后，毕业于清华大学西洋文学系的曹禺（万家宝）接连发表《雷雨》《日出》《原野》《北京人》，标志着话剧文学样式的成熟。自此开启了曹禺与梅兰芳在书写戏剧史的双轨并行的时代。

对于双轨并行，以往的现代文学史只讲现代话剧一轨，删除和遮蔽戏曲一轨，遂使无比丰富的中国现代戏剧表演形态，成了"瘸腿"的角色。其实，从大文化的眼光来看，中国戏曲包括京剧、地方戏曲，及傩戏、傀儡戏、皮影戏，作为"国粹"，既是人类艺术的奇珍异卉，又以喜闻乐见的形式为全国各地民众陶情悦性，自娱自乐。许多戏曲各有其独特的表演形态和艺术魅力，众木成林，根深叶茂，是中国文化中一种充满活力的重要的艺术景观和重要的表现形式。尤其在20世纪，戏曲虽然受外来的现代娱乐方式的冲击而出现波折，但依然名家辈出，其社会文化影响往往超越话剧作家而别具风神。比如京剧名家梅兰芳，与程砚秋、尚小云、荀慧生并称"四大名旦"，梅兰芳居其首位。其代表性名剧《天女散花》《宇宙锋》《霸王别姬》《贵妃醉酒》，常演不衰，在国内外享有"伟大的演员"和"美之化身"的崇高声誉。此外如京剧中的周信芳、越剧中的袁雪芬、豫剧中的常香玉、黄梅戏中的严凤英、粤剧中的红线女、评剧中的新凤霞，都在戏曲表演上推陈出新，名满天下。但是，戏与人的遭际，因政治的粗暴而凋零，有时也令人感到满目残阳，一抹沧桑。

在艺术风神上，尤其值得称誉的是经过梅兰芳等名家改造的京剧，将"唱念做打"的综合美学方式处理得极有韵味，虚实相生，形神兼备，使间离与共鸣相贯通的效应震撼人心。其脸谱、服装、音乐、舞美所体现的写意性的表现程式，突破时空限制，超越形似而追求神妙。虚拟式的动作，虚拟式的布景，又造成一个与实际生活面目相去甚远，却富有意境美和象征性的舞台艺术世界。表演时既习得、又超越"程式化"，而出现带有流派风格的

"化程式"，声遏流云，腰姿曼妙，顾盼生辉，载歌载舞地刻画着经过精心体验的人物形象，打破了话剧艺术对生活逼真模仿的方式，彰显着动人心弦、发人遐思的象征意蕴。这种以演员为中心的综合艺术，往往"戏随人走，景随人迁"，在突出程式化的、写意性的形式美，及其特异的脸谱做派，音乐唱腔诸方面，都沉积着丰厚得令人陶醉、令人痴迷的中国趣味。从人类戏剧的历史渊源和表现形态上说，中国戏曲以其悠久的历史和独特的演艺，堪与古希腊悲喜剧、印度梵剧，并称为人类历史上三大古剧。从其表演体系上说，一般认为，以梅兰芳为代表的中国戏曲表演体系，与苏联戏剧家斯坦尼斯拉夫斯基（Konstantin Stanislavsky），德国戏剧家布莱希特（Bertolt Brecht）的表演体系，并列为世界戏剧三大表演体系。仅此而言，就足以使我们的现代文学史有责任记录这份"国宝级"的艺术奇葩。

中国戏曲表演的虚拟性和程式性，实质上是某种意义上的"戏曲的格律化"，是与中国近体诗的格律化处在相似的审美心理导向之中。它以格律或程式，"戴着镣铐跳舞"，舞出一种类乎皮影戏的动作蹦跳感的"咯嘣嘣"的象征性；行头脸谱有意味的夸张，又表现出了类乎傩戏的原始视觉震撼感。这是一种融合原始性、古典性、浪漫性、超越性的现代艺术形态。这就需要反思为何在我们大谈"现代性"的文学史的时候，对这种比"现代性"还"现代性"的艺术方式的认知，还停留在"五四"时期的水平了。正如我曾经质问的那样：谈论建筑学，我们赞美北京的紫禁城、颐和园、天坛，惋惜古老城墙的拆毁，并不一味地称许拔地而起的西式高楼大厦。那么，为何在谈论戏剧时，却采取双重标准，大谈话剧或实验剧的卓越开新，而对声遏流云的戏曲，却转开那张高傲的脸呢？学科的藩篱，容易使人的知识贫血。如果不是将眼光局限于狭隘的单维度，而是多维兼容，那么就会发现，现代中国戏剧，一方面既是血脉绵长，另一方面又是新潮奔涌，其丰富性和原创性，在世界范围内都堪称奇观。如果文学史将这些该写的都写进来，不做那种删除奇观，流于贫乏的傻事，那又何尝不是更有魅力，更可涵养心灵呢！

生活世界往往比观念世界，具有更多的鲜活性或灵活性，荡漾着更多的生命趣味。比如说，话剧艺术大家曹禺，自小就被传统戏曲逗得开怀大笑，他并不像某些研究者那样，唯恐沾污自己纯粹的"现代性"而远离戏曲。从他的传记和对话录就不难发现，少年曹禺常被酷爱戏剧的继母，带去观看京剧、昆曲、河北梆子、山西梆子、唐山落子和文明戏，十分欣赏文明戏丑角"秦哈哈"的绝妙演技，由此植下了喜欢戏剧的审美趣味。曹禺在清华大学学西洋文学，自然嗜读西洋名著，如古希腊悲剧、莎士比亚、萧伯纳、奥尼尔、契诃夫的戏剧，在写《雷雨》之前已读过几百个剧本；但他喜欢京剧、评弹和鼓词这种说唱艺术，隔三岔五地与二三好友，兴致勃勃地到北京广和楼看京剧，到天桥听曲艺。他看待文学的传统与现代性，不是采取非此即彼的二元对立分割的态度，而是采取多元汲取、相互融合的态度，为其话剧创作作了深厚的文化素养和审美形式上的准备。真是无巧不成书，曹禺最后的夫人是京剧名旦李玉茹，曾师承王瑶卿、梅兰芳、程砚秋等名家。李玉茹的弟子、国家京剧院二团团长邓敏回忆说："我是1994年跟李玉茹学戏，当时曹禺正在住院，她从早上四点多钟就开始给曹禺做饭。我学的是梅派《贵妃醉酒》，她教得特别细致。有时，曹禺就在旁边看她教我，无论李玉茹说什么、唱什么，他都表现得特别爱听，总是附和'说得对，唱得真好。'"[①] 在中国话剧、戏曲二分的体制中，曹禺早就超越间隔，实行"一家两制"了。而某些以学术前沿自居的学者，却非要实行"两制"分家，才承认具有"现代性"。现实中的文学艺术的现代性，与纸面上用

---

① 《曹禺夫人京剧名旦病逝》，《羊城晚报》2008年7月13日。

了许多外来术语修饰的现代性，竟然成了两层皮，这就是理论的吊诡。

这种理论的吊诡，自然可以溯源于"五四"。从1917年至1919年，《新青年》几乎每期都在随感录或其他文章里讨论旧戏，1918年10月还刊发了"戏剧改良专号"。与之相呼应，1919年1月北京《晨报》也始辟"剧评"栏。新文化运动者以进化论的尺度作中西比较，将传统戏曲称为"旧剧"，西方戏剧称为"新剧"。陈独秀、胡适、周作人、钱玄同、傅斯年、刘半农均痛斥旧剧之低劣、野蛮。钱玄同指出："如其要中国有真戏，这真戏自然是西洋派的戏，决不是那'脸谱'派的戏，要不把那扮不像人的人，说不像话的话，全数扫除，尽情推翻，真戏怎么能推行呢？"[①]周作人则从"人的文学"的标准，直斥淫杀、皇帝、鬼神、灵学四类旧戏，都有害于世道人心，没有存在的价值，认为"从世界戏曲发达上看来，不能不说中国戏是野蛮的"[②]。这股风潮，为西方戏剧如易卜生的问题剧传布的合理性，造足了舆论。

然而，在新文学家中，也并非总是"两制分家"，在不同的场合，也出现过对话剧、戏曲二元分割体制的打破。20世纪早期的陕西易俗社，就是一个典型。易俗社，原名"陕西伶学社"。1912年7月1日，陕西同盟会会员李桐轩、孙仁玉等163名热心戏曲改良的社会知名人士，在西安创建了我国第一个集戏曲教育和演出为一体的新型艺术团体——陕西易俗社。该社以"辅助社会教育，启迪民智，移风易俗"为宗旨，按照章程，由社员民主选举主要领导成员，并规定任期。设立评议部、编辑部、学校部、训练部，招收少年学员，先学初小、高小课程，后入"文史进修班"，给达标者颁发毕业证。于此基础上再学六年戏曲专业，给合格者颁发戏曲专科学校毕业证书，从事戏曲演出。易俗社将文化

---

① 钱玄同：《随感录》，《新青年》1918年第5卷第1号。
② 周作人：《论中国旧戏之应废》，《新青年》1918年第5卷第5号。

教育、戏曲训练、演出实践相结合，培养了许多戏曲人才，创作和演出了一批优秀剧目，对戏曲改良起到了示范作用。1924 年 7 月 14 日至 8 月 4 日，鲁迅应西北大学的邀请到西安讲学，由浙江绍兴人氏、时任陕西省财政厅股长吕南仲（1882—1927）等人，邀请到易俗社看戏五场，看了吕南仲编的《双锦衣》前、后本，称赞"吕南仲以绍兴人从事编著秦腔剧本，并在秦腔中落户，很是难得"[1]。鲁迅题"古调独弹"匾额相赠，并将在西安讲学的酬金 50 元大洋捐献给易俗社。鲁迅化用了唐人刘长卿《听弹琴》诗"古调虽自爱，今人多不弹"句，推许秦腔之古雅，独弹之难得，可见他是从幽幽古调联想到汉唐之音的。

鲁迅不仅赞誉秦腔之古调，而且赞誉绍兴目连戏的民间刚健趣味和幽默情调，并从其鬼趣中录下了不朽的《无常》和《女吊》。其实，比鲁迅写回忆散文《无常》略早，1925 年 2 月周作人就写了《谈"目连戏"》一文。谓："吾乡有一种民众戏剧，名'目连戏'，或称曰《目连救母》。每到夏天，城坊乡村酿资演戏，以敬鬼神，禳灾厉，并以自娱乐。所演之戏有徽班，乱弹高调等本地班；有'大戏'，有目连戏，末后一种为纯民众的，所演只有一出戏，即《目连救母》，所用言语系道地土话，所着服装皆极简陋陈旧，故俗称衣冠不整为'目连行头'，演戏的人皆非职业的优伶，大抵系水村的农夫，也有木工瓦匠舟子轿夫之流混杂其中，临时组织成班，到了秋风起时，便即解散，各做自己的事去了。"[2] 对于其表演方式，又云："计自傍晚做起，直到次日天明，虽然夏夜很短，也有八九小时，所做的便是这一件事；除首尾以外，其中十分七八，却是演一场场的滑稽事情，算是目连一路的所见，看众所最感兴味者恐怕也是这一部分。乡间的人常喜讲'舛辞'（俗云 eengwc）及'冷语'Sccngwc，可以说是'目连趣味'的余

---

[1] 孙伏园：《鲁迅与易俗社》，《人民日报》1962 年 8 月 14 日。
[2] 周作人：《谈龙集·谈"目连戏"》，河北教育出版社 2002 年版，第 79 页。

流。"对于此类民间表演,周作人的评价是:"这些滑稽当然不很'高雅',然而多是壮健的,与士流之扭捏的不同,这可以说是民众的滑稽趣味的特色。我们如从头至尾的看目连戏一遍,可以了解不少的民间趣味和思想,这虽然是原始的为多,但实在是国民性的一斑,在我们的趣味思想上并不是绝无关系,所以我们知道一点,也很有益处。还有一层,在我们所知道的范围以内,这是中国现存的唯一的宗教剧。"① 这种戏剧观,突出民间趣味,具有文化人类学的倾向。由此周作人反省自己批判旧剧的主张:"眼光太狭窄,办法也太暴虐了……旧剧是民众需要的戏剧,我们不能使它灭亡,只应加以改良使其兴盛。"② 当新文学家开始反省自己的眼光,从而拓展文化视野的时候,他们发现了许多需要对其价值特征进行重新阐释的模糊地带。模糊是意义丛集之所,经过认真地解码,可以发现直通人心或民性的文化人类学渠道。

　　戏曲的文本在写作、传播、接受上需要民间公共空间,因此与文言诗词写作所需的体制支撑存在着差别。戏曲的运行体制不是孤立的,可以反过来制约文本的构成和表演的形态。写明书名的"戏曲卷",如此描述民国初年上海戏曲运行体制:上海戏曲市场主要包括演出机构,即茶园形式的剧场。而随着都市文化娱乐的兴起,一批稳定的属于新兴市民阶层观众群嗜好以审美娱乐为兴趣中心,往往注重热闹和装扮,与北京观众的内行知音、专业精深迥然不同。1928年9月14日《申报》揭载《天蟾舞台今夜开演封神榜》的广告文字,夸说"其艺员行头,以至跑龙套者,均彻底更新,共费三万余金"。1934年8月11日《申报》刊出《红羊豪侠传》的海报,谓:"全剧不用一件旧行头,所有登台演员服装全部新制,中国戏剧界从未有过这种大耗费。"可见热闹俗

---

① 周作人:《谈龙集·谈"目连戏"》,河北教育出版社2002年版,第80—81页。
② 周作人:《艺术与生活·中国戏剧的三条道路》,上海文艺出版社1999年版,第46页。

艳，是其舞台的流行色。甚至如《狸猫换太子》的广告语称"壁上现魁星，电影剥狸猫，池中出土地，婴儿变蟠桃"；《火烧红莲寺》广告夸饰"所采神秘机关布景，悉由邓脱、吉佛罗诸大魔术家之魔术秘本中得来，奥妙玄秘，令人莫测"，以此招徕喜欢猎奇的观众。

上海戏曲舞台大胆追求新奇性、故事性元素，大量连台本戏和新奇题材的剧目被搬上舞台，客观上丰富了戏曲艺术的演出手段。又由于过分强调票房，赚取更大利润，许多演出剧场迎合观众的低级的或猎奇的趣味，使艺术品格卑下，甚至暴力血腥、黄色下流的剧目充斥舞台。连京剧武生盖叫天都发感慨："那时候，上海有电影，有话剧，有魔术，有飞车走壁，有新式歌舞，还有'红绿眼睛'。舞台上灯光布景，五颜六色，全是新鲜玩艺。我寻思：要是老靠着这一只桌子，两把椅子和一张幔子，不是太单调了吗？光是站在台上死唱，老是靠蛮力硬翻、傻打，行吗？"① 20世纪二三十年代，上海京剧市场在经营体制、观众阶层、演出场所等方面都被充分地商业化了。演出业的经营组织，采用"班园一体制"。从茶园时代开始，就形成了自组班底、戏班与戏园合一、邀角儿演出的经营体制。戏班和戏园统一由一个老板管理，老板掌握戏园、班社的经济、人事、艺术生产，一切演员受雇于老板，长期聘请一部分演员为班底作日常演出，名演员则是短期聘用。名角儿成了共用资源，这有助于市场资源分配和流通，也能让各自剧场的经营保持随机应变的活力，为海派的产生，提供了经营体制上的资源。

经由海派的反衬，京派在保持自身的典雅特质时，也有所改良。京剧是1790年"四大徽班"进京，几经融合，逐渐取代了昆剧而形成的新剧种。梅兰芳描述清末民初京剧演出情景说："那时

---

① 盖叫天自述，沈祖安等记录整理：《燕南寄庐杂谈——盖叫天淡艺录》，中国戏剧出版社1986年版，第42页。

观众上戏馆，都称听戏。如果说是看戏，就会有人讥笑他是外行了。有些观众，遇到台上大段唱工，索性闭上眼睛，手里拍着板眼，细细咀嚼演员的一腔一调，一字一音。听到高兴时候，提起嗓子，用大声喝一个彩，来表示他的满意。"① 梅兰芳演出始于北京，大名则爆得于上海。1913年11月第一次赴沪演出，令观众和媒体如痴如醉，称誉其为"独一无二天下第一青衣"。此后10年间又4次来沪，掀起一浪又一浪的"梅兰芳热"。同时他亲眼看到文明戏和改良新戏深受观众欢迎，深入领略了"海派"艺术的风采。这成了他改革京剧的诱因："二次打上海回去，就更深切地了解了戏剧前途的趋势是跟着观众的需要和时代而变化的。我不愿意还是站在这个旧的圈子里不动，再受它的拘束。我要走向新的道路上去寻求发展。"② 他通过新编或改编剧目，创造了许多精美的京剧舞蹈语汇。神话剧如《嫦娥奔月》《天女散花》《麻姑献寿》《洛神》，都以舞作为主要表演手段。《黛玉葬花》的花锄舞、《思凡》的拂尘舞、《西施》的羽舞、《霸王别姬》的剑舞，也构成了人物抒情的重要段落。当梅兰芳的手势和身段被誉为"世间最美的手势和身段"之时，他就在婀娜多姿中生发出精彩的神秘，使表演剧场大大超过了文学剧场。他也就把原本的重"听戏"改革为同样重"看戏"，或者"听看兼美"了。中国戏曲作为东方艺术精神的载体，也就焕发出光彩夺目的魅力了。

与上海洋场的商业运营机制不同，20世纪40年代延安的红色戏剧的运营机制，以现代政治为杠杆而撬动民间歌舞资源，杠杆强劲而资源丰厚。秧歌剧由此在延安文艺中挂了头牌。这就使得讲延安文艺，不能按照文学概论中的诗歌、小说、戏剧、散文的

---

① 梅兰芳、许姬传、许源朱：《舞台生活四十年：梅兰芳回忆录》第一集，团结出版社2006年版，第25页。

② 梅兰芳、许姬传、许源朱：《舞台生活四十年：梅兰芳回忆录》第一集，团结出版社2006年版，第235页。

四分法顺序去讲，而应该首先讲在"工农兵文艺方向"下产生了"秧歌剧"和"新歌剧"，如《夫妻识字》《兄妹开荒》《小二黑结婚》《血泪仇》《白毛女》等，采取民歌和戏曲的套数编演革命的歌词，在剧情和民众之间产生强烈的精神回响。影响较大的秧歌剧目有《兄妹开荒》《夫妻识字》《小放牛》《军爱民，民拥军》《钟万财起家》《刘二起家》《赵富贵自新》《刘海生转变》《张丕谟锄奸》《王德明赶猪》《牛永贵挂彩》《刘志丹》《春天里》《边区军民》《种棉秧歌》《打花鼓》《减租》《女状元》《一朵红花》《二媳妇纺线》《栽树》《动员起来》《好纱织好布》《小姑贤》《夫妻逃难》《夫妻拜年》等，剧目林林总总，表演因地得宜，剧风生动活泼。1943年春节，在延安演出《兄妹开荒》，出现了"十室九空觅无人，为看秧歌倾半城"的情境。在1943年春节至1944年上半年一年多的时间里，秧歌剧创作并演出了300多个剧目，观众达800万人次，遂将文艺的政治效应发挥得风风火火，淋漓尽致。

更大的创获，是1945年的新歌剧《白毛女》。它演绎和改造了河北省平山县乡村的"白毛仙姑"民间传说，由延安鲁迅艺术学院集体创作，贺敬之、丁毅执笔，从中升华出"旧社会把人逼成'鬼'，新社会把'鬼'变成人"的主题。音乐上采用了包括河北民歌"小白菜"在内的民歌、小调和地方戏曲的曲调，将民间小戏的泥土味与西洋歌剧注重人物性格刻画的表现方式相结合，成功创作了一部散发着草根味的中国式民族歌剧，使其成为新秧歌运动中具有里程碑意义的杰作。该剧在延安演出30多场，受到热烈欢迎，每演至精彩处都掌声雷动，每演至悲哀处，台下都一片唏嘘；有人在六幕演出的始终，泪眼涟涟不绝，甚至有一名战士竟冲上台去要杀剧中地主黄世仁。真所谓"翻身人看翻身戏"，台上台下情绪激昂，意气交融。京剧的改革，也走上政治驱动的轨道。1938年7月7日为纪念抗战一周年，延安鲁迅艺术学院创作了新编京剧现代戏《松花江上》，编剧王震之以"旧瓶装新酒"的方式，借用旧剧目《打渔杀家》的人物结构，演绎抗日故事，描写松花江畔的渔翁赵瑞，因不堪忍受日本侵略者的欺凌，带领群众拿起武器打击敌寇。阿甲饰渔翁赵瑞，化用了《打渔杀家》中萧恩的形象，江青饰演女儿桂英，齐燕铭为渔民齐唱的《折桂令》写唱词并教唱曲调，兼吹笛子，化妆、服装采用了符合人物身份的话剧式的现代服装。如此将传统戏曲的形式与现实生活相融合，追求戏曲艺术的生活化，是京剧改革贴近现实政治的一种尝试。

20世纪下半叶，国家体制翻天覆地的变动，以及政治对戏曲艺术的改造和规约，牵动了戏曲生存的总体格局，导致戏曲创作和表演的大起大落，出现了戏曲命运上改制、摧折和复兴的惊涛骇浪。中华人民共和国成立初期，全国有近400个剧种。1951年春，以梅兰芳任院长的中国戏曲研究院在北京成立，毛泽东亲笔题词："百花齐放，推陈出新。""百花"是指众多剧种及各剧种的丰富剧目，"推陈出新"是指改革的方向，而新陈之辨还存在着不少允许创造性的模糊空间和弹性。1952年秋冬之际，北京举办"第一届全国戏曲观摩演出大会"，这种国家文化行为，就是遵照毛泽东的这个文学政治学的思想开展的。"参加会演的有京剧、评剧、河北梆子、晋剧、豫剧、秦腔、眉户、越剧、淮剧、沪剧、闽剧、粤剧、江西采茶戏、湖南花鼓戏、湘剧、汉剧、楚剧、川剧、滇剧、曲剧、桂剧、蒲剧、昆曲等23个剧种的37个剧团，参加演出的演员1600多人，共演出82个剧目，其中传统剧目63个，新编历史剧11个，现代戏8个。"[①] 这是百花齐放的体现。京剧名角如梅兰芳等演出《贵妃醉酒》，程砚秋等演出《三击掌》，尚小云等演出《汉明妃》，荀慧生、筱翠花等演出《樊江关》，

[①] 张庚主编：《当代中国戏曲》，当代中国出版社1994年版，第38页。

引导着观摩演出的风气。地方戏名角如李桂云等演出河北梆子《春秋配》，李忆兰等演出评剧《女教师》，新凤霞、赵连喜、赵丽蓉等演出评剧《打狗劝夫》，徐玉兰、王文娟等演出越剧《西厢记》等，都显示了精湛的传统技艺。越剧《梁山伯与祝英台》、评剧《小女婿》、沪剧《罗汉钱》、川剧《柳荫记》、京剧《将相和》、淮剧《王贵与李香香》、越剧《西厢记》、楚剧《葛麻》、秦腔《游龟山》获剧本奖；京剧《雁荡山》、越剧《梁山伯与祝英台》、评剧《小女婿》、京剧《三岔口》获演出一等奖。从获奖剧目可知，观摩演出所体现的推陈出新，展示了相当大的继承和创造的空间。

随着政治上阶级斗争之弦的紧绷，戏曲艺术空间愈益紧缩，这在1964年6月5日至7月31日，由周恩来倡议，在北京举行的全国京剧现代戏观摩演出大会上，已经体现得相当明显。观摩演出，本意是对全国各地的京剧改革成果进行一番集中的检阅，参加这次观摩大会的有文化部直属单位和18个省、市、自治区的29个京剧团，演出了38台表现现代生活的"现代戏"，可谓盛况空前。观摩演出悬置了传统剧目，突出了"现代戏"，可以感受到当时意识形态的动向。革命样板戏的发生，就是对这些"现代戏"进行挑选、加工、著作权篡改和价值包装的结果。"文化大革命"中的1967年5月，北京、上海开展纪念《在延安文艺座谈会上的讲话》发表二十五周年的活动，"中央文化革命小组"的主要成员陈伯达、姚文元发表讲话，高度评价"京剧革命""样板戏"的意义，以及江青在"京剧革命"中的地位和作用，吹捧江青"一贯坚持和保卫毛主席的文艺革命路线。她是打头阵的。这几年来，她用最大的努力，在戏剧、音乐、舞蹈各个方面，做了一系列革命的样板，把牛鬼蛇神赶下了文艺的舞台，树立了工农兵的英雄形象"，"成为文艺革命披荆斩棘的人"，称她"所领导和发动的京剧革命、其他表演艺术的革命，攻克了资产阶级、封建阶级反动文艺的最顽固的堡垒，创造了一批崭新的革命京剧、革命芭蕾舞剧、革命交响音乐，为文艺革命树立了光辉的样板。"① 同月 31 日《人民日报》刊发社论《革命文艺的优秀样板》，明确地将京剧《智取威虎山》《海港》《红灯记》《沙家浜》《奇袭白虎团》，芭蕾舞剧《红色娘子军》《白毛女》，交响音乐《沙家浜》并称为八个"革命样板戏""革命现代样板作品"。

旧传明末清初的戏剧家李笠翁写过一副对联："人生两演员，天地大舞台。"人生舞台上只有两个演员：一个男人，一个女人。如果把天地看作大舞台，那么人类就是俳优，人人都是戏子，都在演戏与看戏，历史也就成了悲欢离合的大戏剧。当"四人帮"以"国家的仪式"赋予"样板戏"以国家意义的时候，全民族都被当成受愚弄的戏子。这里存在着政治对审美的扭曲和撕裂，但也存在着审美对阴谋政治的反抗和剥离。"样板戏"的制作耗 10 年之功，倾一国之力，既凝结了诗人闻捷、作家汪曾祺等人锤字炼句的心血；又融汇了交响乐、钢琴伴唱和管弦乐队上李德伦、殷承宗、于会泳之功力才情；而且在视觉造型、审美风格、人物塑造、音乐设计上，在唱腔、伴奏、表演、服装和舞台设计上，也都付出了精益求精的切磋琢磨。它们在艺术形式的创新和精致程度上，并非没有建树。然而所有这些艺术付出，受"左"的邪门的政治的钳制，都服务于"三突出""高大全"的反美学原则。这就使得"样板戏"成了 20 世纪中国文艺史上一个既极有亮点，又极其复杂、极其荒谬的文化现象，以极度政治化的"国家的仪式"，将本应成为艺术精品的戏曲扭曲成为政治强奸艺术的典型。

改革开放打破了样板戏统治戏曲创作和演出的禁锢局面，各种文艺团体、各种曲艺方式都获得创新的自主权利，从多种层面

---

① 《陈伯达、姚文元的讲话》，《人民日报》1967 年 5 月 24 日。

上重启百花齐放的戏曲生机。改革开放初期组织戏曲会演的国家行为，是在北京举办的中华人民共和国成立30周年的大规模文艺献礼演出活动。从1979年1月到1980年2月，各级文艺团体128个参演，演出了137台931个剧（节）目，其中戏曲30台，话剧61台，其余为歌剧、舞剧、歌舞剧、音乐舞蹈、曲艺、杂技和木偶戏，在艺术门类上可谓舒展根系，连通地气。而且把戏曲和话剧作为重要门类并列演出，实际上已经打破了所谓旧戏、新戏分家的文学格局。除了《陈毅出山》《八一风暴》《江南一叶》《丹心谱》等话剧之外，戏曲剧目有秦腔《西安事变》、京剧《南天柱》《一包蜜》、越剧《报童之歌》《三月春潮》、柳琴戏《小燕和大燕》等现代戏；有莆仙戏《春草闯堂》、豫剧《唐知县审诰命》等传统戏；有越剧《胭脂》、京剧《司马迁》、绍剧《于谦》、川剧《卧虎令》、吕剧《姊妹易嫁》等新编历史剧；还有反映少数民族历史生活的黔剧《奢香夫人》等，剧种、剧目类型、表演形式都冲破拘束，变得丰富多彩。

代表中华人民共和国30周年，尤其是五六十年代戏曲艺术成就的剧目，主要有黄梅戏《天仙配》、昆剧《十五贯》、越剧《梁山伯与祝英台》《红楼梦》、京剧《白蛇传》、评剧《刘巧儿》等。越剧《梁祝》富有青春浪漫气息，以悲喜交融的风格表现人情美和人性美，尤其是离情依依的"十八相送"，语意双关，咀嚼着"错位的甜蜜"而含情脉脉；祭坟化蝶的风雨雷电，雨霁彩虹映衬下梁祝化蝶，蹁跹飞舞，把悲欢离合之情抒写得悲郁而瑰丽。此剧拍成彩色影片后，在全国上映时引起了轰动，1954年周恩来带到日内瓦，感动了各国使节及喜剧大师卓别林，称为"中国的罗密欧与朱丽叶"。《十五贯》是浙江昆剧团1956年推出的新编剧目。毛泽东、刘少奇在中南海怀仁堂观看后，称《十五贯》是一出好戏，要在其他剧种中推广。周恩来称赞："浙江办了一件好事情，一出戏救活了一个剧种。"田汉就执笔为《人民日报》写了《"从一出戏救活一个剧种"说起》的社论。《十五贯》剧组进京,于1956年4月10日至5月27日演出了46场,观众达7万余人。①

　　改革开放给戏曲界注入了强大的思想解放的活力,刺激了形式探索的兴趣。戏曲作家打破了"老戏老演""老演老戏"的局面,写出了一批运用夸张、变形、隐喻、象征、讽喻、穿越,以及意识流、荒诞化等现代主义的手法的戏曲。继京剧《司马迁》《徐九经升官记》、莆仙戏《新亭泪》之后,《巴山秀才》《潘金莲》《曹操与杨修》《南唐遗事》《山鬼》《秋风辞》《骆驼祥子》等戏曲杰作,无不表现出强烈的现代性,甚至后现代性的追求。岳阳陈亚先的《曹操与杨修》,通过曹操与杨修由"惜才"到"忌才"的戏剧冲突,触目惊心地发掘了人性的复杂性和多重性。剧中的曹操和杨修堪称一代俊杰,他们以拯民济世为己任,二人相见恨晚,本应惺惺相惜,同舟共济。赤壁大败后,沉雄大度的曹操为了重振雄风,迫不及待地招揽天下贤士,甚至将千金之女下嫁杨修。却因敏感多疑,虚伪与诡诈,非要与杨修比个高低输赢,争个鱼死网破,你死我活。在卑劣小人公孙涵的挑唆下,杀死立下奇功的孔闻岱,又妒忌杨修的绝顶聪明,恃才狂傲,憎恶他擅传将令调兵,反目成仇,杀之以绝后患。两个聪明绝顶的人,互相消耗,互相损害;能够指挥雄兵百万、所向披靡的曹操,竟不能战胜自我弱点,可怜天地悠悠,心海波涛,酿成了一出令人扼腕兴叹的人性悲剧。

　　不可不提及的,还有有"巴蜀鬼才"之誉的魏明伦。他著有《易胆大》《潘金莲》《巴山秀才》《中国公主杜兰朵》《变脸》等川剧,在以怪诞引起创新的轰动效应上走得最远。魏明伦说,如果穿越文学作品是指故事主人公能跨朝越代穿越时空交流,那他创作的、上演于1985年的荒诞川剧《潘金莲》应该算是国内穿越

---

①　钱法成口述,徐忠友整理:《昆剧〈十五贯〉进京献演纪事》,《人民政协报》2014年11月13日。

剧的第一部。荒诞川剧《潘金莲——一个女人的沉沦史》,无论内容或是形式,都完全颠覆了传统的潘金莲,她不是千夫所指的淫妇,原是一个被侮辱、被伤害的弱女子,她杀夫偷情经历了从"天使"一步步沦落为"恶魔"、从无辜到有罪的心路历程,内心世界搅动着混乱、迷离、恍惚、疯狂等非理性的思绪。这种思绪状态,便于魔幻写实手法的介入,使西方安娜与东方潘金莲同病相怜。以荒诞手法组织时空形态,呼唤出武则天、安娜·卡列尼娜、吕莎莎、七品芝麻官、贾宝玉等人物跨越朝代和国界,纷纷现身于剧本中。剧作家说:"我是运用'满纸荒唐言,一把辛酸泪'的艺术辩证法写戏,以跨朝越国的'荒诞'形式,去揭示人与社会的密切关系,历史与现实的内在联系,现实与未来的必由之路。"[①] 安娜主张自我毁灭,劝潘金莲不要参与杀人,最好的结局是跟安娜一起去卧轨自杀,或者服用砒霜自杀。但武则天出场阻止潘金莲跟随安娜卧轨自杀,叫潘金莲休了男人或杀了男人。"可怜你是个老百姓,不似孤手掌大权。杀一个人有什么关系?我杀了千千万万的人,后代还是歌颂我的文治武功。我为了夺取政权,嫁祸政敌,亲手把我的小女儿扼杀在摇篮中!我为了保障政权,不仅处死了我的同胞姐妹和亲生儿女,我的御手还沾满了千万人的鲜血,可后代还是认同我的杀人道理,还是夸我功大于过。窃国者侯,窃钩者诛。你要是做了皇帝,别说杀一个窝囊丈夫,杀多少人都合法了!"[②] 这种不加掩饰的谵语狂言,抖落了历史的底牌,痛快淋漓,在强烈的论辩色彩上给人拍案叫绝的震撼感。

现代戏曲作品中,似乎有一个"潘金莲情结"。欧阳予倩1927年创作的京戏《潘金莲》,在南国社的"鱼龙会"上首演。

[①] 魏明伦:《我做着非常"荒诞"的梦——〈潘金莲〉遐想录》,《魏明伦随笔选》,光明日报出版社2004年版,第88页。

[②] 《两个鬼才:魏明伦和李宗吾》,《人民网·读书频道》2009年5月8日。

欧阳予倩自己扮演潘金莲，如此独白："他不爱我，我爱他，那只能由着我"，"只要自己信得过就得了"，"我很想糊涂得连自己都忘记；可是今生做不到了！"① 欧阳予倩笔下的潘金莲为自我而存在，强烈的"自我"意识，让我们听到了个性解放的声音，体现了"五四"人对以妇女解放、爱情自由为标志的个性解放的追求。魏明伦的川剧《潘金莲》规避了两性间的矛盾，却招呼中外文学和历史上的著名女流，辩论着妇女的生存和爱情的选择权问题，构成了一部"女性生存法典"。因此一时间全国几十个剧种 200 多个剧团演出魏明伦的《潘金莲》，海内外媒体纷纷发表评论，引发对家庭、婚姻、爱情、法制、道德，甚至古典文学解构问题的争论。剧作家想颠覆古典戏曲从晚清开始，出现了"角儿制"，即"演员至上，名角称王"的制度，而恢复了关汉卿、汤显祖、孔尚任时代的"编剧主将制"，形成"编导主将制"和"角儿制"结合，促成新时代戏曲的表演艺术和剧本文学双轨并行，比翼齐飞。② 这种意愿预示着梅兰芳体制的蜕变，及"后梅兰芳"时代的到来。它也呼唤着充分尊重中国戏曲的古典性、现代性、层次性，在此基础上积极营造多层次的民间生态，积极开拓戏曲良性发展的市场机制，在戏曲保护和创新中走出更多创新亮色和更加多样化的发展道路。

可以毫不夸张地说，20 世纪中国文学，是世界上阶段最曲折、层面最丰富、动因最复杂、地缘最参差、谱系最绚烂的文学。人们可以在其中找到雅俗动静迥异其趣的明灯幻镜，享受文化和智慧的愉悦，情感和趣味的熏陶。或者沉浸于别一个世界，听取历史的回音；或者感受现实的脉动，体验大地的震

---

① 欧阳予倩：《潘金莲》，《欧阳予倩全集》（第一卷），上海文艺出版社 1990 年版，第 78 页。
② 何亮、董颖：《"编剧制"与"角儿制"应比翼齐飞》，《光明日报》2005 年 5 月 20 日。

颤。这百年文学上承数千年的文化血脉，以潜在或显在的方式保存了许多审美精华和文化乡愁；又横通欧、美、俄、日、印的广阔的文学思潮和佳作，展开了九派茫茫的艺术探索和现代性的进取。这大概能够应和钱锺书所言："东海西海，心理攸同；南学北学，道术未裂。"① 作为文化存续和精神探索的结果，有人截取30年代文学的年轮，就发现文学在宣泄社会诉求中，形成左、右、京、海、俗五分格局。它们各具风骚，各自从不同的方向和角度推进中国文化包括文学的现代转型，汇入世界文学的总格局中。

从晚清、五四、延安讲话、中华人民共和国成立到改革开放，中国文学的转型不断地受政治推拥、激励、规约和摧抑，陆陆续续地输入了正负不一的能量，使文学或激流勇进，百花齐放，或浊流横溢，草木凋零。直至因地缘政治，形成大陆与港澳台地区的各具特色的文学流向和文学生态。文学体制也因之出现了民国框架、共和国框架和内地与港澳台框架，形成了文学在体制内、体制外的种种生产和传播形态。主流文学的排异功能，使通俗文学、旧体诗词、戏曲等传统文体，退居民间文化层面或私人写作层面，但它们依然顽强地彰显了传统文化根脉的发达，彰显了不同人群的生活情趣和精神家园，却又不能脱离商业运营而求得生存。少数民族文学的流脉贯穿百年、荡漾于各个地理区域，记录了族群社会如何告别过去和浴血新生，留下了对消逝中的古朴民风的眷恋之梦，留下了奇特民俗的魔幻观照下的自我，其文化寻根意识是相当浓郁的。如此丰富的文学流脉、层分和文体的齐头分进，错综为用，梦魂萦绕，对于研究者的全史意识、知识结构和分析综合能力的考验，是严峻的，全方位的。史学家钱穆概括中国文化特质云："中国人主通。"② 贯通就是尊重各种文化流脉

---

① 钱锺书：《谈艺录》，中华书局1984年版，第1页。
② 钱穆：《现代中国学术论衡》，岳麓书社1986年版，第249页。

和文化层面的特质,并破解这些流脉和层面的同中有异、异中有同的内在联系,全面展示它们各具千秋的生命过程。因此,无论忽略了哪一条流脉,或者轻视了哪一个层面,对于百年文学史的描述就只能是一种残缺的或虚妄的叙事,在残缺和虚妄的深处潜藏着无法克服的矛盾和扞格,使文学史成了一种省略了或遮蔽了历史存在之事实的人造神话。然而,"历史是一张可以被多次刮去字迹的羊皮纸,而文化则渗透在过去、现在、未来的时间之中。"[①] 文化点燃了历史的灵魂,照亮了人们以现在联系过去与未来的精神历程。在文化灯火的烛照下,文学事实和文学思潮的网状结构或立体交叉桥式的轨迹,波澜壮阔,历历在目,葳蕤动人,要求人文学者给出一个扎实而通达的中国说法,从现代中国文学的实际中生发出文化价值尺度,学术话语体系和精神谱系学来。如鲁迅所言:"无不刚健不挠,抱诚守真;不取媚于群,以随顺旧俗;发为雄声,以起其国人之新生,而大其国于天下。"[②] 文学史写作应该发出真诚刚健的"雄声",超越只写半部文学史的残缺的旧规,深入地发现文学全史的丰富构成、丰盈血脉和历史生命的丰厚见证,展示百年文学浴血新生的现代大国之梦的神采和风范。

[①] [法]让-弗·利奥塔等:《后现代主义》,赵一凡等译,社会科学文献出版社1999年版,第118页。

[②] 鲁迅:《坟·摩罗诗力说》,《鲁迅全集》第1卷,人民文学出版社2005年版,第101页。

附录　学术上的中国梦

——杨义教授访谈录

杨　义　戎　琦　刘景松

编者按：澳门大学讲座教授杨义著《文学地理学会通》，58万字，列入中国社会科学院学部委员专题文集，于2013年1月由中国社会科学出版社出版。该书分为总论编、地域文化编、民族文化编、中外论衡编、现代人文地理编五个部分，目的在于从各个角度展示作者对文学地理学的本质、内涵和方法的思考。其纵贯古今的学术视野和博大精深的学术体系，开创了文学研究"接地气"的全新局面，立即引起广泛关注，好评如潮。澳门大学社会科学及人文学院院长郝雨凡说："文学地理学是当今热闹的研究领域，杨义教授在此领域是重要的开拓者、奠基者、领先者。《文学地理学会通》充分展示了他在文学地理学方面的理论思考与研究实践，是他积年著述的结晶。"中国社会科学院文学所所长陆建德认为，杨义是天才式的人物，他的很多奇思妙想背后，是有深厚的学养支撑的。早在21世纪初，杨义就开始关心中国文学图志，对各种数据广为搜罗，不光对中国古典文学有创造性思考，对少数民族文学的研究也令人惊叹，他提出"边缘活力"，同时与国际接轨，使中国文学研究达到多维视角。杨义总是从积极的层面看待、研究中国文化资源，这也是构建中国梦最迫切需要的。

中国传媒大学文学院院长张鸿声对于文学研究接地气的问题深有体会。他认为，杨义是一个百科全书式的学者，他引入文学地理的理念，开拓了巨大的阐释空间。

戎琦：杨老师，您好！首先祝贺您新书《文学地理学会通》的出版，这已是您到澳门大学以来继"诸子还原四书"后又一部大作。曾记得年前您为新书的取名费了一番心思，最终取名为《文学地理学会通》，我想从内容上看，中华民族文化总体研究及吴文化、巴蜀文化、江河源文化的板块研究、先秦诸子研究、屈原诗学研究、少数民族文学研究、京海派研究等，是您数十年来学术代表作的"会通"，此外"会通"也是您文学地理学学术理路的精髓。您的文学地理学内容上打通古今，打通文献与口头传统，打通汉族与少数民族，打通文史哲，方法上会通文学、史学、地理学、民族学、家族学、文献学、简帛学等。我很想知道您这样富有魄力的学术理路的形成，能给我们谈谈吗？

杨义：新书出来前确实为取名费了一番心思，原想着叫《文学地理学论集》，有人建议叫《文学地理学：本质、内涵与方法》，经过反复思考，选定《文学地理学会通》这个书名。这似乎比较像个老学者著作的书名，平稳实在，不刻意求新求异，当然，"会通"一直是我做学问的方法论要义，文学地理学也是"会通之学"。如今不少大学尝试"通才教育"，似乎成功的不算多。研究当然要有宏通的眼光，但着手需要从一个个的专门之学开始，积累了多个专门领域的精深研究，如何相互贯通，思考相互间的通则，方能成为学有根底的通才。回顾我的读书和治学生涯，深感到我可能不是最聪明的，但确实是勤奋刻苦踏实的，就像农夫垦荒，用锄头一块接一块地将荒野开垦成良田。

我出生在广东电白农村，是家乡第一代小学生，在我以前连小学生也没有。有一天村里来了个穿白褂子的外乡人，将我们这些放牛的小孩从水塘里拉上岸，告知父母同意上学了。地主家一间老旧的厅房做了课室，上课时房梁上的白蚁灰直往下掉。后来用竹竿稻草盖了新教室，猪啊狗啊还会跑进课堂里乱窜，我的同学边上课边用脚踢猪。学校就一个老师，各科各年级都是他教，就一个课堂，常常是给这年级讲课，让那年级做作业。我就在这样的条件下读完了六年小学，考上县里第一中学。我谈不上有什么家学，父亲过去是佃农，有时当土医生。他半耕半读地上过两年私塾，会用古声古调背诵《千家诗》《古文观止》《论语》《孟子》，还吟哦着中医的"汤头歌诀"，这就是我最初的诗律学、音韵学。农村的孩子唯有刻苦读书才有出路，中学毕业我以广东省最好成绩考入人民大学新闻系。那时我们中学北大、清华，年年有人考上，唯独没有人考上过文科排在最前面的人民大学，而且新闻事业对于一个乡下中学生也笼罩着那么一层神秘的色彩，走南闯北，无冕之王。进了大学开始产生自卑心理，大城市来的同学，张口就是莎士比亚、普希金、托尔斯泰，农村来的我辈"多见树叶，少见书页"，数一数"说唐"里第一条好汉是李元霸，第二条好汉是裴元庆，第三条好汉是宇文成都还可以，土得很，闭塞得很，百般不如人。第一篇作文《解疙瘩》写的就是我要解开自卑的疙瘩。老师在走廊里对我说，你文笔这么好，不该有疙瘩。人有时候应该翻过一面看自己：我在多么差劲的学习条件下，高考成绩跟城里同学打个平手，岂不意味着我更有学习潜力？

我从贫困闭塞的广东农村，来到县城，再来到北京，视野一次次被打开，求知欲一次次被激发。大学遭遇"文化大革命"，但读书还是我的第一兴趣，不问文史哲经，《鲁迅全集》《资治通鉴》《资本论》等，都是我通读过的大书。校图书馆在停课闹革命的岁月处理过一些书，我花五毛钱买了三大卷《资本论》，一年通读下来，还做了厚厚的笔记，现在看来当然很幼稚了，但这些大书无形中给我的胸中增添了与人类最高智慧对话的气魄。大学毕业我被分配到燕山石化当工人，仍然没有放弃广博的读书爱好，当了一年车间工人后受组织分配办报，还写了一些报告文学，结集成册。那时候北大中文系到工厂开门办学，吴组缃先生住在车间一个小楼里，有一晚我去拜访他，他开口就夸奖有两篇报告文学，文笔非常好，在一个工厂里看到这样的文字，令人惊诧。我当时不敢向他表白，那是在下的习作。

"文化大革命"结束后，1978年第一次招研究生，我不敢报名，因为规定要交论文，我没有。还是一位学过近代史的同事约我一同报考，"报考又不要钱不要本，考一场有一场的考试经验"。要报考研究生，我才发觉自己不适合搞新闻，因为性格内向，不善交际，还是报考文学，文学研究比新闻学有更多的读书空间。于是报了唐弢先生的现代文学专业。我在人大读新闻系，现代文学是汪金丁、林志浩教授教的，在"文化大革命"前夕的课堂上，只讲了一个鲁迅，半个郭沫若，还有周扬的《文艺界一场大辩论》，谈不上有什么科班训练，只是读过一些书。幸亏唐弢先生出题，着重考察考生的思想能力、表达能力，出的关于鲁迅的题目又是大题目，我洋洋洒洒答了一大篇，因为《鲁迅全集》我是通读过的，年轻时记忆力好。如果第一届招研究生，我不报考；如果报考不是报在唐弢先生名下，杨义也就不是现在的杨义了。

我做的学问从来都是建立在大量的材料和实实在在的问题意识上的，并非事先预设个理论，到处去套，文学地理学同样如此。唐弢先生搞鲁迅和现代文学，极其重视原始报刊材料，他是开拓以报刊研究现代文学的第一人。但他招的研究生较多，做论文的时候，就请陈荒煤、吴伯箫、王士菁先生一同指导。王士菁先生是第一部《鲁迅传》的作者，1956年权威的《鲁迅全集》十卷本的主要编纂者。我的研究生论文研究鲁迅，就由王士菁先生指导，全面系统地阅读和梳理了鲁迅材料、晚清到五四的小说史脉络和主要报刊资料。我注意到鲁迅与越文化的关系，包括大禹文化、勾践文化，与越地有间接关系的嵇康思想文化，这在1978—1981

年就埋下了最初的文学地理维度。文学地理学不是我学问的全部，但确是我学问中非常重要的部分。文学地理学来自我做学问长期的摸索和积累。我在撰写《中国现代小说史》《京派海派比较研究》的20世纪80年代前中期，就开始注重用人文地理维度研究现代小说流派和地域群体。后来研究领域从现代文学转向古代文学，我觉得现代文学三十年太短了，不足以观出整个中国文学特性和发展进程，于是着手研究中国古典小说，有了《中国古典小说史论》，进而凭着对三千年中国叙事作品的熟悉掌握，参照对比西方叙事学作品和理论，总结中国叙事学理论，有了一部《中国叙事学》。

古典诗学方面，我著有《楚辞诗学》《李杜诗学》，注重从文化诗学、生命诗学、感悟诗学的角度研究经典，但也强调《楚辞》与长江文明，李白与胡地及长江文明，杜甫与中原文明的关系，以文学地理学的维度深化诗学解读。1998年，随着我出任社会科学院文学研究所和少数民族文学研究所两所的所长，我所面对的就不仅仅是中国文学贯通古今的资源，而且接触了大量的全国各地域、各民族的文学、文化材料，于是就提出了"大文学观"的命题予以整合。大文学观将长期被排除在中国文学研究主流之外的少数民族文学整合进来，重绘中国文学地图；大文学观兼顾了古代中国杂文学观的博学深知、融会贯通与20世纪中国纯文学观的严密性、科学性，把文学生命和文化生命沟通起来。可以说，"大文学观"和由此绘制完整的中国文学地图，是我学术上孜孜追寻的中国梦。为了使大文学观不至于凌虚蹈空，而回到脚踏实地，达到血肉丰盈、神采焕发的效果，就必要进行一番文学地理学的探索。现在有人说我是"学术上的成吉思汗"，不断地开疆拓土，打下一片阔大的学术版图。我觉得自己更像是"学术上的徐霞客"，徐霞客纵游全国南北山川、河源绝域，往往露宿于荒野，跋涉了罕有人迹的荒野岩穴。如清人钱谦益《徐霞客传》所说："其行也，从一奴或一僧、一杖、一幞被，不治装，不裹粮；能忍饥数日，能遇食即饱，能徒步走数百里，凌绝壁，冒丛箐，扳援下上，悬度缒汲，捷如青猿，健如黄犊；以崟岩这床席，以溪涧为饮沐，以山魈、木客、王孙、夔父为伴侣，论山经，辨水脉，终至还滇南，足不良行……丽江木太守偫糇粮，具笋舆以归故乡江阴。"因此做徐霞客是很辛苦的，我做文学地理学几乎把中国中原边疆、塞北岭表 200 多个文化遗址、作家故里走了个遍，收集了大量的地方文献。

戎琦：您在文学地理学原理上，主要的发现是什么？

杨义：文学地理学在本质上，乃是会通之学。要使中国文学接上"地气"，不仅要会通自身的区域类型、文化层析、族群分合、文化流动四大领域，而且要会通文学与地理学、人类文化学以及民族、民俗、制度、历史、考古诸多学科，要用文献材料，也要田野调查。土地是有一种"气"的，通过这种气与人进行生命交流，地气连通着人气。原始人类神话的创造，灵感来自它周围的天象气候、水文地貌。西部有昆仑神话，东方海滨有海上仙山的现象。燕瘦环肥，是受到楚风北上或关陇之风南下的影响。诸如此类的土地之气熏染着家族的传承和人群的前移。我强调文学地理学的三条思路，可以简化为整、互、融三个字。这三条思路所注重的，是深入区域之后，能够返回整体中寻找宏观意义；壁垒分割之后，能够在跨越壁垒上深化阐释的功能；交叉观照之后，能够融合创新。比如说我讲"文学中国的巴蜀地域因素"，讲"吴文化与黄河文明、长江文明之对角线效应"，都不仅仅就巴蜀论巴蜀，就句吴论句吴，而是将巴蜀文化、吴文化放到整个中华民族文化中去考察它的特点和重要性。再比如我转向中国古典诗学研究首先选择屈原的楚辞而不选择《诗经》，为什么？因为我是站在整个中华民族文化文明发生发展的高度充分认识到了长江文明的意义，如果没有长江文明，中原文明在游牧文明的撞击下，可能就像因黄河断流那样陷入中断的困境，中华文明保持了五千年川流不息，绵延不断，在于它拥有一个腹地，腹地中拥有黄河和长江，使这个文明在面对民族危机时有了广阔的回旋余地。黄河使中华文明生根，长江使中华文明成为参天大树。楚人对长江文明的开发，功不可没，而在诗学领域中，把长江文明引入中华文明发展总进程的，首功应归屈原。今日中国，尤其需要以中华民族文化共同体的整体性眼光，来考察一些具体的专门性问题，把博通和专精统一成一种可以同世界进行深层对话的学理体系。我的文学地理学就是这样一种学理体系，近年来在做的诸子还原也在输入这样一种学理体系，这对于从地理、民俗、家族等层面恢复诸子文本的生命，对于破解许多千古之谜，起到了相当有效的作用。

戎琦：说到深化意义阐释，说到您的生命还原法，让人联系到西方解释学，西方解释学与解构主义相逆，但对解释的主观性却有明确认识，您对中国的历史文化、先贤大哲的还原，还原的是哪种意义上的历史真相，抱着怎样的宗旨与态度？

杨义：历史当然不能够被全部的原封不动地还原，不要说几千年前的历史，就是今天我说的这一席话，这一个场景，出了门之后就不可能被原封不动地还原了。但是我们所要做的是尽可能地还原真实的存在，这是一种无限接近真实的向度，须要依据史料，须要把古人当成鲜活的生命，须要今人智慧的创造性参与。我的诸子还原重视从人文地理学的角度，叩问"诸子是谁"，"为何把书写成这样"，从发生学考察诸子思想产生的地域文化原因，还原诸子鲜活的生命与思想。这是研究诸子的发生学。比如庄子是谁？这个问题两千多年来没有弄清楚。细读《庄子》就会发现，庄子的家世蕴藏着三个未解之谜：庄子家贫，却"其学无所不窥"，在那个学在官府的年代，他的知识学养从何而来，如何发生？庄子身为卑微的漆园吏，有何资格面对王侯将相谈吐傲慢，又不受阻拦、驱逐？楚国作为一个一流大国，为何派二大夫到宋国,迎聘庄子这么一个小吏,还要委以重任?只有对庄子的家族身世进行深入考证,才有可能认识其文化基因从何而来,为何呈现出此种形态。这是我们进行还原研究的根本入手之处。我从先秦姓氏制度入手,发现宋郑樵《通志·氏族略》云:"以谥为氏。……庄氏出于楚庄王,僖氏出于鲁僖公。康氏者,卫康叔之后也。"又在"庄氏"以条下作注:"芈姓,楚庄王之后,以谥为氏。楚有大儒曰庄周,流过时尝为蒙漆园吏"。反观《史记·西南夷列传》:"楚威王时,使将军庄蹻,将兵循江上略巴蜀黔中以西。庄蹻者,故楚庄王苗裔也。"这就印证了楚国庄氏是以楚庄王谥号为氏的。楚庄王离庄子已经二百年,因此庄子属于楚国疏远的贵族。那么又因何居留宋国的蒙地?庄子出生前十几年,楚悼王任用吴起变法,吴起变法一条重要措施,就是将三代以上的疏远公族下放充实到新开拓的国土上,甚至降为平民躬耕于野。因而疏远公族对吴起积怨甚深,等到楚悼王一死,这些疏远的公族就聚众暴乱,大闹灵堂,射死吴起,也射中悼王的尸体,犯下灭门重罪,因而在楚肃王继位后,"论罪夷宗死者"七十余家。属于疏远公族的庄氏家族可能受到牵连,仓皇避祸,迁居宋国乡野。通过破解庄子家族身世,真切深入地解开了为何他能接受贵族教育、为何他能够面对诸侯将相开口不逊,为何楚国要请他去当大官,而他又不愿意;也解开了《庄子》中为何一写到楚国就灵感勃发、神思驰骋,心理空间似乎比宇宙空间还要无际无涯,那是他的家乡啊。

所以我说,面对我们的文化文明,我们要做的是有如考古学将出土陶片,按其形状、纹饰、弧度、断口加以拼装、弥合、复原为原本陶罐样式。复原后的陶罐尽管不与原来的陶罐一模一样,但是我们不能任由碎片散碎一地,甚至再将其砸成粉末。如果没有这种古器修复性的还原,远古陶罐就可能在博物馆里消失,文明可能顿失光彩。这是一种对本位文化积极的负责的态度,一个现代大国理应加强对自己文化文明的还原能力、阐释能力,而不能任凭文明之根"碎片化""空心化"。

戎琦：杨老师，听说您最近还将推出新作《论语还原》，并说从长远地看，这会是您全部学术生涯中最珍视的成果。我们知道很多学者到您这个年龄，学术生命力已经减退，人生中的学术高峰已然在青年或中年完成，但您很特别，姜是老的辣，愈益臻于佳境，真的是很鼓舞人心，成果也很让学界期待。在这儿您能给我们简单谈谈《论语还原》吗？

杨义：《论语还原》现在已经写了70多万字，不久可以付稿出版。在学术追求上，我仍然抱着这样一个理念，对于源远流长的中华典籍，应该有一份敬重、敬畏的情怀，进而以现代智慧和科学方法，还原其知识发生、生命灌注、原创闪耀的历史现场。作为一个具有深厚历史根基的现代大国，学术研究不应被一些没有深厚知识支撑的奇谈怪论所诱惑，致使我们的文化根基"碎片化""空心化"。而应立稳脚跟，增强自信，认准方向，以积学深功，对多少已经破碎的文化遗产进行"将碎片复原为陶罐"式的还原，这乃是现代中国学人责无旁贷的历史责任。以原创精神提高对本民族文化根基的深度解释能力，重振现代大国的学术文化气象，点醒古老智慧的生命，阐扬传统的现代价值，从而为人类贡献具有中国智能特征的现代学理体系，是中国学人能够俯仰无愧的历史担当。

本着这样的学术理念，《论语还原》全面系统而深入地返回《论语》和孔子文化地图的历史现场、内在脉络及生命信息的细节。全书分三编，《论语还原·内编》19章，考察《论语》之得名，与同时出现的《老子》《孙子》《墨子》不同的原因和证据，确立"内证高于外证"的原则；考察《论语》材料之发生，及弟子多称字的原因；考察《论语》在"夫子既卒"就开始编纂，在春秋战国之际的五十年间三次编纂的过程，以及它形成现在模样的原因。《论语还原·外编》20章，致力于打通经传，打通孔子与七十子及其后学，打通孔、孟、荀，打通孔府之学与孔门之学，分层次考察散见于东周秦汉经籍、诸子及出土文献中的、数量是《论语》一二十倍的"孔子曰"的文字，真实而全面地描绘更完整的孔子，更完整的孔子文化地图。《论语还原·年谱编》，主要有两大部分，一是以孔子的历史人生考察《论语》材料发生的现场和背景，深入考定孔子从公元前552—前479年的一生行状及社会文化现场，并增加了鲁、齐、晋、宋、楚的政治势力变动及其对孔子人生和文化选择造成的影响。

  在学术创新与发现上，本书提出了启动文本生命的问题有五十二个，比如在学术史上第一次提出《论语》从孔子死到曾子死后，于春秋战国之际五十年间的三次编纂，并破解其中蕴含的生命痕迹，一是在孔子"既卒"，众弟子庐墓守新孝的三年间（公元前479—前477年，二十五个月），借祭祀斋戒的契机，由仲弓、子游、子夏牵头启动论纂取舍润色，初步奠定《论语》规模；二是守新孝二十五月后（公元前477年），弟子分散，孔门按照殷人规制重新开张，子夏、子张、子游推举有若主事，同时对《论语》进行修纂及篇章调整增补，形成了《论语》篇章结构；三是曾子逝世（公元前436年）之后，已成鲁地儒门重镇的曾门，由子思及乐正子春等曾门弟子，对《论语》进行进一步的修纂，增添的章节只占全书的百分之三，却使曾子路线与颜回路线，成为《论语》的基本价值维度。仲弓主持的第一次编纂，提出四科十哲名单，十哲无曾，成为千古公案。这次编纂经过荀子，通向汉儒。曾门主持的第三次编纂，由子思通过孟子，通向宋儒。子贡在组织孔子丧事中是带头人，而在《论语》中则被边缘化。子贡的回忆材料更多作为孔府档案庋藏，后来编入《孔子家语》。这一结论打破了《论语》是谁家弟子汇编而成的成见，为解开《论语》文本存在的许多谜团提供发生学的缘由和根据。再比如，对定州汉墓竹书《论语》残卷的异文异字的深入分析，考证出此竹书不能归入汉代秘府收集到的古、齐、鲁三家,从其用语习惯,应属《赵论语》或《中山论语》,与《论衡》提到的不属于《论语》三家的《河间论语》,或也存在着不少参差。这些研究深化了对战国秦汉书籍发生、传布、成型的过程性和叠压型的理解,敞开了历史并非记载才存在的认识论空间。《论语还原》旨在还原一部"活的《论语》",展示其血脉灵魂,启动其本有的生命,阐发其现代价值。

戎琦:杨老师,深入了解您的学术经历与理念后,我觉得它跟您所处的身份与位置也不无关系,您长期担任社会科学院文学研究所所长和少数民族文学研究所所长,潜移默化地养成了一种高瞻远瞩、顾览全局的眼光,比如要"重绘中国文学地图"。那么自您从所长位置退下来后,来澳门大学任教,澳门大学给了您怎样的学术环境和学术灵感呢?我们知道您在澳门大学带领着一个博士后团队,做着"南中国海历史文化研究"这个重大项目,能简单给我们谈谈这个项目吗?

杨义:我是广东人,到澳门大学任教,气候、食品、语言环境,使我就像重新投入母亲怀抱,不仅适合,而且舒服,对于我的身体很有好处。精神上也少有俗事纠缠,心境平静如镜,有利于学术灵感的迸发。澳门大学正处在奋起创造一流大学的进程中,到处生机蓬勃,对于激发我的学术创新的热情、欲望,都是非置身其中者不能道也。澳门大学赵伟校长有句名言:"一流大学应有一流的本国语文,中外概莫能外。"这对于我所在的学科,对于本人研究都注入强大的动力。学校领导非常器重真才实学的老专家,倾听他们的意见,鼓励他们的重大成果,希望能在学术上竖立一座座影响深广的"里程碑"。这些都是非常难得的学术起飞的良好契机。

由于我关注文学地理学,对南中国海这个海洋区域情有独钟,因此第一个在澳门大学设立的重点项目就是"南中国海历史文化研究"，利用澳门大学对这个项目的有力资助，招收三位极其优秀的博士后学者。这项研究工程，已经进行近两年，今年下半年可望完成六部数据集成、两部专题论文集，共八部书。中国近代化进程是从南中国海及其周边地区开始的，这里是中国近代化的发源地、火车头。西方现代文化进入古老的中华帝国，不是从北冰洋来的，而是从南中国海来的。哥伦布发现新大陆，西方商人、传教士、探险者也发现了一个比他们文明更长的东方的老大陆，这两项发现使得一个偌大世界连成一体了。今后的发展，谁也离不开谁。因为中国存在着几千年未曾中断的古老文明，在南中国海发生的文明交流、冲突、适应、融合就蔚为大观，超级深刻。由于"欧美中心主义"作怪，过去讲世界史反复突出新大陆的发现，随着东亚的崛起，南中国海历史文化的命题会愈来愈重要地成为世界史的关键命题。关心中国命运，关心中国近代化历程，关心中国近代化文学发生学的人们，都不能不将眼光转向南中国海历史文化的考察。澳门是南中国海问题发生的第一站，西方文化在这个码头上率先登陆二百年，澳门大学的学术研究理应在这个前沿问题的研究上，率先作出贡献。但愿我率领的团队，能够作出一点扎扎实实的建树，不辜负学校对我们的期望。